자전 소설

自傳
小說

* '자전소설'을 기획한 계간 『문학동네』와 작품 수록을 허락해준 출판사 문학동네, 창비, 문학과지성사, 민음사에 감사드립니다.

# 자전소설

自傳
小說
―――
04

차례

| | | |
|---|---|---|
| 방현석 | 「밥과 국」 | 7 |
| 심상대 | 「첫사랑이 나를 울리네」 | 33 |
| 이응준 | 「오로라를 보라」 | 63 |
| 이만교 | 「너무나도 모범적인」 | 95 |
| 한창훈 | 「변태」 | 125 |
| 서하진 | 「미련함에 대하여」 | 155 |
| 강영숙 | 「자이언트의 시대」 | 185 |
| 이신조 | 「앨리스, 이상한 섬에 가다」 | 217 |
| 오현종 | 「호적을 읽다」 | 259 |
| 편혜영 | 「20세기 이력서」 | 289 |

# 밥과 국

방현석

1961년 경남 울산에서 태어났다. 1988년 『실천문학』에 단편 「내딛는 첫발은」을 발표하며 등단. 소설집 『내일을 여는 집』 『랍스터를 먹는 시간』, 장편소설 『십 년간』 『당신의 왼편』이 있다. 신동엽창작기금, 오영수문학상, 황순원문학상을 수상했다.

**작가를 말한다**

사십대에 접어든 작가 방현석은 여전히 시리게 젊다. 그는 이십대에 오히려 어른이었고 사십대인 지금 더욱 젊다. 그의 이 '반(反)세대성'이 이 또래 작가들과 그의 작품세계의 긴장을 버텨왔다. 사십대 초입의 경이로운 명랑성과 건강함이 그의 이십대보다 더욱 젊다. 이것이 그의 현재보다도 그의 미래에 더욱 설레는 이유다. 그는 스스로의 우울에 대해 철저히 침묵한다. 그의 건강함은 그의 반세대적 젊음이며 그의 어른스러움은 스스로의 우울을 결코 내세우지 않는, 세계에 대한 예의이자 책임의 몸짓이다. 열정과 책임을 동시에 안고 가는 길은 험난하다. 그러나 드물게도, 그는 우울에 탐닉하는 포즈를 모른다. 이제 문제는 암흑의 핵심을 낮게 포복하는 것이 아니다. 암흑을 움켜쥐고 있는 심연의 촉수를, 상상할 수 없는 방향으로 뻗어나가는 일이 남았다. 암흑의 핵심은 처음부터 '하나'가 아니었으므로. 정여울(문학평론가)

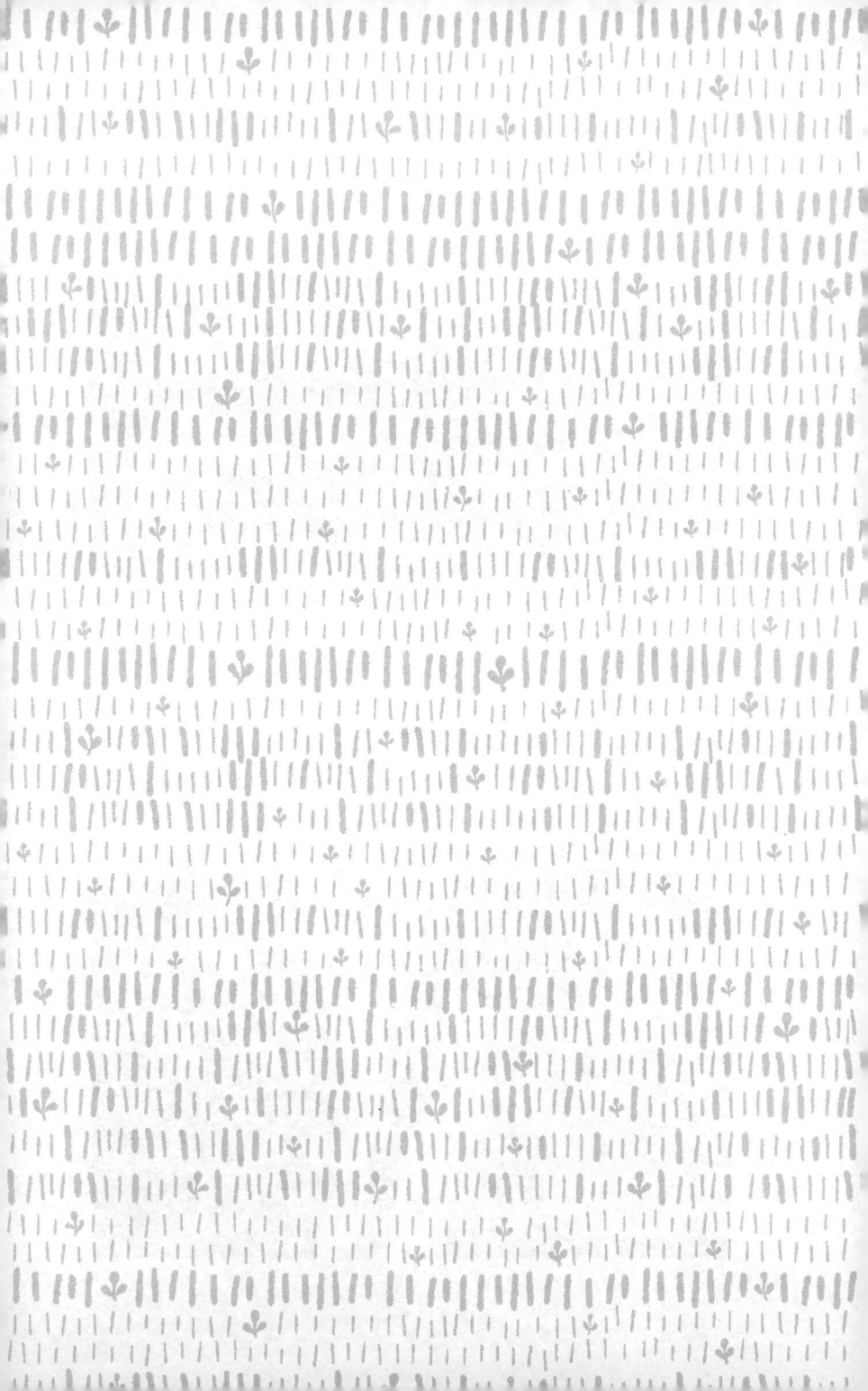

이소선

아침 바람이 차다.

여느 날보다 조금 일찍 일어난 당신은 습관대로 창문을 연다. 십일월의 상계동 아침, 바람이 차다. 아파트 숲 저 너머로 북한산이 보인다. 하루아침이 다르게 색깔을 바꾸어가며 가을을 맞이하던 산은 어느새 바위와 한 색깔이 되어 겨울로 가고 있다.
  온몸이 오싹해지는 한기를 느끼며 방으로 돌아온 당신은 옷장 속에서 스웨터를 꺼내든다. 왼팔을 먼저 꿰었지만 오른팔을 마저 꿰어입을 수가 없다. 어깨와 목, 등이 한꺼번에 당기는 통증으로 얼굴이 일그러진다. 옷가지 하나 제 힘으로 입을 수 없다는 사실을

방현석 | 밥과 국

인정할 수가 없는 당신은 몇 번이나 오른팔을 들어올려 뒤로 젖혀 보지만 번번이 실패하고 만다. 서글픈 목소리로 딸을 부른다.

"순옥아!"

오랜만에 어머니의 품으로 돌아와 아침밥을 준비하고 있던 딸이 물 묻은 손을 바지에 문지르며 방으로 들어온다.

"에미 팔 좀 집어넣어봐라."

등 뒤에서 스웨터를 입히던 딸이 흠칫 놀란다. 당신의 뒷목덜미 바로 아래가 불룩하게 부어올라 있다.

"엄마, 여기가 왜 이래?"

"이날 이때까지 그렇게 맞고 살았는데 성할 줄 알았어?"

"언제 그랬냐니까?"

"그걸 어떻게 알겠니."

삼십삼 년의 세월을 견뎌오면서 건장한 사내들의 독한 팔꿈치에 뒷덜미를 찍힌 것을 어떻게 다 헤아릴 수 있겠는가. 똥물을 뒤집어 쓴 동일방직 아이들이 울며 싸우고 있을 때도, 협진피혁의 민종진이 피살당했을 때도, 경숙이가 죽고 YH의 아이들이 마지막 순간을 맞이했을 때도, 영진이 시체를 빼앗아 경찰이 화장시켜버렸을 때도, 청계피복에서 자란 김준용과 양승조가 구로동맹파업을 벌이고 인노련을 만들었을 때도, 청계의 친구였던 장기표가 끌려가고, 김근태가 죽을 고문을 당했을 때도…… 인천의 세창물산에서 노조를 지키려던 철순이가 떨어져 죽었을 때도, 열여섯 살의 송면이가 납중독으로 죽었을 때도, 서노협을 만든 영대가 다시 잡혀갔을 때도 당신은 제일 먼저 달려갔고 제일 많이 맞았다.

아니다. 모두가 많이 맞았다, 노동자들은.

발로 차고, 넘어지면 밟았고, 일어서면 주먹질이었다. 그것이 당신과 당신이 사랑하는 이들의 운명이었다. 노랑머리 기자들이 있을 때는 양쪽에서 팔을 꽉 낀 형사들이 점잖게 '참으세요, 참으세요' 하면서 팔꿈치로는 사정없이 뒷덜미를 내려찍었다. 그들이 치는 곳은 언제나 급소였고 당신은 한동안 숨조차 쉴 수 없었지만 당신을 아주 쓰러뜨리지는 못했다. 동일방직 아이들의 보고회가 열리고 기독교회관이 눈물바다가 되었던 그날도 경찰은 당신의 두 다리를 질질 끌고 계단을 내려와 포장을 친 트럭 짐칸에 집어던졌다. 머리를 계단에 부딪치지 않기 위해 고개를 필사적으로 앞으로 잡아당긴 당신은 자신의 두 어깨뼈가 탕탕 계단 모서리에 튕기는 소리를 들었다.

"병원엔 가봤어?"

딸은 화를 낸다.

"병원에 간다고 나을 병 아니다. 그렇게 모질게 당하고도 지금까지 살았으면 오래 산 거다. 아이들 밥은 넉넉히 했겠지? 국에 고기 많이 넣어라."

"걱정 마세요."

대답하는 딸의 웃음이 서글프다. 밥과 국이 곧 마음이던 시간은 이미 오래전에 지나갔다는 것을 당신이라고 모르지 않는다. 그럼에도 아이들이 온다고 했을 때부터 그녀가 가장 먼저 떠올린 것은 밥과 국이었다. 어제저녁에 전화를 한 청계노조 위원장에게 당신은 집에서 꼼짝 않을 테니 아예 찾아오지도 말라는 말을 몇 차례 되풀이했다. 그런데도 위원장은 오늘만큼은 꼭 같이 가야 된다고 소고집을 부리며 기어코 오늘 아침에 데리러 오겠다고 했다.

지금, 아이들을 기다리는 당신의 마음은 밥과 함께 뜸이 들고 국과 함께 끓고 있다.


### 김송이

그 여자의 눈빛을 잊지 못한다.

내가 그 여자의 이름을 안 것은 유치장으로 넘어간 지 사흘째 되던 날이었다.

특별면회를 다녀오다 그녀의 이름을 보았다. 그녀가 갇힌 방 앞에 걸린 명패에는, 김송이 22 여 집시, 라고 씌어 있었다. 나는 그녀와 남부지원의 같은 법정에서 재판을 받고 호송차를 함께 타고 왔다. 호송차 안에서 그녀와 단 한마디도 나누지 않았지만 나는 그녀가 무엇을 하는 사람이며 왜 유치장 신세를 지게 되었는지를 훤히 알고 있었다. 내 앞에 진행된 그녀들에 대한 재판 과정을 나는 듣고 싶지 않아도 모두 들을 수밖에 없었다.

판사는 해태제과 해고 노동자들인 그녀들이 위반한 집회와 시위

애 관한 법률의 여러 조항을 열거했고, 그녀들은 재판부의 만류에도 불구하고 죽도록 매를 맞은 자신들이 왜 재판을 받아야 하느냐고 악을 썼다. 자신들을 짐승처럼 때린 관리자들은 왜 아무도 처벌하지 않느냐고 따지며 걷어 보이는 팔과 다리는 온통 피멍투성이였다.

특별면회를 다녀온 그날 저녁부터 시커먼 보리밥에 맛이 간 무짠지 다섯 쪽이 전부인 관식 대신 사식이 들어왔다. 국이 없기는 마찬가지였지만 하얀 쌀밥을 배불리 먹었다.

난처한 일은 이미 저녁을 다 먹은 다음에 벌어졌다. 김송이, 그 여자가 저녁을 먹지 않은 것이었다. 그녀는 사식을 시킨 적이 없다며 양은 도시락을 손도 대지 않은 채 도로 내놓았다. 유치장 근무자는 꼴값을 떤다며 그녀에게 욕설을 퍼부었다.

"제가 시켰어요."

면회 온 학생처장이 영치금과 함께 사식을 넣겠다고 했을 때 나는 함께 들어온 그녀들에게도 사식을 넣어달라고 요구했다. 어쨌거나 우린 같은 '집시'였다.

"누가 댁에게 그런 부탁 했어요?"

그녀의 목소리는 차가웠다. 나는 비로소 유치장에 수감되기 전에 있었던 신체검사를 떠올렸다. 팬티를 내리고 허리를 굽혀 항문을 내보이는 검사를 나는 거부했다. 담배 따위를 그 속에 숨겨서 들어온다는 구실로 행하는 검사였다.

"이 새끼, 너 또 개기냐!"

주먹과 발길이 몇 번 날아왔지만 지난번에 들어왔을 때처럼 끝까지 이기려 들지는 않았다. 오히려 '잡범'들과 분리되어 '잡범'들이 얻어맞아가며 신체검사를 마칠 동안 엎드려뻗치고 있으면 됐다.

그녀들도 호락호락하지는 않았다. 그러나 나를 다루는 것과는 말투부터 달랐다.

"야 이년들아, 니들이 학생인 줄 아냐. 공순이 주제에 학생들이 데모한다고 니들도 데모를 해!"

나는 그녀들이 입었을 상처를 그 밤 내내 생각해야 했다. 내가 마이크만 잡으면 떠들어댔던 자유와 정의와 민주주의가 얼마나 공허하고 사치스러운 것이었는지를 깨닫는 데는 그리 많은 시간이 필요치 않았다.

결국 그녀들은 나로 인해서 다시 관식으로 바뀌어 들어온 다음 날 저녁까지 굶어야 했다.

국이 없는 찬 보리밥을 삼키며 그녀들은 무슨 생각을 했을까. 남은 기간 동안 나 역시 그녀들과 같은 관식으로 견뎌야만 했다. 보리밥보다 더 꺼칠한 그 무엇이 식사시간마다 내 목구멍을 불편하게 했다.

하지만 학생회장이란 명함을 가지고 있던 나에게는 가족은 물론이고 학교에서도 면회를 왔다. 영치물과 영치금이 쌓였다. 『삼국지』를 머리에 베고 누워서 잘 수도 있었고 간간이 정보과장실로 불려가서 담배도 얻어 피울 수 있었다. 그러나 노동자인 그녀들은 면회를 오는 사람이 없는 것인지, 와도 시켜주지 않는 것인지 면회를 나가는 일이 없었다.

  며칠 뒤 다시 면회를 다녀오던 길에 그녀에게 인사를 했다.

  "사식 건은 미안해요. 전 아무 다른 뜻이 없었어요."

  자존심을 상하게 만들 줄은 정말 몰랐었다는 말을 할 수는 없었다.

  "댁이 미안해할 일은 없어요."

  그렇게 말하던 그녀의 쏘는 듯한 눈빛에서 나는 오래 자유로울 수 없었다. 그녀와 함께 잡혀왔던 사람들 중에서 유독 그녀, 김송이의 이름을 기억하는 이유는 판사가 그녀를 주범으로 취급했기 때문이었다. 그녀가 주범으로 취급당한 유일한 이유는 그녀가 해태제과에 입사하기 전에 청계피복노조의 조합원이었다는 사실 하나였다.


**전태일**

  산은 변함이 없다.

  아이들을 기다리며 겨울로 가고 있는 북한산을 멀리 바라본다. 십일월…… 십일월이다. 산은 변함없이 그대로인데 산 아래는 온통 아파트 천지로 변했다. 산 아래의 모든 것이 변했는데도 세상은 바뀌지 않았다.

위원장과 청계 아이들이 떼로 들이닥쳤다.

"어머님, 좀 어떠세요? 같이 가실 수 있죠? 아니면 제가 업고 갈게요."

십오 년 전부터 조합원인 옥자가 등을 들이댄다.

"올해 들어서 모임이고 행사고 통 못 나갔지 않았니. 남의 추모제는 안 나가면서 제 자식 추모제엘 어떻게 나가니, 이 소갈머리 없는 것들아."

"그럴 줄 알고 우리가 체포조를 따로 모셔왔습니다, 어머님."

위원장이 싱글거리며 현관 쪽으로 고개를 돌린다.

"아니, 이게 무슨 짓들이야……"

한열이 엄마, 창수 엄마를 앞세우고 들어서는 것은 태일이와 삼동회를 함께 했던 종인이와 승철이다.

"이 사람들아, 광주가, 부산이 여기서 어디라고 이 아침에 올라왔어, 응? 창수 애비는 잘 지내지? 한열이 애비는?"

"오늘 안 나간다고 했다면서요?"

"그래, 못 간다."

당신은 방바닥에 주질러앉지만 미리 짜고 들어왔는지 그러면 자기들도 가지 않겠다며 모두 따라서 퍼져 앉는다. 당신은 장롱에다 눈길을 매달고 그들은 그들대로 아파트 숲 위로 상반신을 드러낸 북한산을 내다보며 서로 외면하고 앉아 있다. 한동안의 어색한 침묵 끝에 어쩔 수 없이 당신이 먼저 입을 연다.

"자네들이 지금 내 앞에서 농성을 하자는 거야? 선수를 앞에다

놓고서 말이야."

당신도 그들도 웃음을 참지 못한다.

"순옥아, 어떻게 되든 이 소갈머리 없는 것들 밥이나 먹여라."

조합원들이 우루루 몰려가서 상을 들고 오고 수저며 반찬, 국그릇 밥그릇을 순식간에 차려놓는다. 여럿이 같이 하면 좋은 일이야 숱하게 많겠지만 이렇게 어울려 밥을 먹는 일보다 당신에게 보기 좋은 일도 드물다. 특히 태일이의 친구, 종인이와 승철이를 건너보며 당신은 눈물이 겨워진다.

"종인아, 니 국그릇 이리 좀 줘봐라. 승철이 니도."

당신은 이가 나빠 못 씹는다는 구실로 당신의 국그릇 속에 든 소고기를 그들의 그릇으로 옮긴다. 이제는 다 먹고살 만하고 애들이 벌써 대학생인데도 당신은 그들을 보면 애잔하기만 하다. 태일이의 친구 된 죄로 감당하기 어려운 짐을 걸머지고 얼마나 울기도 많이 울고, 맞기도 많이 맞았던가. 그들이 긴급조치로 붙들려 들어가 며칠을 당하고 나온 날, 당신을 찾아와서 울면서 하던 말은 지금도 당신의 뼛속에 사무쳐 있다.

'엄마 엄마, 밥 먹고 맞았으면 좋겠는데 밥도 못 먹고 맞으려니까 더 죽겠더라. 엄마, 죽어도 밥이나 실컷 먹고 죽었으면 좋겠더라.'

승철이와 종인이, 그들의 아우들인 지금의 조합원들, 한열이와 창수의 엄마를 둘러보던 당신은 안경을 고쳐쓰는 척하며 몰래 눈가를 훔친다.

마석, 겨울 외투를 입었는데도 춥다.

행사가 끝난 묘소로 불어오는 찬바람을 두 개의 화환이 가로막고 있다. 태일이가 만들었던 삼동회와 70년대 조합원들의 아카시아회 리본이 묏등의 잔디를 어루만지고 있다. 오늘도 제일 많이 온 사람들은 청우회 회원, 청계피복을 거쳐간 조합원들이다.

막내들인 현재의 조합원들과 같이 앉아 있는 당신을 청우회에서 기어코 데려가서는 새끼들을 차례로 인사시킨다. 박정희 때 싸웠던 욱일의 아이는 벌써 대학교 졸업반이고 전두환이 때 비합법노조 간부였던 연실의 딸아이는 고2, 노태우 시절의 합법성 쟁취투쟁 세대인 미란이의 아이는 이제 초등학교에 들어간다. 인숙이 다음으로 70년대 부녀부장을 했던 윤애는 아이가 고3 수험생이어서 못 데리고 왔다며 목을 쑥 집어넣는다.

"수험생 놔두고 나돌아다닌다고 니 서방이 뭐라고 안해?"

당신의 말투는 친정어머니다.

"뭐라고 하면 난 어려서 아무것도 모르고 무조건 어머니가 시키는 대로만 했다고 하지 뭐."

와르르 터지는 웃음. 험악하던 시절 싸우러 나가는 조합원들에게 항상 당신이 마지막으로 했던 말이다. "너희는 어려서 잘 모르고 무조건 이 에미가 시키는 대로 했다고만 대답해라"던 당신의 말을 들어보지 않은 사람은 없다. 당신은 어떤 대가도 피하지 않을 준비가 언제나 되어 있었고 또 치르며 살아왔다.

　김형사가 올해는 보이지 않는다. 담당이 다른 형사로 바뀐 한참 뒤인 몇 해 전부터 추모제에 꼭 나오던 그였다. 담당도 아닌데 웬일이냐고 당신이 물었을 때 그는 머리를 긁적이며 경찰 그만두고 식당을 차렸다며, 마음은 편하다고 했었다. 당신을 몇 년간이나 그림자처럼 쫓아다녀야 했던 그는 당신이 왜 그처럼 노동자의 일이라면 조금의 주저도 없이 온몸을 내던지는지 궁금했고, 그것을 알게 되었을 때부터 당신을 쫓아다니는 일이 더 좋아지기도 하고 더 힘들기도 했다고 그때서야 말했다. 당신을 모시는 수행원이 된 것 같은 마음과 당신을 도와줄 아무런 힘도 없는 자신의 처지 때문에. 어쨌거나 심성 좋은 그의 밥장사가 어떻게 되지나 않은 건지 걱정이 된다. 밥장사는 인심을 파는 장사이어야 한다고 그에게 했던 당신의 말이 마음에 걸린다. 그러나 사람들은 당신을 그런 걱정에 빠져 있게 그냥 내버려두지 않는다.

　여러 공장에서 뿔뿔이 제 발로 찾아온 아이들이 한 무리를 이루고 기다리고 있다. 승철이의 부축을 받아 그 자리로 간 당신에게 아이들이 묻는다.

　"어머니, 제일 기쁠 때가 언제예요?"

　"노동자대회 때, 수천 수만 명이 조직을 만들어서 자기 깃발을 들고 모여들었을 때, 저 사람들이 지금까지 받았을 핍박이 얼마였고 흘렸을 눈물은 얼마였겠는가, 태일이가 보고 얼마나 기뻐하겠는가, 참으로 장했지. 우리는 세 명 다섯 명만 모여도 두드려맞고 끌려다녔는데."

"어머니, 가장 큰 소망은 뭐예요?"

"……"

너희들이 주인 노릇하면서 사는 거 한번 보는 거, 그거 하나 보려고 삼십삼 년간 죽지도 못하고 살아왔다고 당신은 말하지 못한다. 노동자가 하나 되기만 하면 하루아침에 모든 것을 다 이룰 수 있는데. 대통령도 뭐도 다 할 수 있는데, 하나가 되기만 하면…… 너무 쉽고 간단한데 그걸 못한다.

"뭘 바라겠니. 태일이가 숨이 넘어가는 마지막 순간까지 나한테 끝까지 싸우라고 했는데 나는 이제 나이 들고 병들어서 더 싸우지도 못하고, 함께하지도 못하고…… 가만 누워서 세상 돌아가는 걸 보고 있으려면 울화통이 터져서 화병만 생기지 뭐."

숨을 몰아쉬고 입술을 깨물며 얘기를 계속하려는 당신을 멀찍이 떨어져서 지켜보던 한열이 엄마가 달려와 만류한다.

"어머니, 정말 안 모셔올걸 그랬어요."

"한열이 엄마, 우리 태일이가 내 손 잡고 지는 먼저 가도 나는 좋은 세상 맹글 때까지 끝까지 싸우라고 했는데, 죽어가는 지 손 잡고 꼭꼭 다짐을 하라고 했는데…… 이제 병들어서 싸우지 못하고, 더 살면 뭐 하나. 유가협에다 끝까지 잘허라고 미리 유언장이라도 써놓아야 할 건가보네."

"어머니는 그저 건강하시기만 하면 돼요. 우리 옆에 이렇게 앉아만 있어도 얼마나 든든해요. 어머니는 우리 대들보요, 대들보."

창수 엄마가 당신의 어깨를 주무른다.

모란의 품안 가득 들어찬 무덤들 사이로 바람이 쓸고 지나간다. 일 미터 오십오 센티미터의 작은 당신, 당신의 어깨를 쓸고 지나가는 십일월의 바람이 쓸쓸하고 쓰라리다. 바람 사이에 말없이 누워 있는 수많은 무덤을 당신은 묵묵히 바라본다.

상석 위의 유리상자 속에 들어 있는 공책과 편지들을 딸이 챙긴다. 외롭고, 힘들고, 흔들리는 자신을 가누지 못하고 찾아왔던 이들이 남겨놓은 고백과 애처로운 다짐으로 가득 찬 공책 두 권과 편지들을 꺼내고 새 공책 두 권을 넣는다.

"이제 눈이 어두워서 읽지도 못한다. 니가 한번 읽어봐라."

공책을 어루만지며 넘기던 당신은 글씨가 가장 삐뚤삐뚤한 곳을 펼쳐들고 딸에게 읽어보라고 내민다.

"전태일을 알아서 행복해요. 전태일은 노동자도 인간이다 했어요. 우리 이주 노동자도 맞으면 아프고 슬프면 눈물이 나는 사람입니다. 명동성당에서 농성 중인 마문바이."

오래 당신은 말이 없다.

무덤 사이로 난 오솔길을 따라 걸어내려가던 당신은 래전이와 영진이, 조영래가 누워 있는 앞을 지날 때마다 한동안 얼어붙은 채 서 있었다. 당신이 겨우 손을 내밀어 쓰다듬어보는 철순이의 묘비가 차갑다. 당신이 태일을 만나고 이 길을 거슬러 돌아갈 때마다 언제나 그랬듯이 당신은 단 한번도 굳게 다문 입 열지 않고 오던 길 되돌아보지 않는다.

방현석 | 밥과 국

## 송철순

누구에게나 순정한 시간이 있다.

송철순이 일했던 세광물산은 내가 조직을 담당했던 5공단에 있었다. 나는 인노협의 조직 1부장이었다. 지금도 인천에서 나를 만났던 사람들은 나를 방부장이라고 부른다. 그 이름에 대한 부채감이 아직 남아 있다.

그녀가 공장 지붕에서 떨어진 것은 노조를 결성하고 파업을 시작한 지 십육 일 만의 일이었다. 소식을 듣고 내가 병원으로 달려갔을 때는 이미 의사가 수술을 중도에 포기한 다음이었다.

참담했다.

그녀는 끝내 숨을 거두었고 마석의 모란공원에 묻혔다. 전태일이 묻힌 먼발치였다. 그녀가 떠난 다음에도 그 공장의 노조는 존재를 부정당했다. 그녀가 공장 굴뚝에 걸기 위해 가지고 올라갔던 피 묻은 현수막이 다시 어린 조합원들의 손에 의해 내걸렸다.

'노동자의 서러움 투쟁으로 끝장내자!'

철을 바꿔가며 계속된 기나긴 파업 기간 내내 그 현수막은 5공단을 지켰다.

누구에게나 순정으로 빛나는 시간이 있다. 한 사람이 살아가는 동안 가장 아름답고 빛나는 순간은 언제일까. 사람답게 살기 위해 눈물 흘리고 아파하며 싸운 흔적, 그 흔적보다 더 아름다운 인간의 시간과 인간의 풍경은 존재하지 않는다.

　소설 「새벽출정」은 송철순에게 바친 나의 추도사인 동시에 사람답게 살기 위해 눈물 흘리고 아파하며 싸운 세광의 어린 노동자들이 남긴 아름다운 흔적에 대한 헌사이다. 이 소설을 쓰는 시간이면 나는 반드시 방문을 걸어잠갔다. 울고 있는 모습을 들키지 않기 위해. 연휴를 이용해서 일주일 만에 씌어진 이 소설은 세광물산의 파업이 끝나기 전에 발표되었다.

　세광물산은 인천에 있는 거의 모든 단체로부터 크고 작은 지원을 받았다. 관여하는 단체가 많은 만큼 주의주장도 많았다. 회의를 하면 갑론을박으로 밤을 새우는 일이 비일비재했다. 그렇게 밤을 새우고 나면 다시는 회의에 들어가고 싶지 않다고 진절머리를 내는 사람이 한둘 아니었다. 그러나 갈라지고 흩어진 마음을 모아주는 것은 또 다른 회의가 아니라 함께 먹는 밥이었다. 함께 먹은 그 찰기 없는 밥과 국의 연대감이 사람들 사이의 틈을 메워주었다.

　나는 세광물산의 조합원들과 어울려 함께 반찬 타령을 하며 밥을 먹었던 시간을 잊지 못한다. 그들에게 얻어먹는 밥과 국 앞에서 조금이라도 덜 부끄럽고 싶었다. 내가 소설을 써서 받은 원고료도 부실한 몇 끼의 밥과 국이 되어주었다. 세광물산의 바로 옆에 있는 진흥화학은 5공단에서 식단이 가장 좋았다. 조합원 모두의 얼굴을 알고 지낼 만큼 자주 출입하고 위원장과도 특별히 친한 사이였지만 그 공장에서 먹는 밥보다 세광물산에서 먹는 밥이 내게 훨씬 더 행복했다.

마문바이

명동으로 가자.

마석을 출발한 다음에도 말이 없던 당신이 서울에 들어선 다음 갑자기 명동으로 가자고 했다. 의아해하는 인숙에게 당신은 다시 말한다.
"명동으로 가자."
"왜요?"
"가보자."
명동성당 입구 오른쪽 길을 따라 천막이 늘어서 있다. 피부와 얼굴 모양이 다른 외국인들이 계단에 앉아 밥을 먹고 있다. 당신의 발걸음이 얼어붙는다. 계단에 쪼그리고 앉은 그들의 손에 들린 것은 비닐이 씌워진 대접 하나씩이 전부다. 그들을 바라보는 당신의 눈가에 물기가 맺힌다. 청계노조의 1세대인 인숙이 당신의 팔을 붙든다.
혀를 끌끌 차며 당신이 걸음을 옮겨간 곳은 천막 끝에 있는 급식소였다. 아직 배식을 받지 못한 이주 노동자들이 대접을 들고 줄을 서 있다. 당신은 그 줄의 끝에 선다.
"밥 모자라지 않나?"
그녀의 물음에 주걱을 들고 서 있던 노동자가 기분 좋은 웃음을 지어 보인다.

"안 모자라요. 많아요."
"그럼 나도 한 그릇 얻어먹자."
비닐봉지를 씌운 대접에 밥 한 주걱을 퍼준다. 국은 없다.
"자네는 어느 나라에서 왔나?"
"네팔요."
주걱을 든 남자의 옆에 서 있던 얼굴이 까무잡잡하고 귀염성 있게 생긴 아가씨가 카레 한 국자를 부어주고 단무지 세 쪽을 얹어준다. 당신은 밥그릇을 들고 계단에 쪼그리고 앉아 밥을 먹고 있는 노동자들 사이에 끼어 앉는다.
"양념이 입에 맞지 않을 텐데, 드시겠어요?"
대접을 든 인숙이 따라 앉으며 걱정을 한다.
"사람 먹는 음식을 사람이 왜 못 먹어."
밥이 설었다. 맛도 익숙하지 않았지만 당신은 대접을 깨끗이 비웠다. 옆에 앉았던 청년이 당신의 대접을 달라고 손을 내밀었다. 윤이 나게 박박 밀어버린 머리에 띠를 두른 청년은 얼굴 윤곽이 조금 다를 뿐 피부나 체구가 우리나라 사람과 비슷했다. 괜찮다고 사양하는 두 사람의 대접과 숟가락을 받아들고 간 청년이 따뜻한 맹물 두 컵을 가지고 왔다.
"드세요."
"한국말 잘하네."
"조금 해요."
인도네시아에서 온 그 청년이 마문바이를 데려다주었다. 마문바이는 눈매가 깊고 얼굴 윤곽이 뚜렷한 잘생긴 청년이었다.

"안녕하세요. 제가 마문바이입니다."

그는 호기심에 찬 눈빛으로 낯선 손님인 당신을 쳐다보며 자신을 소개했다. 방글라데시의 수도 다카에서 대학을 다니다 칠 년 전 산업연수생으로 한국에 온 그는 대구의 기계조립공장에서 일을 시작한 후 두 곳의 공장을 더 거쳐 마석의 가구단지에서 마지막으로 일했다. 그동안 한국에서 떼인 임금도 많았고 얻어먹은 욕설도 많았다.

"정말 돈 없어서 안 주는 사장 있어요. 어쩔 수 없어요. 그렇지만 돈 있으면서도 안 주는 나쁜 사장 있어요. 그런 사장들 꼭 우리 사람 이름 안 불러요. 그냥 야 시발놈아, 그렇게 불러요. 우리 사람 시발놈아 괜찮아요. 그렇지만 시입새끼야 안 괜찮아요."

지난날 청계의 자식들이 겪어야 했던 일들이 당신의 눈앞에 어른거렸다.

"자네 얘기 듣고 있으니 자꾸 옛날 생각이 나네. 지금 자네들의 처지가 이십 년 전 한국의 노동자들하고 꼭 같아."

옆에 앉은 인숙이 고개를 끄덕인다.

"그동안 집에 돈은 좀 보냈어?"

"월급을 받을 때는 계속 보냈어요."

"지금은?"

"못 보내지요."

다카에는 학교에 다니는 네 동생과 어머니가 그가 부쳐줄 돈을 기다리고 있다. 그동안 보낸 돈은 동생들의 학비와 생활비로 쓰이고, 그가 한국에 올 때 진 빚을 겨우 지웠을 뿐이었다. 한국 정부가 12월 15일까지 자진 출국하겠다고 신고하지 않는 미등록 이주 노동자들은 강력하게 단속해서 강제 추방하겠다는 방침을 발표하고 나서 마문바이도 다니던 공장에서 나와야 했다. 지금까지와는 달리 미등록 이주 노동자들을 고용하고 있는 사업주들에게도 이천만 원의 벌금을 물리겠다고 했기 때문이었다. 그에게 잘해준 사장이었지만 섭섭했다. IMF 시절에는 육 개월 동안이나 월급을 받지 않고 일해주었고, IMF가 끝난 다음에도 더 많은 월급을 준다는 곳이 있었지만 옮기지 않은 공장이었다.

"정부가 자진 출국한 사람들은 다시 재입국을 허용한다고 하지 않았어?"

"말뿐이죠. 설사 재입국 허가해준다고 해도 다시 들어오려면 브로커들에게 한국 돈 천오백만 원이 들어가야 해요."

마문바이는 고개를 가로저었다.

"그래도 방글라데시에 돌아가서 뭐든 다시 시작하는 게 낫지 않아?"

커서 더 슬퍼 보이는 눈동자를 깜박거리며 마문바이는 다시 고개를 저었다.

"제 친구들은 공부 마치고 다카에서 다들 자리잡았어요. 그렇지만 나는 돌아가도 아무것도 없어요. 이제 친구도 없어요. 여기서 배운 가구 기술 우리나라에 돌아가면 아무 소용 없어요. 우리 사람이 한국에서 남들 싫어하는 공장에서 일한 것 말고 잘못한 거 뭐 있어요. 지금 와서 왜 내쫓는 거예요."

그렇다고 그가 학업을 중단하고 한국에 온 것을 후회하는 것은 아니었다. 누군가 가족을 위해 한 사람은 희생을 해야 했다. 큰아들인 자신이 희생하는 것이 당연했다. 그는 이렇게 모여서 농성이라도 하고 있는 사람들은 차라리 마음이 편하다고 했다. 일을 하지도 못하면서 단속에 걸릴까봐 집 밖에조차 나오지 못하고 숨어 지내는 이주 노동자의 숫자는 헤아릴 수조차 없었다.

"여기 농성단에 있는 사람들 더 이상 죄인들처럼 숨어 지내지 않기로 마음먹었어요. 내 친구 비두, 시위하다가 잡혀서 우리나라로 추방됐어요. 내가 그렇게 된다고 해도 어쩔 수 없어요. 우리 다음에 오는 후배들이라도 사람대접 받아야 해요. 우리 가족들 밥 먹고 살아야 해요. 그래서 한국 왔어요. 그렇지만 우리도 맞으면 아프고 슬프면 눈물이 나는 사람이에요."

당신은 한숨을 내쉬며 마문바이의 손을 잡고 어루만진다.

"그래 이 사람들아, 자네들이 진짜 사람들이야."

주머니를 털어주고 명동성당 비탈길을 내려가는 당신에게 마문바이가 묻는다.

"그런데 할머니는 누구세요?"

"……"

당신은 대답하지 못한다. 쌀밥에 고깃국 한번 양껏 먹이지 못하고 자식을 앞세운 죄 많은 에미라고 당신은 말하지 못한다.

그리고

밥은 사람의 마음이다.

　다음날 어떤 신문에서도 '피와 눈물로 아로새겨진 불멸의 이름' 전태일이 잠든 모란공원에서 이날 어떤 일이 있었는지 보도하지 않았고 1970년 11월 13일 청계천에서 무슨 일이 일어났었는지 알려고 하지 않았다.
　그러나,
　그러나 누구든지 외면할 수는 있겠지만 그것이 누구라 할지라도 삼십삼 년 전 평화시장 앞에서 있었던 일을, 그리고 그날 이후 당신이 단 한번도 발을 옆으로 디디지 않고 걸어온 그 길을 지워버릴 수는 없을 것이다. 어머니, 이소선. 당신의 알리바이는 가장 쓰라린 자들과 함께 먹어온 시린 밥, 사무쳐서 지워지지 않는 밥에 대한 그들의 기억 안에서 영원하다.
　지난겨울 한철 나는 마문바이를 만나서 행복하고 또 마음 아팠다. 자이드, 고빌, 헉바위, 마닉, 서므르 타파, 나렘…… 그들 모두 사람답게 살기 위해 눈물 흘리고 아파하며 겨울이 끝나가는 지금까지 싸우고 있다. 오늘도 그들은 명동성당 입구의 계단에 움츠리고 앉아 국 없는 밥을 먹고 있다. 그들에게도 밥은 살아가는 일의 시작이고 끝이다. 밥이 시린 만큼 마음 또한 사무치다.

겨울이 한창일 때 나는 마문바이와 마석에 갔었다. 전태일의 무덤도, 박영진의 무덤도, 송철순의 무덤도 온통 흰 눈에 덮여 있었다. 문익환과 조영래의 무덤도 다르지 않았다. 그들은 모두 한 이불을 덮고 겨울을 나고 있었다.

그날, 밤이 깊도록 마문바이의 친구 여섯 명이 숨어 지내는 방에서 나는 그들이 해주는 밥을 얻어먹고 그들과 소주를 마셨다. 그들 중 한 친구는 끝내 울음을 터뜨리며 집 밖으로 뛰쳐나갔다. 다른 친구들과 함께 쫓아나간 집 밖에는 여전히 눈이 내리고 있었다. 모란공원과 산등성이 하나를 사이에 두고 자리잡은 가구단지 역시 온통 흰 눈에 덮여 있었다.

몸부림치며 울고 있는 청년을 마문바이와 친구들이 달래고 있는 동안 나는 팔짱을 낀 채 모란공원을 가리고 선 산등성이를 바라보며 생각했다. 나는 누구인가. 나는 무엇을 쓰는 사람인가. 나의 글은 어떻게 한 그릇의 밥과 국이 될 수 있을까.

# 첫사랑이 나를 울리네    심상대

1960년 강릉시 옥계면에서 태어났다. 1990년 『세계의 문학』에 세 편의 단편을 발표하며 등단. 소설집 『묵호를 아는가』 『명옥헌』 『망월』 『심미주의자』, 연작소설 『떨림』이 있다. 현대문학상을 수상했다.

**작가를 말한다**

내가 그를 좋아한 것은 단지 그의 깊은 내면 속에 들어 있는 이러한 작가정신 때문만은 아니었다. 물론 그것이 결정적인 계기가 되어 어떤 식으로든 지금까지 끈끈한 우정을 유지해오고 있는 것이 사실이지만, 그보다는 나는 그의 단편소설 「묵호를 아는가」에 나오는 소줏빛 같은, 그의 맑고 투명한 성격을 더 좋아해왔는지 모르겠다. 간밤의 숙취로 쓰린 속을 달래기 위해 냉면이나 국수 종류를 찾는 그의 식성처럼, 담백하고 시원스런 삶의 태도에 매력을 느껴왔을지도 모른다. 그래서 가끔씩 나는 그의 문학세계를 지배하는 고순도의 서정성과 직정성(直情性)은 이러한 그의 성격과 삶의 태도와 그리 멀지 않을 거라고 지레짐작하곤 했다. 임동확(시인)

별을 관측하는 사람들 말에 따르면, 그들은 누구나 '자신이 맨 처음 관측한 별을 가장 사랑한다'고 한다. 아하, 그렇구나! 공감의 탄성이 저절로 터져나오는 의미 있는 말이 아닐 수 없다. 그리하여 나는 오래전부터 어느 날 아침 돌연, 첫사랑의 증표를 찾아 길을 떠나는 한 남자의 영상을 그리고 있었다.

나는 남자의 나이를 갓 마흔이 된 얼뜬 중년으로 설정했다. 나름대로 성공했다고 자부하는 그는 대기업 계열 토건회사에서 차장 직책으로 근무하고 있다. 서울에 소재한 종합대학의 토목공학과를 졸업했으며, 이제는 한 여자의 남편이자 열두 살짜리 딸과 열 살짜리 아들을 둔 어엿한 가정의 가장이었다. 서울 외곽에 장만한 아파트에서 매일 아침 중형 승용차를 운전하여 시내의 직장으로 출근하고 있으며, 아내에게 베이커리 대리점을 차려줄 만큼 성공한 직장인이었다. 그 외에도 그는 남들이 다니는 대학원을 대신하여 여러 해 동안 스튜디오를 들락거리며 사진에 관하여 배운, 멋과 여유를 가진 사람이었다. 이미 아마추어 사진 동호인의 수준을 넘어선 지 오래된 경력자로서, 아마추어 사진전에서 여러 차례 괄목할 만한 성적으로 수상하기도 했었다. 사진에 관해서라면 어느덧 프로의 경지를 넘보는 신진 사진작가라고, 나는 그의 이력을 정돈했다.

어느 겨울날 아침나절이었다. 그 남자는 승용차를 운전하여 직장으로 출근하고 있었다. 이제 직장이 있는 빌딩에 거의 도착할 때쯤이었다. 서울시청 앞 대로 신호등 정지선에 정차한 남자는 운전석에 앉은 채 망연히 신호등을 바라보고 있었다. 그 순간이었다. 적색 신호가 황색 신호로 바뀌던 찰나, 남자는 문득 자신이 벌써 마흔 살이 넘었다는 사실을 깨달았다. 남자에게 불현듯 찾아온 '마흔 살이 넘었다'는 자각은 그를 다소 얼떨떨한 몽유병자로 만들기에 충분했다. 아주 짧은 시간이 지나고 황색 신호가 녹색 신호로 바뀌자 남자는 잠시 전 자신의 머릿속에서 어지럽게 지나던 여러 가지 영상 가운데 한 가지를 놓치지 않았다. 그건 한 그루 아름다운 은행나무였다.

가늘고 어린 은행나무는 버팀목에 의지해 인도변에 서 있었다. 남자는 그 은행나무를 당장 만져보고 싶다는 열망에 휩싸였다. 은행나무는 이십여 년이 지난 지금도 한겨울의 냉기 속에 딱딱한 모양으로 횡단보도 곁에 서 있었다. 직장이 위치한 빌딩과는 반대쪽으로 방향을 바꾼 승용차 안에서 남자는 핸드폰을 들었다.

"그래, 누군가? 응? 아아, 구대리로구만. 잘됐네. 그래 난데, 내가 말이야, 오늘 고향에 급히 내려갈 일이 생겼단 말이야. 응. 그러니까 휴가원을 대신 좀 제출해줄래? 그래. 이과장 나오거든 전화 좀 해달라고 전해. 자네가 회의 준비도 좀 해주고. 그래 다시 연락하자고. 그래, 그래."

붉은 체크무늬 코트를 입은 갈래머리 여학생이 가는 은행나무 줄기를 잡고 서 있다. 고개를 숙인 채, 여학생은 자신의 에나멜 구두코를 내려다보며 망설이고 있었다. 빨갛게 언 그녀의 귓불을 바라보면서 열아홉 살짜리 사내녀석은 은행나무 끝을 쳐다보았다. 아직 가지치기도 하지 않은 어린 은행나무의 벗나가고 성긴 여러 갈래의 가지가 우중충한 겨울 하늘을 배경으로 펼쳐져 있다. 사내 녀석이 숫기 없는 목소리로 말했다.

"내가 집 앞까지 바래다줄까?"

여러 번 신호등이 바뀌었건만 두 사람은 은행나무 곁을 떠나지 못하고 있는 중이었다. 횡단보도를 건너면 곧 여학생의 집으로 통하는 길이 이어지고 있었다. 은행나무를 틀어쥔 손아귀에 힘을 주면서 여학생이 갈래머리와 흰 이마를 들었다. 열아홉 살짜리 남자의 눈을 뚫어져라 바라보면서 그녀가 말했다.

"넌 잊으면 안 된다…… 내가 지금 하는 말을."

"그래."

야무진 목소리로 녀석이 대답했다. 그러자 여학생이 말했다.

"난 오늘 처음이었거든."

"알아. 나도……"
"그러니까, 네가 내 순결을 가져갔다는 걸 잊어버리면 안 돼."
얼뜬 사내녀석을 향해 여학생이 다시 말했다.
"알았지?"
"그래. 알았다. 절대 잊지 않을게."
"그럼 됐어. 잊지나 마."

여학생은 붉은 체크무늬 코트깃을 세워 귓불을 가리고서는 천천히 횡단보도를 건너갔다. 사내녀석은 그녀의 뒷모습을 바라보며 그녀가 잡고 있던 은행나무 줄기를 만져보았다. 아직도 따뜻한 온기가 은행나무 줄기에 남아 있었다. 그로부터 스무 해가 지나 이제 마흔이 된 남자는 그 따뜻하던 은행나무를 만져보기 위해 달려가고 있다. 한강을 막 지난 승용차는 곧 고속도로로 접어들었다.

그리고 그와 같은 시각, 이제 마흔이 된 여자도 문득 거실 창밖에 드리운 우중충한 겨울 하늘을 바라보고 있었다. 직장으로 출근하는 남편을 배웅하고 일찍 스케이트장으로 나서는 아이들을 집 밖으로 내보낸 뒤 설거지를 시작하려던 참이었다. 뜰에 선 목련나무의 앙상한 가지 뒤편으로 펼쳐진 하늘을 바라보면서 여자는 손을 들어 목을 더듬었다. 그러는 순간, 여자는 문득 은행나무를 만져보고 싶다는 생각에 젖어들었다. 고향 인근에서 줄곧 살아온 여자로서는 한 해에도 서너 번씩 바라보곤 하는 은행나무였다. 이제 은행나무는 어린아이들이 두 팔로 안아야 할 만큼 커다란 크기로 장성한 채 여전히 그곳, 횡단보도 곁에 서 있었다. 여러 번 바라보면서 한번쯤 안아보고 싶다는 생각은 했으나, 지난 이십 년 동안 정작 만져본 적은 없었다.

여자는 이십여 년 전 서로의 순결과 동정을 맞바꿨던 그날 성애의 기억보다는, 은행나무를 부여잡고 망설이던 자신의 모습이 잊혀지지 않았다. 그것은 부끄러움이었다. 함께 살지 못하리라는 걸 알고 있었으면서도 왜 그랬을까, 그는 과연 지금도 그날의 맹세를 지키고 있을까, 하는 회한과 의문이 부끄러운 감정에 휩싸여 동시에 떠오르곤 했다.

남자는 서울에 있는 대학에 합격한 반면 그녀 자신은 고향에 있는 지방대학의 합격통보를 받았다. 합격이 결정된 뒤 어느 날 성당에 다녀오던 길이었다고 여자는 기억하고 있었다. 고등학교 졸업식을 며칠 앞둔 우중충한 겨울날 오후, 그녀는 동갑내기 남학생의 자취방에서 자신을 탐하는 그에게 자신의 순결을 건네면서, 마구 울고만 싶은 충동과 첫 경험의 아픔을 이를 물고 참았다. 사내녀석은 바보처럼 자신의 손수건으로 그녀의 입을 덮었다. 그녀는 비누 냄새 풍기는 남학생의 손수건을 입에 문 채 첫 경험을 치렀다. 그러한 기억 역시 부끄러움을 몰고 왔다. 비누 냄새 풍기는 남학생의 손수건을 입에 물지 않았더라도 울음과 아픔은 얼마든지 참을 수 있었는데, 하고 이십여 년 지난 지금 여자는 생각했다. 어쨌든 여자는 그날 입에 물고 있던 손수건으로 허벅지에 묻은 첫 경험의 새빨간 흔적을 닦았다. 여자는 허리를 틀어 식탁 쪽으로 다가가면서 오늘은 반드시 은행나무를 만져보리라 작정했다.

심상대 | 첫사랑이 나를 울리네

고속도로로 들어선 뒤에야 남자는 아내를 생각했다. 적어도 아내에게만은 자신의 일정을 알려야 할 것 같았다. 그러나 어떻게 말할 수 있을까? 무어라고 설명해야 할지, 그로서는 금방 결정할 수 없었다. 그래 좀더 생각하자, 하고 그는 서두르는 자신을 다독였다. 서울을 벗어난 지 한 시간 반이 지나서야 남자는 마음을 정돈했다. 아내에게도 역시 거짓말을 할 수밖에 없다고 결론 내렸다.
 "그래. 오늘이 가장 그럴듯해. 내일부터는 한 달 동안 꼼짝할 수 없을 거고. 현장 감리가 시작되니까. 날씨도 아주 알맞아. 우중충한 이런 날씨에 피사체의 윤곽이 뚜렷하게 잡히는 거라고…… 알았어."
 남자는 마침 '관동팔경 시리즈'를 준비하고 있었다. 오늘 같은 날 경포대와 죽서루를 찍어둬야겠다는 설명은 아주 그럴듯했다. 빵 장사에 바쁜 아내는 느닷없는 여행에는 놀라는 목소리였으나 그 사유에 대해서는 건성으로 듣고 있었다. 그럴 수밖에 없는 것이 이날까지 남편의 성실성을 의심해본 적이 없는 여자였다. 그만큼 남자의 처신은 한치의 착오도 일순간의 흔들림도 없었다.
 "그래 알았어. 그럼, 그럼. 설마 눈이 내리기야 하겠어…… 금방 돌아올 거야. 알았어."
 카메라 가방은 승용차 트렁크에 실려 있었다. 그러나 오늘 같은 날씨에 경포대와 죽서루를 찍으려면 까다로운 필름 여러 통이 필요했다. 지방 도시에서 구하기 어려운 필름이었으나 남자는 거기에는 신경 쓰지 않았다. 남자의 목적은 관동팔경에 있는 게 아니었으므로, 만약 아내에게 한 거짓말을 그럴듯하게 꾸밀 작정이라면 아무런 필름이든 대강 한두 통의 슈팅으로도 족했다. 하지만 단 한 장, 그 은행나무만은 정성 들여 찍어올 생각이었다. 은행나무를 배경으로 붉은 코트를 입은 여학생의 뒷모습 한 장은 꼭 찍을 필요가 있었다.

남자는 요즘 동인들과 함께 '뒷모습전'을 준비하고 있었다. 대개 인물의 뒷모습을 찍는 작업이었다. 어쩌면 지금 자신을 불러가는 이 충동도 뒷모습에 관한 집착의 일부분일지 모른다고 남자는 생각했다. 이십여 년 만에 바라보는 자신의 뒷모습과 첫사랑의 뒷모습을 관측하기 위해 달려가는 길인지도 알 수 없는 일이었다. 인간을 비롯하여 피사체의 뒷모습을 찍은 사진이 없지는 않지만, 이번 동인이 준비하는 관념성을 곁들인 뒷모습전은 뭔가 흔들림이 느껴졌다. 자신들의 표현 매체인 사진이 어쩔 수 없는 평면 작업이라는 걸 깨달은 뒤, 어쩔 수 없이 평면 위에 빛의 농담으로 대상의 모양을 담는 사진과, 역시 그 대상의 모양으로 대상의 의미를 담는 작업의 내막에 적이 당황할 만도 했다. 모든 사물은 평면이 아니라 입면체인 까닭이다. 자각지도 못하는 순간 소홀했던 사물과 생이 담고 있는 의미의 뒷모습에 연민을 느꼈을 법도 했다. 마찬가지로 과거라는 한순간도 지나가버린 시간이 아니라 감정이 깃든 추억으로 불러세워놓고 보면 입면체의 형태를 드러내지는 않을까? 그리하여 한 남자로 하여금 이십여 년 전 만져보았던 은행나무의 온기를 만나러 달려가게 만드는 건 아닐까?

심상대 | 첫사랑이 나를 울리네

아내의 염려대로 영(嶺)이 가까워오자 눈발이 날리기 시작했다. 쌓일 만큼 많은 눈은 아니었지만 흩날리는 눈발로 시야가 어지러웠다. 그런 티끌 같은 눈발도 영의 정상이 가까워오자 일순에 잦아들면서 대기는 다시 우중충한 겨울 날씨로 되돌아왔다. 휘날리는 눈발 속에서 막 헤어난 뒤라 남자는 트인 시계가 낯설게만 여겨졌다. 무겁게 내리드리운 하늘과 그 아래로 짐승처럼 엎드린 산자락이 어슴푸레 내려다보였다. 사행(蛇行)의 요동찬 굴곡을 이루며 영 아래로 드리운 도로 위에서 자동차 행렬은 비교적 원활하게 오가고 있었다. 방금 전 영 저편의 눈발이 마치 꿈결같이 여겨졌다. 남자는 앞 차 뒤꽁무니를 쫓아가며 브레이크 페달을 밟았다 놓았다 하는 발동작을 되풀이했다. 자동차 행렬은 조심스럽게 경사 심한 고갯길을 내려가고 있었다. 남자만이 아니라 모든 운전자가 느닷없이 맞닥뜨린 눈발만큼이나 우중충한 대기에 심히 조심스러운 모양이었다. 남자는 그제야 은행나무가 그 자리에 그대로 있는지, 있다 하더라도 자신이 정확하게 가려낼 수 있을지 궁금해졌다.

여자는 집을 나서기 전 남편이 근무하는 은행으로 전화를 했다.
"그래요. 주차장으로 갈 거예요. 자동차에 키를 꽂아두세요. 집에 갔다가 돌아오는 길에 다시 주차장에 세워둘게요. 알았어요."

여자는 친정에 다녀오리라는 용건을 남편에게 전했다. 그러면서 은행 매장으로는 결코 들어서고 싶지 않다는 자신의 의지를 밝혔다. 남편은 무덤덤한 목소리로 주차장에 있는 승용차의 문을 열어두고, 키는 콘솔 박스에 넣어두겠다고 말했다. 남편도 여자의 심정을 익히 이해하고 있었다. 한 달 전 여자는 미심쩍은 표정으로 근무 중인 남편을 은행 앞 커피숍으로 불러냈고, 당황한 남편은 얼결에 자신의 죄과를 남김없이 줄줄줄 털어놓았다. 여자는 별다른 갈등이 없었다. 한번쯤 찾아오는 중년 남자의 가벼운 일탈 정도로 받아들일 수 있었다. 그러나 남편과 넉 달 동안 밀회를 나누며 불장난을 저질렀다는 스물두 살짜리 여행원이 앉아 있는 창구 앞으로 자신의 모습을 나타내기는 싫었다. 남편은 이해할 수 있었지만, 남편의 품에 안겼던 앳된 여자아이의 눈을 바라보는 중년의 자신을 용납할 수 없었다. 여자는 진정코 남편에 대한 원망은 없었다.

남편의 칠칠치 못한 고백을 들으면서도 담담했던 이유는 무얼까, 하고 여자는 한 달 동안 생각했다. 내가 숙맥인가, 아니면 늙은 탓일까, 그동안 남편이 보여준 성실함 때문이었을까, 그렇지 않다면 혼전에 있었던 단 한 번의 경험을 숨겨왔다는 자책 때문이었을까? 뒤숭숭한 한 달이 지난 오늘 아침, 여자는 이십여 년 전 자신의 순결을 네게 주었음을 고백하며 움켜잡고 있던 은행나무를 만져보기 위해 길을 나섰다. 남편이 지점장으로 근무하는 변두리 은행지점까지 여자는 이십 분을 걸어갔다. 걸어가면서 생각했다. 그 은행나무는 내게 어떠한 의미였던가?

여자가 남편의 승용차를 몰고 은행지점 주차장을 빠져나오고 있을 때 남자는 시 경계를 넘어서고 있었다. 은행나무가 있던 시가지를 향해 다가가면서 남자는 승용차의 속도를 줄였다. 시가지의 가로수는 여전히 은행나무였다. 이제는 낯설 정도로 커다랗게 자란 은행나무 가로수가 차도 연변에 앙상한 꼴로 줄지어 서 있었다. 시내도로로 들어선 뒤 서행 운전하면서 남자는 몰라보게 달라진 도시의 풍경 속에서 자신의 은행나무를 찾고 있었다.

남자와는 달리 여자는 망설임 없이 자신의 은행나무를 알아보았다. 은행나무는 기업은행 앞 횡단보도 곁에 여전히 서 있었다. 굵게 자란 줄기와 마구 잘려진 앙상한 가지를 쳐든 채 우중충한 하늘 아래 을씨년한 꼴을 하고 있었다. 여자는 기업은행 곁에 있는 산부인과 병원 주차장으로 들어서기 위해 승용차를 우회전하면서 은행나무를 쳐다보았다. 마침 승용차를 멈추고 기업은행 앞 횡단보도 곁에 있는 은행나무를 바라보던 남자는 횡단보도에서 가까운 골목으로 들어서는 한 대의 승용차를 보았다. 승용차는 은행과 어깨를 마주하고 있는 산부인과 병원 건물 곁을 돌아 골목 안으로 천천히 들어서고 있었다. 남자가 위치한 곳은 은행나무 반대편 차선이었다. 은행나무를 만져보기 위해서는 승용차를 유턴하여 맞은편 도로로 가야 했다. 그러기 위해 남자는 전진했다.

시내에 들어오면 늘 승용차를 세워두곤 하는 산부인과 병원 주차장에 승용차를 주차한 여자는 골목을 걸어나왔다. 나오는 길에 은행나무가 선 횡단보도 앞에서 우물쭈물하고 있는 승용차를 보았다. 횡단보도로 들어서는 행인들을 비켜 비척대며 전진하던 승용차는 횡하니 곧장 앞으로 달려나갔다. 남자는 어딘가 가까운 주차장에 승용차를 주차하여야겠다고 판단했다. 주차장에 승용차를 세워두고 카메라를 챙겨들고 돌아올 작정으로 남자는 앞으로 달려가면서 주차장 간판을 찾아 두리번거렸다.

여자는 검은 코트깃을 세운 채 은행나무 곁에 섰다. 은행나무는 어쩐지 감정을 가진 존재와 같아서 금방 손을 뻗어 만져보기 어려웠다. 눈으로 짐작하건대 이십여 년의 세월만큼이나 은행나무는 장년의 면모를 드러내며 어떠한 풍우에도 흔들리지 않을 위엄을 과시하고 있었다. 단지 여자 자신만이 흔들림과 서러움으로 손을 내밀지 못하고 망설이는 듯했다. 손바닥으로 은행나무를 짚자 생각과는 달리 그다지 차갑지 않았다. 횡단보도 저편을 건너다보면서 여자는 은행나무를 두 손으로 단단히 그러쥐었다. 그날 성당에 가지 않았더라면, 하고 여자는 생각했다. 바보 같은 생각이야, 하고 여자는 다시 생각했다. 흥! 하고 콧방귀를 뀌며 은행나무 둥치에 뺨을 대보았다. 그때 신호등이 바뀌어 곁에 있던 행인들이 횡단보도로 발을 들여놓기 시작했다. 여자는 은행나무에서 떨어져 한 걸음 물러섰다.

주차장에 승용차를 세워두고 보도를 따라 걸어오던 남자는 저편에서 횡단보도를 건너 은행나무 쪽으로 건너오는 행인의 무리를 보았다. 무리 지어 횡단보도를 건넌 그들에 휩싸여 산부인과 병원 골목으로 들어가는 검은 코트 차림 중년 여인의 뒷모습도 보았다.

은행나무는 여전히 그곳에 서 있었다. 남자는 은행나무의 생김새보다는 뒤편에 위치한 기업은행과 그 앞에 자리한 횡단보도로 자신의 은행나무를 식별할 수 있었다. 카메라 끈을 어깨에 걸치고서 남자는 두 손으로 은행나무를 만져보았다. 생각처럼 따뜻하지는 않았지만 차갑지도 않았다. 남자가 손으로 잡은 부위는 행인들의 손길에 시달린 듯 반질반질했다. 그러나 위쪽으로는 굵고 미끈한 줄기를 뻗어올려서 무성한 가지를 뻗치고 있었다. 은행나무를 움켜잡고 있던 남자는 신호등이 바뀌자 건너편으로 가기 위해 행인들과 함께 보도로 내려섰다. 맞은편에서 사진을 찍을 목적이었다. 남자가 은행나무에게 등을 보이며 길을 건너고 있을 때 여자는 승용차를 운전하여 골목을 나서고 있었다. 여자는 행인들과 함께 길을 건너는, 바바리코트를 입은 한 중년 남자의 어깨에 매달린 카메라의 커다란 망원렌즈를 운전석에 앉아 바라보았다.

　은행나무 맞은편 도로에 서서 필름 두 통을 찍느라 남자는 오래도록 냉기 속에 서 있었다. 그동안 여자는 부모님이 살고 있는 친정에 도착했다. 시내에 있던 친정은 얼마 전 시내에서 멀리 떨어진 천변에 새로 건설한 아파트로 입주했다. 허약한 몸에 근래엔 치매 증상까지 도진 친정어머니 대신 친정아버지가 중년의 딸을 맞았다.

　두 통의 필름을 다 찍는 동안 남자는 아주 낭만적인 감상에 빠져 있었다. 그 시절 그 소녀는 지금쯤 어디에서 어떻게 살고 있을까, 하는 애달픈 궁금증이었다. 그래, 어딘가에서 살고 있겠지, 하고 남자는 중얼거렸다. 남자는 가깝게 지내던 친구 가운데 한 명을 수소문했다. 자신이 겨우 아는 대로, 이곳 시내에 위치한 국립대학교 미술대학으로 전화를 하고, 학과에서 알려준 대로 자택으로 전화를 하고, 그곳에서 알려준 대로 핸드폰으로 연락을 했다. 미술대학 교수로 재직 중인 친구는 반색을 했다. 하지만 현재 자신은 인근 도시 석재공장에 있다면서 가까이 살고 있는 또다른 친구의 이름을 들먹였다. 남자가 그의 이름을 알아듣자 그 친구가 경영하는 카페의 위치를 일러줬다.

"그래. 이 골목 안이로구만. 교회 맞은편 비 앤 비. 알았다. 그래."

친구가 일러준 'B&B'라는 카페는 골목 안 칠층 건물의 꼭대기에 위치하고 있었다. 카페의 주인 역시 남자의 고등학교 동기생이었다. 그가 손을 맞잡으며 말했다.

"왜 이렇게 늙었어? 완전히 아저씨로구만."

"그래? 그런가?"

"어쩐 일이지? 병철이 장례식 때문에 내려온 건가?"

"무슨 소리야?"

"나도 좀전에 전화를 받았어. 같이 가보자. 같이 갈 거지?"

어쩌면 여자의 소식을 들을 수 있으리라는 남자의 기대는 물거품이 되고 말았다. 동기생들은 지금 모두 친구의 주검이 안치된 시립병원 영안실로 모여들고 있다는 것이었다.

"왜?"

"병철이 녀석이 어제 죽었어. 간암으로."

"그래…… 병철이 그 자식이 왜?"

"몇 달 동안 앓았지…… 너무 늦게 발견한 모양이야."

"그 친구는 뭘 하고 있었는데?"

"응, 슈퍼를 했었지. 중앙시장에서 아주 크게 벌여놓고 있었는데 일이 아주 우습게 됐네."

묵은 인사를 주고받으며 서둘러 커피를 마신 뒤 두 사람은 카페를 나서서 병원으로 향했다. 친구의 승용차에 오르면서도 남자는 어떻게 여자의 소식을 들을 수 있을까 골몰했다. 동기생 녀석들의 이름을 들먹이며 안부를 묻는 중에 넌지시 여자의 이름을 던져보았지만 친구는 고개를 저었다.
"그 왜 성당에 다니던 그애 말이야…… 아마 음대에 다녔을걸. 여기에서."
"난 줄곧 고향을 떠나 있었거든. 그리고 여자애들은 알지도 못해."
"알았다, 알았어."
"영안실에 가서 물어봐. 거긴 알 만한 애들이 많이 있을 거야."
"그만두자."
"그런데 그 카메라는 웬 거야. 무슨 일로 이렇게 연락도 없이 요란하게 생겨먹은 카메라를 메고 나타난 거야?"
"응, 그래…… 경포대를 찍을 일이 있어서."
"이런 한겨울에 경포대를 찍어서 뭘 하게?"
"그냥 좀 찍을 일이 있지."
승용차는 금방 시립병원 정문으로 들어서고 있었다. 감정을 애써 격정으로 몰고 가 처연한 자신을 연출하고 싶었건만 여자에 대한 생각 탓일까, 얼결에 맞닥뜨린 친구의 죽음 탓일까, 남자는 좀체 슬픈 기분으로 빠져들지 못했다. 영안실을 가리키는 푯말 곁 길가에 정차한 승용차에서 내려선 뒤에도 얼떨떨한 기분은 여전했다.

조수석에 카메라를 벗어두고 엉거주춤한 꼴로 남자는 영안실 쪽으로 걸어갔다. 친구의 주검이 누워 있는 영안실로 향하면서도 남자는 어쩐지 슬픔이라기보다는 설렘으로 살짝 흥분해 있었다. 죽음을 자신의 일로 받아들이기에 남자는 아직 너무 젊었다. 앞선 친구도 그랬지만 남자 또한 지극히 서툰 조문객 행색을 하고 있었다.

영안실 건물 처마에 횡렬로 늘어서서 담배를 피우고 있는 친구들이 보였다. 무표정한 얼굴로 줄지어 서서 담배 연기를 뿜어내는 행색이 예사롭지는 않았지만 점퍼나 스웨터를 입은 평상복 차림새로 인해 하나같이 조문객으로는 어설퍼 보였다.

"그래, 너도 왔구나……"

이제는 낯설어 알아보기조차 힘든 친구들과 손을 맞잡아 인사하며 남자는 담배를 청했다. 담배를 건네주며 한 친구가 남자에게 인사를 했다.

"머리가 좀 빠졌군."

"남자는 이마를 들며 웃어 보였다. 몇 모금 빨지도 않은 담배개비를 던져버리고 영안실로 들어섰다. 다급한 끽연으로 조금 어지러웠던지 남자는 구두를 벗으며 몸을 휘청거렸다. 남자는 몸을 추스리면서 분향대 곁에 쪼그리고 앉아 있는 망자의 아내를 보았다. 작고 흰 얼굴을 한 여자는 어려 보였다. 남자는 자신의 아내보다도 어리다고 생각했다. 그녀는 소복 차림으로 앉아 고개를 숙이고 있었다. 중학생짜리 아들이 그 곁에 역시 소복 차림으로 멀뚱히 앉아 있고 초등학생인 딸아이는 분홍색 코트를 입은 채 할머니의 손을 잡고 있었다. 웃음기 띤 친구의 영정은 거만한 표정으로 턱을 들고 이마를 젖힌 모습이었다. 분향과 삼배를 마친 다음 남자는 망자의 모친과 아내에게 말없이 맞절을 하고는 이내 돌아나왔다. 슬픔 같은 건 없었다. 영안실에서 나오자 카페 주인인 친구가 남자에게 말했다.

"우린 가도 되겠다. 가자!"

"왜?"

남자는 말없이 그의 뒤를 따라 웅크린 채 뛰어갔다.

"가자. 어디 가서 한잔하고 오자. 여긴 이 집 식구들이 있겠지. 이미 준비하고 있었으니까."

운전석에 올라앉으며 친구가 다시 말했다.

"처남들이 다 알아서 할 거야. 나는 저녁에 와서 밤샘을 해야 해. 가자!"

"어디로 갈까?"

"저기…… 경포 횟집에 내가 맡겨둔 새우가 한 상자 있다. 냉동한 보리새우야."

승용차 키를 꽂으면서 친구가 물었다.

"회사는?"

남자가 대답했다.

"뭐, 하루쯤 쉬어도 돼."

"그래? 아이는 많이 컸지?"

"응."

"오랜만에 보니 너도 늙었다. 아저씨가 다 됐어."

남자는 귀밑머리가 센 친구의 얼굴을 바라보며 함께 웃었다.

"우린 술이나 한잔하자. 어차피 하나씩 죽는 거니까. 이제 우리 친구들도 죽은 놈 많다. 동길이란 놈은 포크레인 바가지에 맞아 죽었다. 그리고 영준이라고 알지? 그 자식은 자살을 했어. 농약을 마셨지. 장가도 못 가보고."

"그래?"

남자로서는 모두 처음 듣는 소식이었다.

"그만 죽어버리기로 작정했던 모양이야. 죽어버리자, 이렇게 살아서 뭘 할까, 하는 심정이었겠지. 다 그렇잖아? 다들 그런 생각이 들 때가 있지. 이렇게 살아서 어쩌자는 건가, 하는 생각."

여자는 두 늙은이와 함께 오렌지주스를 마시면서 아버지의 하소연을 듣고 있었다. 아버지의 하소연이 아니더라도 친정어머니는 며칠 사이 완연한 치매증 중환자의 눈빛을 하고 있었다. 여자는 그런 어머니의 이마를 건너다보면서 목에 일기 시작한 살집을 만지작거렸다. 주름은 아닐지라도 말랑말랑하게 만져지는 목의 살집은 그녀를 한층 우울하게 했다.

"귀찮아 죽겠다."

어제저녁 또 보따리를 싸들고 현관문을 나서는 어머니를 말리느라 혼이 났다는 설명 뒤에 아버지가 말했다.

"도대체 어디로 가겠다는 건지 영문을 알 수 있어야지. 응? 네 에미가 대체 어디로 가고 싶은 줄 너는 아냐?"

여자는 대답 대신 픽 웃어버렸다. 늙은 아버지는 다시 하소연을 이었다.

"어디론가 가고 싶은가 보구나. 정신만 온전타면 얼마든지 가라지. 그런데 이게 무슨 꼴이냐. 다 늙고 병들어서. 그래, 이제 집을 떠나 어디로 가겠다는 거냐?"

"그러니깐 병이라잖아요, 아버지."

"그래, 정신과 의사 양반도 그러더라. 웬 요즘에는 치매 증상 있는 할망구들이 다들 그렇게 달아나고 싶어한대요. 죄다 보따리를 싸들고는 달아나는 연습을 한다는구나. 이전에는 그렇지 않았는데. 이전에는 노망이 들면 방구석에 주질러앉아 노상 아무거나 그냥 집어먹었지. 이거저거 집어먹고 똥오줌을 싸대고. 그런데 요즘엔 먹는 게 흔한 세상이라 그런 식탐은 없고 그냥 달아나기만 한다는구나."

평생을 교직에 계셨던 아버지는 치매증을 보이는 어머니만큼이나 어린아이 같았다. 늙은 아내의 병인을 문명적으로 분석하며 화를 내고 있었다.

"그래서 말인데, 네 에미도 필시 내게서 달아나고 싶었던 모양이다. 아니면 어딘가 심중에 묻어뒀던 그런 데가 있었던지. 정말 귀찮아 죽겠다. 달아나려는 사람을 하염없이 붙잡아들이는 짓이 귀찮아 죽겠다. 혼자 버려둘 수도 없지 않아? 그런데 그 젊은 의사 말로는 요즘 어떤 치매 환자는 그냥 남자라고 생긴 놈만 보면 옷을 벗어던지고 달려든다는 거야. 그런 증상을 보이는 할망구 환자가 한둘이 아니라는구나. 응? 그러니 이건 또 무슨 조화냐? 이것도 필시 무슨 잠재의식에서 온 병증이겠지? 먹어대고, 달아나려고 기를 쓰고, 남자를 보면 옷을 벗고 달려들고. 이게 무슨 짐승의 귀신이 부리는 조화가 아니고 무어냐?"

순한 짐승처럼 고개를 숙인 채 사과쪽을 베물고 있는 어머니의 머리꼭지를 바라보며 여자는 아버지의 푸념을 막았다.

"제가 있을게요. 아버진 바람 좀 쐬고 오세요."

"싫다! 잠이나 한숨 자련다."

횟집으로 가자고 출발한 친구의 승용차를 세운 남자는 차에서 내렸다. 남자는 친구와 헤어지고만 싶었다. 긴한 용무 때문이라고 둘러대느라 웃는 얼굴을 했지만 남자는 어쩔 수 없는 불쾌감에 치밀어오르는 화를 삭이기 힘들었다. 애써 내색하지 않으려는 남자의 짜증을 이해할 수 없는 친구는 말을 들으려 하지 않았다. 극구 만류하는 친구의 호의를 뿌리치고 남자는 냉정하게 달려오는 택시를 잡았다. 자신도 알 수 없는 짜증과 욕지기가 목으로 치밀어오르는 걸 남자는 애써 참고 있었다. 친구에 대한 무례를 무릅쓰고라도 혼자 있고 싶다는 생각뿐이었다. 이 도시에서는 더 이상 아무도 만나지 않겠다고 남자는 작정했다. 기실 몇몇 친구를 제외하고는 만날 사람도 없었다. 부모형제는 모두 서울에 살고 있었고, 근친한 친척친지도 남아 있지 않았다. 이제 남자에게 이 도시는 추억의 고장일 뿐이었다.

"난 급하게 사진을 찍어야 해! 미안하다!"

남자는 친구를 버려두고 택시에 올랐다. 횟집에 가서 술이나 한 잔하자는 그의 권유를 받아들일 형편이 아니었다. 그가 경포의 횟집이라고 말했을 때 이미 남자의 머릿속에는 벚꽃 만발한 경포대 진입로와 꽃나무 아래로 길게 이어진 좁은 포도가 떠올랐다. 남자는 그 진입로 어귀에서 택시를 세웠다. 텅 빈 논 사이로 뚫린 산책로를 지나 경포대 아래까지 웅크리고서 걸었다. 화사한 벚꽃도 푸르른 신록과 싱그러운 바람결도 있을 리 없었다. 마른 억새 포기에 둘러싸인 호수만이 경포대와 해변도로 사이에 놓여 있었다. 남자는 경포대 쪽으로 다가가며 카메라를 들고 셔터를 눌러댔다. 그러면서 이십여 년 전 교복 차림의 그녀와 함께 꽃길을 걸어가듯이 두근거리는 가슴으로 스산하게 펼쳐진 호수 주변의 풍경과, 진입로 연변에 늘어선 늙고 키 작은 벚나무 군락을 바라보았다. 이십여 년 전 꽃잎 휘날리는 벚나무 아래에서 그 여학생과 함께 찍은 사진은 결혼 직전에 찢어버리고 말았다. 다시 한번 보고 싶다는 생각이 들었으나 후회해도 다 지난 일이었다. 그날 그녀는 경포대 난간을 짚고 서서 고등학교 교복 차림을 한 그에게 말했다.

"첫사랑은 이루어지지 않는 거래."

교복 차림의 사내녀석은 여학생이 입고 있는 교복의 흰 칼라를 바라보는 것만으로도 행복했다. 그런 심정이었기에 그까짓 말쯤은 괜한 소리로 여겼다. 하지만 세월은 그녀의 말을 보란 듯이 증명해 보였다.

"언젠간 내 말이 다시 생각날 거야."

여학생이 다시 그에게 말했었다. 그로부터 오랜 세월이 지난 뒤 남자는 경포대 난간에 기대어 서서 그 말을 생각했다. 실로 이십여 년 만에 처음이었다.

여자는 욕조 가득 따뜻한 물을 받은 뒤 어머니의 옷을 벗기고, 야위고 가벼운 늙은이의 몸을 욕조 속에 담갔다. 주름진 몸을 알뜰히 씻기고, 머리를 감기고, 커다란 타월로 온몸을 감싸안아 들고 안방으로 들어갔다. 어머니는 아주 행복한 눈길로 중년의 딸에게 감사하다고 말했다.

"고맙다, 애야. 난 그만 잘란다."

두 늙은이가 다 잠든 뒤 여자는 친정아버지의 책장에 붙어서서 책을 찾기 시작했다. 어떤 책이었는지는 생각나지 않았으나 책을 마주하면 금세 알아볼 수 있다고 여자는 생각했다. 유리창이 달린 오래된 책장은 깊을뿐더러 대부분의 책은 꽂히기보다는 포개진 채로 누워 있었다. 여자는 까치발을 하고서 책장 맨 위쪽 구석 칸에서 가전(家傳) 한적(漢籍) 곁에 비스듬히 서 있는 책 몇 권을 찾아냈다. 『어린 왕자』와 『회색 노트』, 『데미안』과 『생의 한가운데』였다. 이제는 모두 낡을 대로 낡아버린 그 가운데에서 그나마 온전한 모양을 하고 있는 책은 한 권뿐이었다. 『회색 노트』와 『데미안』은 문고본이었고, 『어린 왕자』는 표지가 떨어져나가고 없었다. 양장본인 『생의 한가운데』만이 그녀가 읽은 뒤론 아무도 손대지 않은 듯, 낡고 색이 바랬으나 온전한 모양을 하고 종이 케이스 안에 깨끗한 상태로 담겨 있었다.

여자는 종이 케이스에서 꺼낸 책을 들어 주르륵 펼쳤다. 오래된 책 냄새가 풍겨나며 누렇게 퇴색한 종이는 금방 부서질 것만 같았다. 판권이 있는 맨 뒷장 책갈피가 펼쳐지면서 여자가 찾고 있던 사진 한 장이 드러났다. 여자는 사진을 들고 창가로 걸어갔다. 여고 교복 차림을 한 사진 속의 소녀는 상고머리를 한 남학생과 함께 흐벅진 꽃가지를 당겨잡은 자세로 푹, 하고 웃는 참이었다. 창틀에 머리를 기댄 채 여자는 한참 동안 사진 속의 자신을 여겨보았다. 여자는, 그도 언젠가 이 사진을 꺼내보는 날이 있을까, 하는 맥 빠진 생각에 젖어 슬픈 표정을 지었다.

언젠가 다시, 한번 더 보고 싶을 때가 있을 거야, 하는 생각에 여자는 사진을 다시 책갈피 속에 넣었다. 그러면서 책 앞장을 펼쳐보았다. 정면을 노려보는 단발머리 독일 여인의 사진이 있고, 그 아래편에 만년필로 쓴 글씨가 있었다.

'너의 생일을 축하한다. 어둠 속에서 솟아오르는 맑고 싱싱한 태양처럼…… 너의 생일을 진심으로 축하한다. 내가 널 좋아하는 만큼이나…… 1977년 5월 4일.'

그리고 그의 이름이 적혀 있었다. 여자는 순간 당황했다. 그녀로서는 이런 문구가 이곳에 적혀 있다는 걸 까맣게 잊고 있었다. 아마 이 문구 때문에 결혼하면서도 버리지 못하고 아버지 책장 한구석에 박아두었으리라 그녀는 생각했다. 이전에 분명 읽었음에도 다시 읽어본 소설 첫머리 역시 당황스럽고 생소하기는 마찬가지였다.

자매는 서로에 관해서 전부를 알고 있거나 또는 조금도 모른다. 나는 내 동생 니나에 관해서 최근까지 아무것도 몰랐다.

'니나'라는 주인공의 이름만이 벼락처럼 기억 저편에서 현실로 뛰어들어왔다. 순간 '니나'라는 소설 속의 여자가 혈육처럼 반갑게 느껴졌다. 여자는 어서 책을 다시 읽고만 싶었다. 책 뒷장에 끼워 두었던 사진을 꺼내 『어린 왕자』 책갈피 속으로 옮겨 책장 꼭대기 칸 구석에 뉘어두고, 그리고 『생의 한가운데』는 종이 케이스에 담아 손에 들었다.

경포대 촬영을 마친 남자는 호숫가를 둘러선 앙상한 벚나무 길을 걸어 순두부집으로 갔다. 순두부가 나오기 전에 깍두기를 안주로 소주를 마셨다. 식사를 마칠 때까지 남자는 겨우 소주 세 잔을 마셨을 뿐, 지나친 도취도 격정도 귀찮기만 했다. 취하기보다는 어서 평안한 상태로 잠들거나, 팔뚝을 들어 눈물을 닦으며 혼자 울고만 싶었다. 아아, 다시 돌아갈 수는 없을까, 하고 남자는 혼잣소리로 중얼거렸다. 그로서는 마흔 살이 지난 지금에야 생애 처음으로, 세월이 자신을 실어다 부려놓은 초라한 영역을 우울한 기분으로 돌아보고 있었다. 하지만 어쩔 수 없이 그에게는 돌아가야 할 집과 기다리는 사람들이 있었다. 전화를 하자 아내는 염려스러운 목소리로 남자에게 말했다.

심상대 | 첫사랑이 나를 울리네

"눈이 내리면 어떡해…… 어서 돌아오세요. 곧 눈이 내릴 것 같은데."

남자는 택시를 타고 시내로 돌아왔다. 주차장에 세워둔 승용차 안에 카메라를 놓아두고 다시 길로 나섰다. 다시 한번 은행나무를 안아보고 싶다는 욕심을 남자는 버릴 수 없었다.

낮잠에서 깨어난 친정아버지가 밥을 먹자고 권했건만 여자는 가방을 들고 곧 친정을 나섰다. 어서 집으로 돌아가 가방 속에 든 '니나'의 이야기를 읽고 싶었다. 현재로서는 그것만이 여자의 우울한 심정을 달래줄 유일한 안식의 방법이었다. 여자는 남편의 직장에 들러 승용차를 두고 가야 했기에 시내로 돌아가면서 다시 한번 은행나무를 보아야겠다고 생각했다. 짙은 강설의 기미를 보이는 대기는 한층 우중충했고 어둑어둑했다. 하늘은 곧 눈을 뿌릴 것만 같았다. 눈이 내리기 전에 서둘러 집으로 돌아가야 한다는 계산으로 여자는 속도를 냈다. 은행나무가 선 시내도로에 들어서자 기어이 눈이 내리기 시작했다.

막 은행나무가 선 횡단보도 근처로 다가서던 여자는 자신의 은행나무와 함께 그 은행나무에 이마를 대고 선 한 남자의 뒷모습을 보았다. 남자는 바바리코트를 입고서 은행나무에 한쪽 팔을 기대고, 그 팔 위에 이마를 붙인 자세로 서 있었다. 그 곁을 지나치면서 여자는, 어쩌면 내 은행나무에 기대고 있는 저 남자는 지금 자신과 같이 울고 있을지도 모른다고 생각했다. 여자는 떨어져내리는 눈발에 젖고야 말 그 남자의 뒷모습을 걱정했다. 울면 안 돼, 하고 여자는 흘러나오려는 눈물을 애써 삼켰다. 더 눈이 내리기 전에 어서 돌아가야 해, 하고 여자는 자신을 타일렀다.

여자가 은행나무 앞 횡단보도를 막 지나쳤을 때 남자는 눈물에 젖은 얼굴을 들었다. 눈이 내리고 있었다. 남자는 바바리코트의 소매를 들어 눈물을 닦았다. 이젠 한 손으로 잡기엔 너무나 굵게 자라버린 은행나무를 어루만지면서 남자는, 첫사랑은 이루어지지 않는다고 말하던 이십여 년 전 그날의 소녀를 생각했다. 이렇게 되고 말았구나, 하고 그는 한숨처럼 중얼거렸다. 그런데 지금 그 소녀는 어디서 어떻게 살고 있을까, 하고 남자는 눈을 들어 은행나무에게 물어보았다. 눈물에 젖은 남자처럼 커다란 은행나무도 눈발을 맞고 있었다. 은행나무와 남자는 그렇게 눈을 맞으며 오래도록 횡단보도 곁에 서 있었다. 어쩌면 영원히 그곳에 서 있을 듯이 조금치의 미동도 없었다. 우중충한 하늘을 어지럽히며 눈발이 휘날리기 시작하던 어느 겨울날 하오의 풍경이었다.

얼뜬 한 중년 남자의 이야기는 이쯤에서 끝난다. 나는 이 남자에 관한 더 이상의 이야기는 준비하지 않았다. 그건 내 몫이 아니라고 생각했다. 아마 소설 속의 남자는 눈발을 헤치며 아내와 직장이 있는 영 너머로 돌아갔을 테지만, 그러나 내 몫의 이야기는 그렇게 끝나지 않을 것이다.

나는 여전히 그곳에 서 있다. 그녀의 뒷모습과, 나의 눈물과, 은행나무 줄기를 어루만지며 내리는 눈은 영원히 그치지 아니한다. 눈은 하염없이 퍼부어 내리고, 밤새 『생의 한가운데』를 읽던 여자는 몽유병자처럼 잠옷 자락을 휘날리며 눈 속에 선 나와 은행나무를 껴안으러 달려온다. 눈은 이 세상이 다하도록 내리고 또 내려 영을 덮고 길을 묻어버린다. 그 누구도 영을 넘어 저편으로 돌아갈 수 없다. 당신이 그러하듯이, 나 역시 내가 맨 처음 관측한 별을 가장 사랑한다. 설령 어느 먼 훗날 그 별이 우주 저편 적막 속으로 사라져버리고 말지라도, 그 별을 바라보던 나의 설렘만은 영원히 내 가슴속에 남아 있을 테니까.

# 오로라를 보라

이 응 준

1970년 서울에서 태어났다. 1990년 『문학과 비평』에 시를, 1994년 『상상』에 단편 「그는 추억의 속도로 걸어갔다」를 발표하며 등단. 소설집 『달의 뒤편으로 가는 자전거 여행』 『내 여자친구의 장례식』 『무정한 짐승의 연애』 『약혼』, 장편소설 『전갈자리에서 생긴 일』 『국가의 사생활』이 있다.

**작가를 말한다**

얼마 전 나는 환갑 나이에 공연한 롤링 스톤즈의 뮤직비디오를 보면서 이응준을 떠올렸다. 이응준이 문단의 로커라서가 아니라 '젊은 작가'이기 때문이었다. 믹 재거가 젊은 시절 모습 그대로 달라붙는 옷을 입고 펄쩍펄쩍 뛰면서 젊은 노래를 부르듯이 이응준도 언제까지나 젊은 정신으로 문학을 할 것이라는 생각이 떠올랐다. 그는 비록 조숙은 하였으되, 조로하여 대가나 스승의 문학을 하지는 않을 것 같다는 게 내 느낌이다. 예술이란 것이 완결되어 높은 자리에 보존되는 어떤 경지가 아니라, 현장에서 서로 섞이고 파이고 구르면서 반항하고 실수하고 그러면서 찾아가는 젊은 정신의 도정이라면, 그렇다면 그것은 '오직 혈관 속에 지난 여름의 순결한 소금 한 줌과 파도의 노래가 자라고 있는 사람'만이 할 수 있는 게 아닐까? 은희경(소설가)

# 1

눈을 감으면 아직도 그는, 저 어두운 짐승의 모래바람 소리 같은 울음을 듣는다. 환청일까? 아니다. 정말로 그러한지 모른다. 누가 감히 지금 이 시간, 고요한 세계의 어디에선들 아무도 통곡하지 않는다고 장담할 수 있으랴. 그는 노을이 해제되기 시작하는 허공을 향해 말한다.

"오로라."

라틴어로 새벽을 뜻하는 오로라는, 로마 신화에 등장하는 여명의 여신 아우로라로부터 유래하였다. 오로라는 태양풍이 지구의 자기장과 충돌하여 상층 대기에서 일으키는 대규모 방전 현상이다. 저위도로 갈수록 붉은 빛깔을 띠는 오로라를, 일찍이 동양에서는 적기(赤氣)라고 불러왔으며, 중세 유럽인들은 재앙의 징조로 여겼다. 그들에게는 하늘에 퍼진 장엄하고 걸쭉한 핏물이 절대자의 노여움과 다를 바 없었던 것이다. 요즘도 일본인들은 그 놀라움을 이렇게 발음한다.

"오호로라."

인문대학의 옥상, 금이 간 난간에 기대어 한강을 바라보고 있는 그는, 겨울이 오면 캐나다 북부의 아름다운 도시 옐로나이프로 여행을 떠날 생각이다. 거기 밤하늘에는, 황홀한 오로라가 오래전부터 그를 기다리고 있다.

"……오로라."

그는 제 잠긴 목소리에서 약간의 슬픔과, 약간의 치욕과, 약간의 연민과, 약간의 투쟁을 읽는다.

아까, 식당 천장에 매달린 텔레비전에서는 「동물의 왕국」이 펼쳐지고 있었다. 무리에서 낙오되어 사자 일가족에게 쫓기던 암컷 들소 하나가 늪으로 첨벙 뛰어든다. 그곳에는 무시무시한 악어 떼가 바글거리고 있었다. 이제 들소는 뭍의 열두 마리 사자들과 늪의 아홉 마리 악어들 사이를 왔다 갔다 하며, 반나절이 넘도록 고독한 사투를 벌인다. 들소의 소름 돋은 넓은 등판에, 부리가 뾰족하고 깃이 검은 작은 새들 서넛이 날아와 앉는다. 하마가 석양을 전부 들이마시며 하품을 해댄다. 밤이 깊었다. 기진맥진한 들소는 사자 가족을 정면 돌파하는 것으로 최후의 탈출을 시도하지만, 먼저 목덜미를 우두머리 수사자에게 물리고 나서, 곧이어 사방에서 달려드는 나머지 사자들의 허기진 아가리에 찢겨 고꾸라진다. 끄드 억끄드억거리는 들소의 큰 눈망울이 화면 가득 클로즈업된다.

그는 자꾸만 그 초식동물의 서러운 눈길이 뇌리에 그려지는 게 싫어서, 일부러 불량스럽게 시멘트 바닥에 침을 내뱉고는 등을 돌려버린다. 맞은편 대학 부속병원의 이니셜이, 그의 이마와 거의 같은 높이에서 환하게 불을 밝히고 있다. 그는 몇 해 전, 저곳 이십층 암병동의 한 창문 안에 어머니와 함께 있었다. 그녀는 기력이 남아 있는 한 「동물의 왕국」만큼은 빼놓지 않고 시청하였는데, 그것은 단순한 흥미를 넘어선 참으로 요상스러운 몰두였다. 그는 차라리 어서 죽어버리는 쪽이 축복일 정도로 처참하게 파괴되어가던 어머니가, 어째서 신의 배려라곤 조금도 없는 약육강식의 지옥에 열광하였는지를 여태 이해할 수가 없다. 그녀는 도가 지나치다 싶게 당당한 인텔리였지만, 젊은 시절에는 어린 외아들에게 뜬금없이 이렇게 말하곤 하였더랬다.

"나는 자식에게 뭘 바라고 그러는 유치한 엄마가 아냐. 그치만, 엄마가 몸이 아플 경우엔, 무조건 잘 돌봐줘야 하는 거야. 알았지?"

무서운 일이다. 모든 인간들에게는 예언자의 속성이 있는 것이다.

"오로라, 오로라."

예전에 그는 용기와 명예를 자연스럽게 연결시키곤 하였다. 아마도 사랑이라는 단어에서 태양을 떠올렸을 때와 유사한 감동을 받을 수 있어서였겠지만, 바야흐로 그는 죄와 사탕을 잘 구분하지 못하는 평범한 어른이다. 이 타락상이 얼마나 가증스러운가 하면,

이응준 | 오로라를 보라

만약 당신이 그에게 소원이 뭐냐고 물었을 적에, 충분히 이런 식으로 대답하고도 남을 위인이라는 것이다.

"문장을 쓰지 않아도 행복할 수 있으면 좋겠어요."

2

언젠가, 범신론자 호시노 오사무는 그에게 충고하였다.

"소설은 전기기타와 같지. 전기기타는 위험한 악기야. 자기도 모르는 사이에, 홀연, 밤무대에 서 있기가 십상이거든. 오케스트라에만 들어가도 예술가로 취급받는 바이올린이라든가 첼로와는 차원이 다르다구. 전기기타로 예술을 한다는 건, 산돼지 등에 올라타고 태평양을 헤엄쳐 건너는 것처럼 어려운 일이야. 근데 소설이 꼭 그래. 아무나 지미 헨드릭스가 되는 게 아니라구. 조심해, 소설은 위험한 장르야."

또, 그가 암송하는, 형태로는 존재하지 않는 신비의 책 『성(聖) 오사무 어록』에는 이런 대목도 있다.

—당신이 침대에서 눈을 뜨고 감을 때 제일 먼저 무엇을 생각하는지 알고 있는 이가 있다면, 끔찍하지만 그는, 당신의 어둠과 빛을 완전히 해석해내는 사람이다. 장차 당신은 그의 노예가 될지언정, 그를 적으로 삼아가지고서는 희망이 없을 것이다.

아, 천만다행이지 뭔가. 채식주의자 호시노 오사무는 그의 친구이다.


3

그날 그는, 성격이 삐뚤어진 오징어 외계인들이 먼 미래의 멍청한 지구인들을 향해, "야, 너희 물주머니들아"라고 윽박지르는 것을 들었다. 지금은 제목과 내용 모두 가물가물한 어느 SF 영화에서였다. 그는 터키인들이 많이 사는 독일의 한 중부 도시 가정집 소파에 드러누워, 텔레비전 화면을 향해 병맥주로 나발을 불어대던 참이었다. 참고로, 그 텔레비전은 상냥한 집주인 라흐니히트 할머니가 창고에서 꺼내준 흑백 텔레비전이었으며, 그 시원한 맥주병에는 라인 강변의 뭉게구름을 찌르는 대성당 마크가 찍혀 있었다. 그리고 그는, 욕구 불만이 유일한 철학이던 스물세 살이었다.
아무튼, 우주탐험대의 사령관이 참모에게 묻는다.
"저것들이 왜 우리를 물주머니라고 부르는 거지?"
사령관보다 훨씬 똑똑한 참모가 대답한다.
"인체는 칠십 퍼센트 이상이 수분으로 이루어져 있습니다. 저들이 보기에 우린, 물주머니 맞습니다."
—아!

그는 맥주병을 입에 문 채로 소파에서 벌떡 일어났다. 두개골이 번쩍, 하고 갈라진 것 같았다. 인간이 물주머니에 불과하다는 깨달음에 정말이지, 너무 놀랐기 때문이다. 그때 이후로 그는 스스로에게 실망하여 속이 쓰리면 이렇게 혼잣말로 자위하곤 한다.
―괜찮아, 이 정도면야 물주머니치곤 양호한 거지. 안 그래? 그럼, 그럼.
역설이겠지만, 그는 자신을 하찮게 여기는 기술을 습득하면서, 이왕 태어난 이상 대충 죽어버릴 수는 없다는 오기에 가까운 존엄을 얻었다. 이를 두고 사람들은 자주 그를 우울증 환자로 오독하기도 한다. 하긴 낙천이라는 거, 그것도 알고 보면 긍정적인 자학 아닌가? 누구나 가슴속에는, 어두운 짐승을 서너 마리쯤 사육하고 있게 마련이다. 다만 어떤 자는 그들의 모래바람 소리 같은 울음에 시달리고, 어떤 자는 제가 영혼의 귀머거리인지도 모르는 채 음악을 즐긴다.
음, 이야기가 처음부터 약간 옆길로 샜는데, 인간이 물주머니라는 식의 인식이 가능하다면, 지구야말로 하나의 거대한 자석으로 규정지을 수 있을 것이다. 예를 들어 자기 북극은 지리적인 북극과 일치하지 않는다. 자기 북극은 매년 위치도 조금씩 변하여 현재는 캐나다 북부 엘러프링네스 섬에서 관측된다.
"오, 오로라."
오로라는 정확한 자기 북극보다는, 자기 북극에서 약간 떨어진 곳들에서 많이 나타난다. 시베리아 북부 연안, 알래스카 중부, 캐나다 중북부, 허드슨 만, 래브라도 반도, 아이슬란드 남방, 스칸디나비아 반도 북부 등을 포함하는 이른바 오로라대에서는, 하늘이 흐리지 않으면 거의 매일 밤 오로라를 볼 수 있다.

그렇다. 다시 오로라다. 또한 끝까지 오로라일 것이다. 이 서걱거리는 방백의 주인공은 우울한 인간들이 아니라 찬란한 오로라니까.

지난겨울 그는, 친애하는 호시노 오사무로부터 열두 통에 달하는 유려한 장문의 한글 편지들을 받았다. 차례차례 묶으니 무슨 두툼한 보고서를 방불케 하던 그 미색의 종이 뭉치 안에도 온통 오로라, 오로라밖에 없었다. 그의 눈에는, 동서양 8개 국어의 쓰고 읽기에 능통한 저 천재형 코스모폴리탄의 몽블랑 만년필 자국들이 무작정, 쓸쓸한 유서의 잿빛 이미지로 다가왔다.

칠 년간의 열애를 마감하고 결혼한 지 일주일 만에―신혼여행 3박 4일을 포함해서―소중한 아내를 잃은 호시노 오사무는, 광인(狂人)치고는 지나치게 조용하고 겸손해서 더 기이하였다. 그것은 시들어 쪼그라든 장미의 표정, 알코올 병에 담긴 사산아의 해마(海馬)처럼 굽은 모양새 그대로였다.

오사무는 사랑을 이루기 위해 한국인으로 귀화한 처지였다. 하지만 자진해서 제 조국까지 버린 사위를 처가에서는 끝끝내 인정하지 않았다. 오사무가 아내로 삼은 여자의 친할아버지가 하필 꽤 유명한 항일 투사였던 까닭이다. 춘천에 있는 모 중학교에는, 그 야속한 양반을 기리는 동상이 안개 낀 강변을 바라다보고 있다.

이응준 | 오로라를 보라

유난히 장마가 길던 여름 내내, 그는 그런 오사무의 술 상대를 도맡아야 했더랬다. 그는 거울 속의 왼손잡이 사내와 함께 '외로된 사업(事業)'에 골몰하느라 정신없이 바빴건만, 적당한 거절의 구실을 궁리하기는커녕 도리어 반가운 마음으로, 간간이 일본말이 뒤섞이는 지루한 주정을 묵묵히 받아주었다. 오사무는 그의 가장 친한 친구였고, 그의 가장 친한 친구의 남편이기도 했으니까. 그는 인간이라면 마땅히 고립된 상태로 견뎌서는 안 되는 어떤 질병을 오사무 혼자서 앓게 놔두고 싶진 않았다.

그리고, ……이후 오랫동안 두문불출하던 중, 잔뜩 구겨지고 더럽혀진 철 지난 반팔 와이셔츠 차림으로 그 앞에 불현듯 나타났을 때의 오사무는, 도대체가 아내와의 사별 이전에도 그다음에다가도 대입이 불가능한, 대단히 색다른 인물로 둔갑해 있었다. 그는 오사무의 짙은 망막에서 빛을 잃은 미세한 소용돌이가 녹아 사라지는 것을 보았다. 오사무는 더 이상, 그가 익히 알고 있던 용의주도한 양서류가 아니었다. 허황된 꿈에 아가미를 펴고 소금 파도를 뛰어넘는 먼 바다의 생물이었다.

맥주잔을 부여잡은 오사무는 굉장한 수다쟁이가 되어 오로라에 관해 연거푸 떠들어대기 시작했다. 그것은 마치 귀신을 부르는 무당의 요란한 주문을 연상시켰다. 오사무는 숨과 혼이 하얗게 얼어붙는 북구(北歐)로 가겠노라 선언하였다. 그곳에 오로라가 살고 있다고. 최악의 상황을 미리 설정해두었던 덕에, 그는 뜻밖에 담담할 수 있었다. 오히려 오사무가 오로라에게라도 홀린 걸 다행이라고 생각했던 것이다.

"태양 표면에서의 폭발이 비정상적으로 크게 일어나면, 거기에 비례해 오로라의 발생 범위가 늘어나지. 바로 이때, 저위도 지역에서도 오로라가 목격되는 거야. 심지어는 적도 부근의 싱가포르, 인도, 쿠바, 사모아 등지에서까지 오로라가 출현했다는 기록이 남아 있어. 해마다 영국 북부에서는 스무 번, 뉴욕에서는 삼사 회가량이, ……아, 그래, 작년 삼월 말경에는 한국에서도 오로라가 관측됐다는 보도가 있었지."

"처음 듣는 소리야."

"홋카이도 상공에 십일 년 만에 오로라가 떴는데? 물론 저위도에서는 늘 그렇듯, 오로라의 일부가 지평선 가까이에서 어렴풋이, 붉은 물감 번진 것같이 보였을 뿐이야. 하지만 천 년 뒤에는, 진짜 극지방에서의 그것처럼 온갖 화려한 색상과 격렬한 움직임의 오로라들을, 후지 산을 배경으로 밤마다 감상하게 될 거다."

"그땐 태양의 껍데기가 작살나기라도 하나?"

"제법 머리가 돌아가는군…… 그치만 그건 아니고, 되레 정반대야. 지구의 자기력이 차츰 떨어지고 있거든. 자고로 오로라는 태양풍과 지구 자기장의 충돌에 의해 나타나는 것인데, 태양의 표면에서 큰 폭발이 생기는, 그러니까 태양풍이 강해지는 바람에 오로라가 일본에 접근하는 것과 똑같은 현상이, 지구의 자기력이 약해져도 일어날 수가 있어. 굳이 태양 쪽이 변하지 않더라도 일본에서 오로라를 항시적으로 볼 수 있게 된다는 뜻이지. 이를 과학자들이

모의 실험을 통해 계산해보니까, 천 년 후더라 이거야. 왜 한국에 이런 말 있잖냐, 모로 가도 서울만 가면 된다, 업어치나 메치나."

"……"

"이해가 잘 안 돼? ……음, ……여기, 한국 축구 국가대표팀과 일본 축구 국가대표팀이 있어. 둘 사이의 경기는 잠실에서 열리는데, 한국 축구 국가대표팀이 이길 경우, 한강변에서 어마어마한 폭죽 쇼가 벌어지기로 예정되어 있단 말이야. 자, 이제 폭죽이 쏘아 올려지기 위해서는, 현재 각자의 실력 수준이 어떠하든 간에, 한국 축구 국가대표팀이 일본 축구 국가대표팀보다 강해지거나, 일본 축구 국가대표팀이 한국 축구 국가대표팀보다 약해지면 되지. 따라서 한국 축구 국가대표팀을 태양풍으로, 일본 축구 국가대표팀을 지구의 자기장이라고 가정했을 적에, 애써 한국 축구 국가대표팀이 강해질 필요는 없는 거야. 왜냐면, 지구의 자기장인 일본 축구 국가대표팀이 약해질 거니까. 그럼, 일본 축구 국가대표팀은 지게 되고, 당연히 폭죽은 서울의 밤하늘을 왕창 수놓게 되지. 알겠어?"

"그래."

"좋아."

"근데, ……그렇다고 해서, 대체 그게 무슨 소용이 있을까?"

"무슨 소용이라니? 축구란 게 전쟁 대신인데, 일본 열도가 바다 밑에 가라앉길 바라는 한국인들이 얼마나 즐거워들 하겠냐구."

"축구 따윈 너네가 이겨도 돼. 그게 아니라, 오로라 말이야."

"상상해봐, 대단하잖아! 도쿄 시내에서도 오로라 아래를 걸으며 퇴근할 수 있다니!"

"퇴근길에 오로라 아래를 걸어? 웃기시네. 천 년 뒤면 너랑 나랑은 고운 흙으로 화분 속에 담겨 있지 않으면, 아주 깊이 쓸려내려가 단단한 지층을 이루고 있을 거다. 게다가 지구는 핵전쟁 같은 걸로 박살이 나버려 우주에서 완전히 사라졌을 수도 있어. 최소한, 세계는 인간 없이 출발했으니 인간 없이 끝날 거야. 확실해. 계속해서 이런 식이라면야 인류는 멸종을 피할 도리가 없지. 그런 판국에 오로라는 웬 말라비틀어진 오로라. 차라리 핵겨울을 견디는 한국과 일본의 바퀴벌레들끼리 모여 축구 시합을 한다면 모를까."

"요시."


## 4

늦가을, 호시노 오사무는 배웅도 없이 홀로 북구를 향해 떠났다. 누구는 오사무가 오슬로를 지나 헬싱키에서 그린란드로 발길을 옮겼다 주장하고, 누구는 오사무가 몽골의 고비 사막을 횡단해 모스크바행 기차를 탔다고 추측했지만, 그는 아무리 멀쩡한 진실도 절망한 한 사내의 뒷모습에 비하면 한낱 망상에 지나지 않는다는 것을 잘 알고 있었다. 자기 북극 주변의 오로라대, 혹은 이 세계의 어느 괴로운 곳에 숨어 있든, 결국 오사무는 그저 오로라에 도착했을 뿐이라고 그는 믿었던 것이다. 가령 지옥으로 뛰어들어 사랑하는 여인을 품에 안았다면, 기실 그는 지옥을 찾은 게 아니라 사랑하는 여인에게로 간 것이지 않겠는가. 그리고 일월의 세번째 저녁. 하루에 한 통씩 삼 일을 연달아 쓴 오사무의 첫번째 편지들이, 캄캄한 우편함 안에서 강아지들처럼 곤히 잠들어 있었다. 역시 그의 예상대로였다. 호시노 오사무는 여명의 여신, 오로라 곁에 있었다.

5

한때 그의 꿈은 조그만 소극장을 갖는 거였다. 추위와 가난에 강한 박색(薄色)과 함께 아이 없이 조명실에서 먹고 자고 하며, 전위적인 마임 배우들의 대본을 노인이 되어서까지 쓰고 싶었다.

아둔한 그는 여태 예술의 내용이라곤 터득한 바가 없지만, 예술을 수행하는 태도라면 오래전 연극인들에게서 전부 배웠다. 그가 자주 흔들리기는 해도 제법 질기고 독한 것은 그런 이유이다. 문예회관 대극장 무대에 섰었다는 잠깐의 과거와 그 언저리에서 확장된 일화들이 평생 그를 지배하고 가르칠 터이다. 세상으로부터 소외당했다고 느끼는 시절에 보고 들은 것들은 쉽게 잊혀지지 않는 법이니까.

그가 혜화동의 어느 전통 깊은 극단에 몸담을 수 있었던 데에는 유명 연출가와 절친한 사이였던 어머니 덕이 컸다. 문화에 전방위로 조예가 탁월하던 그녀는, 그리스도에 관한 뮤지컬을 여러 차례 직접 무대에 올리기도 했었다. 그의 어머니는 굉장한 예수쟁이였다.

비교적 해외를 많이 돌아다닌 축에 속하는 그는, 근래 두번째 중국을 여행했다. 그는 기이한 사건들을 경험하였다. 어떤 순간과 순간의 틈새에는 빨간 능금 같은 죽음이 도사리고 있었다. 그는 미친 듯이, 아무거나, 모조리 메모하였다. 이 세계의 어디를 가도, 갈망하던 빛나는 표상이란, 장님이 확인하고 싶어하는 제 모습이었다.

심양(瀋陽)의 서탑 거리를 활보하던 그는, 흙먼지 날리는 골목 구석에서 필방을 발견하고 안으로 들어갔다. 그가 글씨를 받겠다고 하자, 허름한 양복 차림의 주인장이 전화를 걸었다. 조금 뒤 후덕한 인상의 중화인민공화국 군인 하나가 자전거를 타고 당도했다. 이런저런 눈치로는, 필방 주인장의 제자인 성싶었다. 초록 제복의 중화인민공화국 군인이 그에게 물었다.

—어떤 문구를 원하는가?

그가 망설이다가, 수첩에 적어 내밀었다.

—人生一場春夢

한동안 웃지도 울지도 못하는 묘한 표정을 짓던 중화인민공화국 군인은, 유리벽을 비껴드는 햇살로 양미간을 적시며, 이윽고 마알간 한지 위에 무거운 붓을 움직였다.

며칠이 지나 서울로 되돌아온 그는, 인사동에서 '人生一場春夢'을 표구하였다. 한학자인 스승은 이러한 그의 행실을 보고 "너는 어찌 된 젊은 녀석이⋯⋯" 하면서 끌끌 혀를 찼다. 그가 이겨야 할 것은 겸손이 아니라 비관이라는 뜻이었을 게다.

고3을 앞둔 겨울방학이었다. 그가 늦은 밤 요의를 느껴 화장실에 가려는데, 잠옷 바람의 어머니가 동아대백과사전을 펼쳐놓은 채로 마루에 주저앉아 있었다. 그녀는, 방금 육체를 떠난 유령처럼 아들에게 말했다.

"어머, 내가 암인가봐. 이 딱딱한 게 암인가봐. 여기 그렇게 써 있어. 이리 와서 너도 만져봐."

그것은 아주 단단한 팥덩어리 같았다. 어린 그는, 떨리는 손끝이 바오밥나무의 씨앗에 가 닿아 있는지를 몰랐다.

어머니는 곧 왼쪽 유방을 잘라내야 했다. 그녀는 마취에 빠져드는 찰나에 예수가 백합꽃으로 나타났다고 간증했다. 그땐 철이 없어 믿지 못했지만, 막상 곰곰이 따져보면 전혀 일리 없는 소리도 아니었다. 신이란 오직 시적인 언어로만 표현이 가능한 존재니까. 성경에서도 하나님은 모세 앞에 불타오르는 떨기나무로 현현했지, 생경하게 두려운 모습을 드러내지는 않았다. 요컨대 신이란 미학적인 측면에서 논하자면, 너무도 아름다워서 차마 아름다워질 수 없는 무엇이다. 그는 서른 살에 접어들고 나서야 비로소, 그러한 일련의 깨달음들을 얻고 어머니의 환상을 사실로 인정하게 되었다. 왜냐면 그녀가 신을 본 것이 아니라 시를 보았기 때문이다. 백합꽃이라는 시 뒤에 숨은 신을 만났던 까닭이다.

아무튼, 그의 어머니는 백합꽃으로 이목구비를 가린 예수를 알

현한 지 칠 년 만에 암이 전신에 퍼져, 이 년이 넘는 기간을 극한의 고통 속에서 허우적거리다가 삶을 버렸다. 그에게는, 그간 겪은 갖가지 죽음의 풍경들을 일일이 묘사하거나 설명할 능력이 없다. 또한 이는 방정맞은 혀와 글 밖에서 조용히 사라져야 마땅할 사안이다. 무조건, 잊어야 하는 것이다.

그러나 그는 요즘도 독감에 뒤척이는 밤이면, 이화여자대학교 후문 건너편 하숙집의 옥탑방을 회상하게 된다. 지붕의 모서리인지라 가벼운 벽이 경사져 있었고, 간유리창에는 커튼 대용으로 검은 마분지를 붙였더랬다. 그가 누우면 딱 알맞은 관(棺) 같던 거기. 병든 엄마 떠오르는 게 싫어서 질끈 눈을 감으면 장마와 천둥에 귓불이 환해지고, 불경한 책들과 눅눅한 이불 냄새로 가슴이 썩어가던 스물일곱. 그래도 빠끔 문을 연 귀여운 여대생들에게 엎드린 채로 대꾸하던 것은 참 재미있었다. 지금보다 약간 더 세상을 저주하던 그 무렵의 그는 대체 어디 있는 것일까. 독감에 시달리는 밤이면 그는, 여태 신촌의 작은 방에 아무것도 아닌 얼굴로 누워 있다. 아, 엄마는 매일 아프구나. 오늘도 죽지 않았구나, 하면서.

……그날 오전, 어머니는 당직 여의사에게 크리스천이냐고 물었다. 여의사는 천천히 고개를 저었다. 어머니는 천국에 갈 것이므로 죽는 게 두렵지 않다고 했다. 그저 고통만 없애달라고 애원했다.

시간이 피를 흘려 저녁이 오고, 어머니가 어머니에서 시체로 변하는 순간, 그는 그녀를 꼭 끌어안으며 입을 맞추었다. 진통제에 전 어머니의 육체는, 소시지에다 마구 난도질을 해놓은 것과 다르지 않았다. 그는 그 무수한 흉터들의 내력을 낱낱이 알고 있었다.

달려온 여의사는 비닐 장갑을 낀 손으로 어머니의 열린 항문을 확인하더니, 잔뜩 잠긴 목소리를 억지로 끌어내어 사망을 선고했다. 반 시간쯤 전이던가. 어머니는 혼수상태에서 갑자기 일어나 코앞에 있는 그를 허공 대하듯 하며, 자꾸만 독일에 있는 아들을 찾았다. 그러고는 둘러싼 일가친척들을 향해 그에게 잘못하면 자기의 원수가 될 거라고 경고했다. 그때 둥근 그림자 덩어리가, 터지는 눈물을 멈추려고 턱을 든 그의 정수리 부근에서 쑤욱, 빠져나왔다. 그것은 그의 발등을 때린 다음, 침대 밑으로 굴러들어갔다. 엉뚱하게도 그는, 착각이 분명할 그 물체를, 빨간 능금이라고 생각했다.

그는 혼자서 어머니의 시신을 영안실 지하로 가져갔다. 그가 아이고, 아이고, 서럽게 우는데, 밀랍 인형처럼 생긴 관리인이 이렇게 위로했다.

―학생, 걱정하지 마. 이거 냉동고가 아니라 냉장고야.

술에 엉망으로 취해 어머니가 죽기를 바랐던 그는, 개새끼였다. 그는 재능이 모자란다고 여겨지는 놈들의 명랑한 일상이 탐났다. 가망 없는 암환자를 오래 돌보는 힘겨움보다, 병실에 갇힌 채 쫓기며 소설을 써야 하는 처지가 훨씬 원망스러웠다.

―나는 자식에게 뭘 바라고 그러는 유치한 엄마가 아냐. 그치만, 엄마가 몸이 아플 경우엔, 무조건 잘 돌봐줘야 하는 거야. 알았지?

아아, 그는 어머니만 자기를 놓아주면 정말이지, 금방이라도 이름을 날리게 될 것 같았다. 누구에게는 그가 겪은 슬픔이 개미의 슬픔만도 못할 터이다. 하지만 생의 엄살을 경계하는 당신이여. 어떠한 지혜로든 그에게 세상이 아름답다고는 가르치지 말아라. 그가 바로 제 가슴속에서 모래바람 소리로 통곡하고 있는 그 어두운 짐승이니까. '人生一場春夢'이 좌우명인 그는, 그 말씀으로 인해 비극이 피부만 남고 텅 비어버려서 좋다. 배신하는 자들에게 침 뱉을 자격을 잃어버린 그는, 이젠 더 이상 스스로를 파괴할 만큼 아파하지 않아서 기쁘다. 괜찮아, 이 정도면야 물주머니치곤 양호한 거지. 안 그래? 그럼, 그럼. 그는 다만 언젠가 그에게도 닥칠 것을 미리 보았을 뿐이다. 구월의 그 저녁, 그의 발등을 때리곤 데구루루, 병실 침대 밑으로 굴러들어갔던 빨간 능금은, 아직도 거기에 웅크리고 있다.

## 6

"일본인으로서 최초로 우주 왕복선에 탑승했던 모리는, 잔디색으로 반짝이는 지구와, 거대한 그늘을 헤치고 올라오는 아침 해, 노을 지는 석양, 그리고 마침내 완전한 형태의 오로라도 보았지."
"완전한 형태?"
"너 무지개가 원래 반원인 줄 알지?"
"그으…… 무지개야, 반원이지."
"지표에서는 나머지 반쪽이 지평선 아래에 숨어 있기 때문이지만, 당장 비행기를 타고 구름 위만 날아가도 무지개가 둥글게 보여. 마찬가지로, 우주에서 관찰되는 오로라는 달걀의 두 꼭지에 매직펜으로 동그라미를 그려 넣은 모양이야. 자기 북극과 자기 남극 양쪽에 씌워진 빛의 월계관인 셈이지. 지구를 벗어난 외계에서는 결혼반지 같은 오로라를 구경할 수 있다구."

"……우주…… 외계……"

"게다가 오로라는 지구뿐만 아니라 목성과 토성, 천왕성, 해왕성에도 존재해. 자기장을 지니며 발광할 수 있는 대기만 있다면, 어느 행성에서라도 오로라가 출현할 가능성은 충분한 거야. 태양풍은 태양계의 모든 공간을 향해 불어가니까. 물론 여러 가지 이유들로 인해 제외되는 경우가 있어. 우선, 수성은 태양에서 지나치게 가까워 대기가 우주 공간으로 휘발되어버린 듯해 오로라를 볼 수가 없지. 또 금성이나 화성에서는, 대기는 문제가 없지만 자기장이 아주 약해 그렇구. 음, 명왕성은 현재까진 오로라의 존재 여부가 불확실해."

호시노 오사무는, 누런 가죽 가방에서 화보 두 장을 꺼내어 감자튀김 곁에 나란히 내려놓았다. 그때 그는 문득, 까닭 없이, 전자오락실에 가고 싶어졌다. 서늘하고 침침한 맥주홀이 지하 묘지처럼 느껴졌다. 괜히 그랬다.

"이건 목성. 지구의 만 배 이상이나 되는 극히 강한 자기장을 가져서 오로라가 반드시 있을 것으로 여겨왔는데, 얼마 전 실제로 허블 우주 망원경이 두 자기극 둘레에 드러난 오로라 고리를 촬영하는 데 성공했지. 목성은 덩치가 큰 탓에, 오로라 고리의 지름도 지구 것의 세 배야. 그리고 요건, 생긴 게 특이해서 딱 알겠지? 토성."

그에겐 목성보다는 토성 쪽이 사뭇 인상적이었다. 적도를 따라 둘러진—사람들이 익히 알고 있는—웅장한 고리에 머리와 꽁지로 박힌 두 개의 작은 오로라 고리들이 보태어져, 우주의 칠흑 속에서 신비롭고 황홀한 광경을 자아냈다.

"어때, 대단하지?"

"오사무."

"왜?"

"우리, 죽으면 어디로 가는 걸까?"

7

그는 현대무용가 K선생이 중고 턴테이블을 선물해준 덕택에, 종이 박스 안에 밀봉해 보관해오던 어머니의 클래식 LP들을 꺼내 듣게 되었다. 간혹 그런 식으로 어머니의 벗들을 만나는데, 그들 중 한 화가는 술자리에서, 생전의 그녀가 뿔내던 표정을 흉내내다가 눈시울을 붉히기도 하였다.

K선생은 정신없이 바쁜 와중에도 불구하고, 굳이 그를 집으로 초대해 손수 저녁밥을 지어주며, 이제야 한결 마음이 편해진다고 털어놓았더랬다. 그는 산 자에게 죽은 자의 우정을 대리해주고 있

었던 것이다. 얼마나 공포스러운 일인가. 서로 알고 지낸다는 거. 소멸했음에도 자꾸 그리워한다는 거.

─형부가 돌아가셨어.

─그래요…… 그래요.

─네 엄마처럼 음악광이었는데, 언니는 형부의 음반들이 보기 싫은가봐. 그렇다고 버리거나 아무에게나 줄 수도 없고, 귀하게 쓸 임자가 나타났으면 싶어해.

─저네요.

─맡아놓을 테니 나중에 가져가렴.

─커피를 좀더……

죽은 이의 물건은 난해한 감상을 불러일으킨다. 어머니의 유품들을 정리하면서 다이어리를 펼쳤을 때, 그는 낯설지 않은 사진 한 장을 발견하였다. 검은 뿔테 안경에 두툼한 파카를 입은 청년이 혼자 대성당 앞에서 미소짓고 있었다. 마약 성분의 진통제에 흠뻑 전 그녀의 영혼이 꼭 부여잡고 있으면서도 그렇게 찾아 헤매던 독일에 있다는 그 아들이었다.

그는 지금 자기가 간직하고 있는 호시노 오사무의 편지들만큼은 부디, 사자(死者)의 납덩이 같은 흔적으로 남겨지는 불행이 없기를 바란다. 오사무가 육안으로 태양의 흑점을 목도했던 것이, 일월의 일곱번째 날이었다.

8

……호텔에서 방한복과 방한화로 중무장을 하고 이런저런 촬영 장비를 챙기자마자 호수로 향했지. 그런데 싱겁게도, 오로라와의 첫 대면은 투어버스 차창을 통해서 이루어졌어. 갑자기 승객들이 "오호로라, 오호로라" 그러면서 웅성거리기 시작하는 거야. 그제야, 오로라 관광객들 대부분이 나와 같은 국적이라는 것을 실감할 수 있었지. 오로라를 보며 초야를 치르면 천재를 낳는다는 이곳 원주민의 아름다운 전설 때문인지, 신혼부부들이 많았어.

……드디어, 침묵을 깨는 "와!" 하는 탄성과 함께, 초록빛의 오로라 파도가 요동쳐 몰려오는 게 아닌가! 그것은 밤하늘의 무수한 기둥들을 모조리 허물어뜨리며, 흔들흔들, 동쪽과 서쪽을 동시에 가로질러 순식간에 꿰뚫어버렸어. 한 가닥이 수십 가닥으로 갈라지기도 하고, 다시 하나의 줄기로 힘차게 합쳐지기를 반복했지. 뭉게뭉게, 천공의 중심으로 피어오르는 듯하더니, 갈기갈기, 찢어진 가슴에서 무지개 불꽃을 발하며 사라지는 거야. 나는 카메라의 조리개를 충분히 열고 노출을 짧게 주었지. 아으, 저 어둠을 희롱하는 발광 해파리, 우주의 교향악은, 마치 날개 접은 붕새나 기도하는 성모 마리아 같았어.

……비교적 변화가 적은 지평선 부근에서는 희미한 오로라들이 계속해서 생겨나고 있었지. 오로라의 커튼이 빠르고 격렬하게 파동할 때는 경계선에서 붉은빛이 터졌어. 연이어 사방팔방으로 퍼

져나가는 푸른빛의 주름들. 아무리 많은 오로라를 관측해도 똑같은 모양은 절대 없어. 항상 독창적인 형상이 만들어지는 거야.

……호수는 트럭이 건너갈 수 있을 정도로 짱짱하게 얼어붙어 있었어. 나는 그 위를 천천히 걸어갔지. 분열하는 사랑, 오로라의 치마 끝으로. 비록 오늘은 도중에 되돌아왔지만, 내일은 얼음 호수의 절벽으로, 두근대는 오로라의 심장 속으로 뛰어들고 말 거야.

이것이, 호시노 오사무가 그에게로 띄운 마지막 편지의 일부분이다.

그는 오사무가 어디에 있는지 모른다. 바르게 표현하자면, 오사무는 실종 상태나 마찬가지이다. 하지만 어차피 우리는 서로에게, 마주 보고 있다 한들 전부 실종 상태가 아닌가.

누구는 오사무가 폴란드를 거쳐 프라하에 머물고 있다 주장하고, 또 누구는 오사무가 레나 강을 따라 내려가다가 오호츠크 해로 접어들었다고 추측했지만, 그는 오로라의 내부로 이어진 얼음 벼랑 앞에 선 한 사내의 뒷모습밖에는 알지 못한다.

## 9

니코스 카잔차키스는, 임종을 돌보려는 개신교 목사와 가톨릭 사제 양쪽 모두를 거절하며 벽으로 고개를 돌려버렸다. 1957년 10

월 26일, 독일의 프라이부르크에서였다. 토요일이었고, 그 전날에는 슈바이처가 문병왔더랬다. 슈바이처는 니코스가 침대에서 몸을 일으켜 껴안기에, 사나흘 뒤면 거뜬히 회복될 수 있으리라는 희망을 안고 떠났다 한다. 그들 최초의 만남은 1955년의 어느 여름날 카잔차키스가 알자스 숲속의 귄스바흐라는 외진 마을로 슈바이처를 찾아가 이루어졌다. 둘은 그리스도, 호메로스, 아프리카와 나병 환자 등에 관해 이야기를 나누었다. 그 팔월의 저녁, 슈바이처는 작은 교회에서 바흐를 연주하였다. 숙소로 돌아오는 길에 카잔차키스가 들꽃을 꺾으려 하자, 슈바이처는 이것 역시 생명이라면서 팔을 잡았다고 한다. 카잔차키스는 그런 슈바이처를 성 프란시스로 기리며 오래오래 그리워했다. 희랍의 작가로 태어나 전세계의 땅과 하늘, 귀를 찢는 번뇌와 화려한 카오스, 그리고 강철의 사상과 괴로운 신비를 방랑하던 이교도의 오디세우스 카잔차키스는, 깜깜하고 좁은 관에 실려 크레타의 고향 흙으로 귀환하였다. 카잔차키스의 묘비명은 이러하다.

―나는 아무것도 원치 않는다, 나는 아무것도 두려워하지 않는다, 나는 자유.

예를 들어, 요즘 그는 이런 것들이 궁금하다.

예수는 몰려든 인파로 술렁이는 들판에서, 마이크와 확성기 따위도 없이, 어떻게 속속들이 복음을 전할 수 있었을까? 히틀러처럼 목에 핏대를 세우며 악을 쓰는 예수는 어째 어색하지 않은가. 혹시 그때 예수는 인간의 언어가 아니라, 천상의 음성을 사용한 것이 아니었을까?

 또 그는 이런 게 궁금하다. 숨을 거두기 불과 몇 분 전, 두 성직자를 차갑게 외면했던 카잔차키스는, 마주한 벽면에서 무엇을 보았을까? 일생 동안 뒤쫓고 투쟁하던 자기만의 신이었을까? 알렉시스 조르바의 모델로, 먼저 세상을 등진 정겹고 위대한 스승 게오르게 조르바였을까? 조르바는 카잔차키스에게, 삶을 사랑하며 죽음을 두려워하지 말라고 가르쳤다. 그래서인지, 카잔차키스는 이렇게 노래했다. "신은 모든 육체를 부수며 부는 사랑의 바람"이라고.

 카잔차키스가 한 고행자에게 묻는다.
 ─아직도 악마와 싸우고 계신가요, 마카리오스 수도자님?
 ─이제는 그렇지 않아. 나도 늙었고, 악마도 나와 더불어 늙어버렸으니까. 악마에게는 힘이 없지⋯⋯ 나는 신과 싸우는 중이야.
 ─고된 삶을 사시는군요. 저도 구원받고 싶습니다. 다른 길은 없을까요?
 ─훨씬 편한 길 말인가?
 ─보다 인간적인 방법요.
 ─하나, 꼭 하나 있지.
 ─그게 뭔데요?
 ─오름의 길. 한 계단씩 올라가는 거야. 배고픔에서 굶주림으로, 축인 목구멍에서 목마름으로, 기쁨에서 고통으로, 신은 굶주림과 목마름과 고통의 정상에 앉아 있고, 악마는 안락한 삶의 정상에 앉

아 있지. 자네는 선택해야 하네.
　―전 아직 젊어요. 세상이 좋아요. 저에게는 선택할 시간적인 여유가 있습니다.
　―죽음은 젊음을 좋아해. 삶은 자그마한 촛불, 쉽게 꺼지지.
　아, 이 말씀의 블랙홀을 겨냥하는 그의 슬픔에는 선과 악이 없다. 지독히 좋아하는 것과 지독히 싫어하는 것이 있을 뿐이다. 그가 좋아하는 열 개의 단어들.
　―비바람. 형(兄). 나무. 짐승. 자유. 청춘. 해탈. 영혼. 고백. 김수영(金洙暎).
　그가 싫어하는 열 개의 단어들.
　―천국. 가족. 무지. 정치. 병(病). 율법. 영원. 희생. 속물들. 원망.


## 10

　언젠가 그는 호시노 오사무에게, 오십 세가 지나서는 희극 작가가 되겠노라는 미래의 포부를 피력한 바 있었다.
　"……조반니노 과레스키의『신부님 우리들의 신부님』이라든가, 영화로 치자면「네 번의 결혼식과 한 번의 장례식」같은."
　그러자 오사무 왈,
　"네 웃음이 왜 진짜 웃음 축에 못 끼는 줄 알아?"

"……"

"첫째, 너는 반성을 너무 자주 해. 둘째, 너는 생래적으로 비관주의자야. 셋째, 너는 아무리 훌륭한 사람일지라도 그가 은자(隱者)가 아니라면 존경하지를 않아."

"……"

"만일 네가 이상 세 가지의 유치함들을 극복한다면, 비극을 썼다 한들 희극을 쓴 것이요, 희극을 썼다 해도 그건 비극이 될 거야. 멋진 경지지. 그러나 계속 요런 꼬락서니라면, 백 살을 서너 번에 걸쳐 처먹어봤댔자 아무 소용이 없어…… 죄를 지어야 해. 새가슴을 버리고, 더 큰 죄를, 회개가 불가능한 어마어마한 죄를…… 하하, 하여간 너는 희한한 놈이야. 내 그건 인정하지 않을 수가 없지. 기껏해야 장미꽃인 주제에 업장소멸(業障消滅)을 넘보다니."

쥐벼룩만한 양심은 남아 있었는지, 오사무는 북구(北歐)를 향해 사라지며 공항에서 그에게로 전화를 넣었던 모양이었다. 꺼진 휴대전화에는 음성 녹음이 되어 있었는데, 이게 내용의 전부였다.

—어쨌든, 소설가는 괜찮은 직업이야. 예술가가 못 되면 또 어떤가, 소년처럼 살면 그만이지. 세상이 혼란하니, 유머를 잃지 말아라.

그날 그는 신촌에서, 비슷비슷한(?) 선후배들과 어울려 밤새워 술을 마셨다. 기이하였다. 도무지 취하질 않았다.

모범택시의 문을 닫는 R양이, 도로변에 서 있는 그를 올려다보며 말했다.

"오빠, 개그맨인 거 알아요?"

그는 지긋지긋했다. 인간들이 자꾸만 그에게, '너는 ×××를 아느냐'는 식으로 물어대는 것이. 이에, 자기에게만 속삭일 수밖에 없는 그의 대답은, 의외로 간단했다. 씨발, 모른다. 몰라. 이 잘난 새끼들아, 니들이 뒈지면 진주가 되고 내가 뒈지면 모래가 되냐? 제발 작작 좀 가르쳐라! 그는 청소차들이 오가는 파란 거리를 한참이나 걸어다녔다.

그리하여 해가 중천에 떠, 어디쯤인지 모르겠는 육교의 계단을 오르고 있을 때, 홀연,

—뭐? 소년이라구? 소년? 헤, ……소년?

그는, 졸지에 해탈한 듯, 배꼽을 잡고 깔깔거리기 시작했다.

## 11

인문대학의 옥상, 금이 간 난간에 기대어 한강을 바라보고 있는 그는, 겨울이 오면 캐나다 북부의 아름다운 도시 옐로나이프로 여행을 떠날 생각이다. 거기 밤하늘에는, 찬란한 오로라가 오래전부터 그를 기다리고 있다. 그는 아주 먼 나라의 은하수를 뒤덮는 오로라 아래에서, 벼락을 무서워하지 않는 나무처럼 두 팔을 벌리고 서 있으려 한다.

피안의 차원에서는 전혀 어울리지 않는 것들끼리 형제일 수도

있을 터이다. 어느 백합과 어느 독수리, 어느 장수하늘소와 어느 고양이, 어느 독사와 어느 여인, 어느 천사와 어느 악마는.

그러니 아까 그가 역겨워했던 들소와 사자들의 관계도 마찬가지일는지 모른다. 그의 어머니는 이미 백합꽃을 건너 예수를 만났던 것처럼, 걸쭉한 피에 가려진 아득한 신의 평화를 「동물의 왕국」 뒤에서 누리고 있었는지도 모를 일이다. 그녀의 죽음은 그를 부수어 어떤 사랑의 바람을 일으킬 것인가.

이제, 그의 얼굴은 굉장한 놀라움에서 굉장한 행복으로 옮아간다.

"오로라!"

그렇다. 그는 한강의 야경을 순식간에 장악해버린 오로라를 목도하고 있다. 간신히 저위도 지방에 나타나는 적기(赤氣)가 아니라, 오사무가 얼음의 절벽에 서서 시리게 감각했을, 그 밤하늘을 헤엄치는 초록의 발광 해파리들이다.

─엄마 역시 저 오로라를 보고 있겠지. 외계에서, 반쪽짜리가 아닌 완전한 오로라를 말이다. 이야, 그것만 해도 죽음은 얼마나 큰 행운인가!

자, 이것이 호시노 오사무의 충고를 따라, 그가 그의 혼란한 인생에 선물하는 유머이다.

눈을 감으면 아직도 그는, 어두운 짐승의 모래바람 같은 울음소리를 듣는다. 환청일까? 천만에. 누가 감히 지금 이 시간, 고요한 세계의 어디에선들 아무도 통곡하지 않는다고 장담할 수 있으랴.

# 너무나도 모범적인

이만교

1967년 충북 충주에서 태어났다. 1992년 『문예중앙』 신인문학상에 시가, 1998년 『문학동네』 신인상에 단편이 각각 당선되며 등단. 소설집 『나쁜 여자, 착한 남자』, 장편소설 『결혼은, 미친 짓이다』 『머꼬네집에 놀러 올래?』 『아이들은 웃음을 참지 못한다』가 있다. 오늘의 작가상, 이상문학상을 수상했다.

### 작가를 말한다

다행인지 불행인지 이만교의 주인공들은 홍수 이후에도, 그럭저럭 자본주의적 일상에 잘 적응했다. 그러나 그들의 적응은 아도르노적인 의미에서 '책략'으로 보이기도 하는데, 왜냐하면 이만교의 주인공들은 현실세계에 스스로를 체념적으로 동화시키는 듯하지만 실제에 있어서는 오로지 현실세계의 불합리성을 적나라하게 들추어내기 위해서만 그렇게 하기 때문이다. 이미 그 행복한 경계 지역, 한국형 마콘도, '머꼬네'가 사라져버렸으므로, 그들은 자본주의적 일상에 몸을 맡긴다. 소멸하고자 하지 않는다면 그 방법 외엔 없다.

김형중(문학평론가)

1

저는 충북 충주시 이류면에 위치한 대소원 성공회 교회사택에서 태어났습니다. 아버지는 성직자이셨고, 가족들 모두 의당 독실한 기독교 신자였지요.
누구나 그랬겠지만 제게도 그 영혼이 하염없이 천진하고 해맑던 시절이 있었습니다. 아무에게나 아장아장 걸어가 덥석 안기고, 상대가 누구든 그 눈빛과 마주치기만 하면 신이 나서 두 다리를 개구리 마냥 가동질 쳐대고, 함께 마주 보며 놀아주던 사람이 시야 밖으로 나가면 마치 세상 밖으로 사라져버린 양 서럽게 울음을 터뜨리던 그런 때가, 제게도 있었지요. 그때는 아마 가족이나 이웃은 물론이고 교회 신도들까지, 언제나 묵묵부답인 주님보다도 벙글벙글 재롱 떨며 웃다 울다 이내 아무 걱정 없는 평온한 표정으로 잠드는 제 모습 앞에서 더욱 큰 위안을 선물 받고 돌아들 갔을 겁니다.

그러나 누구나 그렇듯이 저 역시 자라면서 차츰 제 나름의 성장 과정과 아집을 갖게 되었지요. 특히 제 성격은 다소 결벽한 데가 있었습니다. 아마 성직자 자녀로서 주변 시선을 의식하지 않을 수 없었던 탓인 듯합니다. 욕심을 부려봤자 고작 어머니 심부름을 다녀온 뒤에 심부름 값을 요구해본다든가, 복숭아넥타가 먹고 싶어서 꾀병을 앓는다든가 하는, 그 또래 아이로서 충분히 용납될 수 있는 수준이었지요. 만약 그 이상의 말썽을 피우면 저는 또래의 다른 시골 아이들에 비해 한결 호된 대가를 치러야 했습니다. 한번은 싸워서 친구 얼굴에 상처를 냈다가 어머니에게 종아리를 얻어맞고 울면서 친구 집에 가서 사과하고 돌아온 일이 있는가 하면, 친구 집에서 놀다 십자드라이버 하나를 훔쳐 갖고 왔다가 아버지에게 들켜 그날 밤중으로 그 친구네 집으로 가서 돌려줘야만 했던 적도 있었어요. 이미 잠들어 있는 그 집 식구들을 모두 깨워놓으면서 말이에요.

선교 활동을 펼쳐야 하는 부모님으로서는 아무래도 자식 잡도리부터 제대로 시켜놓아야 했겠지요. 아니 단지 주변 시선이나 선교 활동 때문이기 전에, 아버지 어머니 스스로 엄격하고 청빈한 생활을 즐기는 분들이셨습니다. 물질적으로도 그렇거니와 일상생활에서도 남을 흉보거나 함부로 평가하는 일이 없었으며, 차림새나 행동거지에 있어 남다르게 검소하고 절제되어 있어서, 교회를 까닭

없이 고깝게 여기는 사람들에게까지 존중과 칭찬을 받으셨지요.

  그래서인지 저는 언급한 정도의 사건 외에는 별다른 말썽 한번 피우지 않은 채 꽤나 반듯한 어린 시절을 보냈습니다. 저를 비롯한 삼형제 모두 공부 잘하고 인사성 밝고 말썽 한번 피우지 않는, 그래서 사람들은 곧잘 "우리 집 아이들이 신부님네 아이들 같기만 하면 저희도 교회를 나가겠어요" 하고 부러워들 했습니다. 그러면 부모님은 웃으시며 대꾸하셨습니다. "아이들 데리고 교회부터 나오면 되지요."

  정말이지 제가 별다른 말썽 한번 피우지 않고 모범적인 유년기를 보낼 수 있었던 것은 근본적으로 우리 하느님을 믿은 덕분입니다. 주변 사람들 시선도 남다르고 또 부모님 교육 방식이 유난히 엄했던 것도 사실입니다마는, 실제 생활에 있어 어른들의 감시란 생각보다 터무니없이 허술한 것이어서 말썽을 피우려면 얼마든지 피울 수 있었지요. 기실 형이나 특히 동생은 저보다는 한결 자유분방한 유년기를 보낸 편입니다. 반면 형제들 중에서도 제가 가장 반듯해서, 오일장이 서는 날 장터를 가로지르는 심부름을 시켜도 저는 한눈 파는 법 없이 갔던 길 그대로 되짚어 돌아오는 아이였고, 옷이든 신발이든 장난감이든 언제나 제 것이 제일 단정하여 가장 나중에야 닳았다고 합니다.

  유약한 체격에서 비롯되는 다소 까탈스럽고 소심한 성격 탓도 있었겠지만 무엇보다 저는 하느님 존재를 믿어 의심치 않았습니다. 아주 어려서부터 어떤 유혹이나 시험이 닥칠 때면 만약 부모님이 아시는 날에는, 하고 염려하기보다 하느님께서 모두 다 내려다보고 계실 텐데, 하고 걱정했으니까요. 그래서인지 부모님도 삼형제 중에 유독 저를 제일 신임해서 간혹 피정회라도 다녀오시느라 집을 비울 때면 일단 맏이인 형에게 집안 단속을 부탁했지만 그러나 언제나 저를 따로 불러내어 이런저런 주의와 감시를 당부했습니다. 부모님이 집을 비우면 형도, 집안일을 거들어주는 헬레나 아주머니보다 저를 더 의식하여 경계하고, 제 입막음에 더 많은 애를 썼을 정도지요.

　물론 형의 그러한 노력은 대개 수포로 돌아갔습니다. 한번은 형이 주동하여 복사실 한구석에 걸려 있던, 고장나서 아무도 쳐다보지 않던 해묵은 시계를 고물장수에게 팔아 엿과 바꿔 먹어버린 적이 있습니다. 형은 엿을 삼등분하더니 그중 제일 큰 조각을 제게 건네더군요. 그것은 그 나이가 되도록 먹어본 것과 맞먹는 양이었습니다. 말하자면 그것은, 어떤 나이 든 어른에게 그 나이가 되기까지 써온 총액보다 많은 액수를 제시하는 거래만큼이나 거절하기 어려운 유혹이었습니다. 하지만 저는 끝내 뿌리쳤지요.

　그렇다고 그 사실을 부모님께 고해바치지도 않았습니다. 부모님께서 저를 다그쳤다면 모르겠지만, 제가 먼저 고자질하고 싶지는 않았지요. 거짓말도 나쁜 짓이지만, 고자질 또한 바른 행동이랄 수는 없었으니까요. 헌데 그 엿조각이 얼마나 달고 맛있던지 동생 녀석이 그만 앞니까지 꿀꺽 삼켜버리고 말았습니다. 썩어 흔들리던 앞니 두 개가 끈적한 엿 조각에 딸려 넘어간 거죠. 수상쩍은 낌새를 잡은 어머니가 다그치자 결국 형과 동생은 모두 이실직고하고 한 달 동안 교회 마당을 쓸고 화단 잡초를 뽑는 고된 벌을 서야 했습니다. 형은 막내동생을 탓했지만 제가 볼 때 당연한 인과응보였지요. 부모님 눈은 속일지라도 하느님을 속일 수 없는 것이니까요.

그러나 억울하게도 저 역시 형이나 동생과 더불어 마당을 쓸고 잡초 뽑는 벌을 서야 했습니다. 저는 볼멘 얼굴로 따졌지만, 옆에서 지켜보면서 말리지 않은 것도 잘못이라면서 똑같은 벌을 내리더군요. 엿 조각 유혹을 물리쳤는데도 불구하고 상을 주지는 못할망정 똑같은 벌을 서다니. 아무리 생각해봐도 분하고 억울한 노릇이어서 저는 아버지를 붙잡고 호소했습니다. "시계를 파는 일에 가담하지도 않고, 엿 조각을 입에 대지도 않았단 말이에요. 설사 엄마 말씀대로 제게도 지켜보면서 말리지 못한 잘못이 있다 해도, 어쨌든 형이나 동생보다 더 약한 벌을 서야지 어떻게 똑같은 벌을 서요?"

아버지는 저를 앉히고 다독다독 말씀하셨습니다. "잘못인 줄 알면서 자신을 억제하지 못하는 것과, 잘못인 줄 알면서도 그 사람을 말리지 않은 죄의 크기에는 별다른 차이가 없는 거야. 주일학교 시간에 포도원 이야기 들어봤지? 막판에 와서 한 시간밖에 일하지 않은 사람에게도 하느님은 똑같은 노임을 준단다. 그러니까 잘잘못의 크기를 분별하기 전에 네 잘못 자체만을 뉘우치는 일에 힘쓰도록 해라. 그러면 나머지는 하느님께서 다 알아서 하실 게다."

이만교 | 너무나도 모범적인

아버지 말씀을 이해하거나 동의했다기보다는 무릎에 바투 앉히고 차근차근 말씀을 들려주시는 살가움에 힘입어 저는 고개를 주억거렸던 것 같습니다. 하지만 벌을 서는 내내 억울한 느낌을 지울 수 없었지요. 형과 동생 놈은 그러게, 엿 줄 때 잠자코 받아먹기나 하지! 하고 저를 자꾸 약올렸습니다. 그들은 마치 죄 없는 나 역시 자신들과 같은 벌을 서는 꼴이 너무나 고소해서 자신들 벌은 힘들지도 억울하지도 않다는 표정이었어요.

하지만 저는 또한 저 나름대로, 어쩌면 이것 역시도 하느님의 시험이거나 악마의 유혹일 거라 생각해보았습니다. 비록 억울한 노릇이지만, 그렇다고 어차피 가담하지 않아도 나중에 들키면 똑같이 벌을 받기는 마찬가지인데 뭐, 하고 형과 동생이 그릇된 일을 할 때 함께 끼어든다면, 그 순간이야말로 바로 하느님의 시험에서 탈락하고 악마의 유혹에 빠져드는 꼴이 아니고 무엇이겠습니까. 욥이나 요나의 경우처럼 하느님은 자신을 믿지 않는 사람보다 자신을 믿고 따르고자 하는 사람에게 보다 더 어렵고 힘겨운 시험을 치르게 하는 이상한 분이니까요. 어쨌거나 저는 생각했습니다. 진리는 알수록 고되다.

2

그러던 한번은 형과 동생이 찬장 서랍에서 동전을 몰래 꺼내 과자를 사먹는 것을 목도하였습니다. 나서서 말려보았지만 소용없었어요. 하는 수 없이 그 즉시 어머니에게 일러바쳤지요. 단지 벌을 함께 받을까봐 취한 행동은 아니었어요. 비록 동전 두어 닢에 불과하지만, 그것은 걸려 있으나마나 한 고물 시계를 처분한 것과는 달리 엄연히 남의 물건을 절도하는 일이요, 하느님의 십계명을 범하는 못된 짓이었습니다. 그런데 어머니께서 제게 도리어 물어오더군요. "무슨 돈을 말하는 거지?"
"부엌 찬장 아래 서랍에 십 원짜리 동전 있었잖아요?"
"그랬나?"
어머니는 그곳에 동전을 놓아둔 사실을 까맣게 잊어먹고 있었나 봅니다. 어쨌거나 형은 그길로 어머니에게 붙들려 가서 제 예상보다 한결 심하게 매를 맞았습니다. "하느님께서는 언제나 모든 걸 다 내려다보고 계셔. 길에 떨어져 있는 물건도 자기 것이 아니면 그냥 지나쳐야 하는 거야. 하물며 서랍 속에 있는 엄마 물건에 손을 대? 가뜩이나 엄마 속이 상해 있는데, 동생들 앞에서 본보기를 보이지는 못할망정 이런 못된 짓을 하다니 창피하고 부끄럽지도 않아, 이 녀석아!"
눈물을 훔치며 돌아나오는 형의 종아리에는 파랗고 붉게 피가 맺혀 있었습니다. 그러잖아도 헬레나 아주머니 행실에 대한 좋지 않은 동네 소문으로 인해 어머니 심기가 가뜩이나 불편해 있던 참이어서 더욱 화가 나신 듯했습니다. 어머니도 그 점을 의식하셨는지, 동생들과 골고루 나눠 먹으라며 형에게 과자를 도로 돌려주었지요. 하지만 형은 동생에게만 나눠주곤, 제게는 고자질한 죄라면서 나눠주기는커녕 어깨로 밀고 팔꿈치로 치면서 약올리기만 했습니다.

"네가 고자질만 안했어도 두 봉 중에서 하나는 너를 주려고 했는데, 바보!"

형은 잘못을 반성키는커녕 너무 심하게 자신을 벌한 어머니와 고자질한 동생에 대한 미움만 키우는 듯했습니다. 생각해보니 결국 저로 인해 사태만 더욱 악화되어버린 꼴이었습니다. 제가 입만 다물었더라면 어머니가 속상하여 화를 낼 일도 없었을 테고, 형이 매맞을 일도 없었을뿐더러, 형과 사이가 비틀어지는 불편을 감수하지 않아도 되었을 테고, 또한 저는 제 몫의 과자를 얻어 배불리 먹을 수 있었을 텐데요.

특히나 형과 종범 형이 싸운 일만큼은 모르쇠 하고 입 다무는 게 훨씬 좋았을 겁니다. 종범 형은 동네에서 제일가는 말썽꾸러기여서 고무줄을 끊고 달아나거나 이웃집 개 꼬리에 석유를 묻혀 불을 댕기거나 남의 감자밭을 분탕질쳐놓는 따위의 장난질을 도맡아 저지르고 다녔습니다. 정말이지 형편없는 망나니인데도 벌을 받거나 괴로워하기는커녕 저로 인해 사람들이 괴로워하면 도리어 그만큼 즐거움을 느끼는 거였고, 게다가 적잖은 또래 아이들이 그의 뒤를 졸졸 따라다녔습니다.

종범 형 얘기가 나오면 어머니는, "그애 아버지가 그렇게 인생을 사니까 그 아이 행실이 그러는 거야. 천벌을 받는 거지" 하고 설명하셨습니다. 방앗간을 운영하는 종범 형네 아버지는 둘째 마누라를 두고도 시내에 나가 계집질을 할 정도로 질 나쁜 사탄이었습니다. 물론 저로서는 어머니 설명에 수긍할 수 없었습니다. 벌을 받는 중이라면 괴로워해야 하는데, 종범 형이나 그 형 아버지나 두 사람 모두 언제나 마냥 즐거운 표정이었으니까요.

형이 그런 종범 형과 맞붙어 치고받는 싸움을 벌인 겁니다. 발단은 의당 종범 형 잘못이 더 컸고 또 처음 엎치락뒤치락하는 와중에는 형이 다소 유리한 고지를 선점하는 듯했는데, 코피가 터지면서 형이 울음을 터뜨리는 바람에 종범 형 승리로 끝나버렸습니다. 형 몰골을 본 어머니가 이유를 추궁했지만 형은 단지 넘어져서 다쳤다고 둘러댔습니다. 저 역시 입을 다물려고 했지만 어머니가 계속해서 채근하는 바람에, 그리고 어머니가 모든 잘잘못과 시비를 가려내줄지 모른다는 기대에서 사실대로 고해바쳤습니다.

그러나 어머니는 우선 형을 세워놓고 종아리를 때리더군요. 그러곤 종범 형네 집으로 데리고 가서 사과부터 시켰습니다. 그러자 종범 형네 어머니가 종범 형 앞니 두 개가 흔들거린다고 하소연했고, 그렇더라도 굳이 그럴 필요까지는 없었을 텐데 어머니는 당시로서는 결코 적잖은 액수의 치료비를 지불했습니다. 아버지는 아버지대로 화가 나서 아이들 교육과 단속을 어떻게 하고 있는 것이냐며 어머니를 심히 나무라는 바람에, 그리고 그것이 어째서 자기 혼자만의 책임이냐며 어머니 역시 맞받아 푸념하시는 통에 한동안 집안 공기가 더없이 냉랭해져버렸더랬습니다.

이만교 | 너무나도 모범적인

그래요. 이 모든 사태 또한 제가 일러바치는 바람에 불거진 결과였지요. 치료비를 받아 어디에 어떻게 썼는지 종범 형은 그 뒤로도 한동안 흔들리는 앞니 두 개를 그대로 달고 다니면서 누구에게든 덤벼봐! 때려봐! 하면서 턱을 내밀었습니다. 정말이지 제가라도 한 대 쥐어박아주고 싶었지만, 그러나 어떤 진실은 건드려봐야 덧만 나는 법이더군요.

그러잖아도 융통성 없이 구는 저를 고깝게 여겨오던 형은 이 일이 있은 뒤로 더욱 표나게 저를 따돌리며 막내하고만 어울렸습니다. 먹을 감으러 가거나 머루를 따러 산에 갈 때나 언제나 막내만 데려가는 거예요. 제 몫을 양보한다든가 심부름을 거들어준다든가 하는 사과를 통해 형과의 화해를 시도해보았지만, 그리고 형이 그러한 화해 노력에 전혀 응해주지 않은 것도 아니지만, 그러나 평소 적당히 넘어가지 못하는 제 성격은 저 자신부터 어쩔 수가 없었습니다.

형이 서리를 한다든가, 주운 물건을 주인도 찾아보려 하지 않고 처분하려 든다거나, 만화가게에 나다니거나, 아버지 몰래 사제복을 뒤집어쓰곤 미사 집전 흉내를 내거나, 핀으로 쑤시고 흔들어 돼지저금통 속 동전을 빼낸다거나 하는 잘못들을 저지를 때면 일일이 고자질하진 않았지만 형에게 시비를 걸고야 말았습니다. "이건 나쁜 짓이야!"

"뭐가 나빠?"

"들키면 혼날 거야!"

"너만 입 다물고 있으면 괜찮아!"

"내가 입 다물어도 하느님은 다 알고 계셔!"

이쯤 되면 결국 형에게 또 따돌림을 당할 수밖에. "만교, 너는 따라오지 마!"

"왜?"

"너랑 다니면 나만 나쁜 놈 되는 것 같아 피곤해!"

그렇더군요. 제가 바르고 정직한 아이일수록, 다른 사람 잘못과 부정이 마치 어두운 데서 바라보는 밝은 부분처럼 또렷이 잡히는 거였어요. 저도 이상한 노릇이었지만 저도 어쩔 수 없는 일이었습니다. 어쨌든 이런 경험들이 자주 쌓이자 저는 저대로, 과연 살면서 진실을 모두 명명백백하게 밝혀내야 할 필요가 있을까. 차라리 덮어둬야 더 낫지 않을까, 하는 회의를 품지 않았던 것도 아닙니다.

하지만 본래 그렇게 타고난 탓인지 아니면 이미 어려서부터 만들어진 성정 탓인지 저는 그 뒤로도 아마도 들추지 않는 게 더 좋았을 진실을 들추는 특이한 실수를 곧잘 저질러왔습니다. 가령 고등학교 때 처음으로 치른 학생회장 선거 개표 때 굳이 개표 실수를 지적해내는 바람에 재선거가 치러졌고, 그 바람에 이길 수 있었던 제가 지지하던 후보가 패하고 말았습니다. 대학교 졸업반 때는 학회장의 부정을 들춰내는 바람에 학생들 모두가 두 패로 나뉘어 시비에 말려들고, 졸업여행까지 취소되고 말았습니다. 신혼여행 가서는 굳이 지난 과거의 연애담을 낱낱이 고백했다가 아내에게 뺨을 얻어맞기까지 했지요. 회사 생활은 또 어떻고요. 중편 「착한 남자, 나쁜 여자」에서 동료들 비리를 모두 들춰내는 '그녀'의 실수는 사실 제 직장 생활 경험담에 다름 아닙니다. 이처럼 자신도 어찌지 못하고 계속해서 진실을 들춰내어 사태를 악화시키는 특이한 잘못을 저지르게 되면서, 그때마다 저는 생각했습니다. 진실은 때로 은폐되는 게 좋다.

## 3

어쨌거나 이러한 믿음과 성격은 자기 자신에게조차 고달픈 노릇이었습니다. 마치 농부들이 기후에 예민하고 어부가 풍랑 변화에 민감해지듯, 자기 잘못은 물론이고 다른 사람 실수까지 그들 자신보다 더 또렷이 인식하다보니, 제 발이 도둑 것보다 먼저 저리는 격이랄까. 예배 시간이면 형과 동생은 기억하지도 못하는 잘못을 제가 대신 용서를 구하는 기도를 올린 적도 여러 번이지요. 또 아이들이 저희끼리 사방치기나 깡통차기 같은 놀이에 빠져 있는 때면 옆에서 지켜보던 제 눈에 그 속임수나 잘잘못이 자꾸만 잡혀서, 저도 모르게 그게 아니라 선은 이렇고 후는 이렇고 얘는 이러고 쟤가 저러하니 의당 이러고 저러해야 한다 하고 나서서 주장하다 그만 어느새 저 자신이야말로 분쟁의 한복판에 놓여 있기 일쑤였지요.

그해 여름성경학교가 특히 그러했습니다. 아이들이 수녀 선생님보다 저를 더 의식하고 경계했을 정도니까요. 교회에서 나눠주는 선물도 선물이지만, 무엇보다 농사일을 거들어야 하는 수고로부터 벗어날 수 있는 덕분에 평소 주일학교에는 코빼기도 보이지 않던 아이들조차 여름성경학교 때면 모습을 나타내기 마련입니다. 종범 형까지도, 하느님보다는 골려줄 아이들을 찾아서였겠지만, 교회에 나타날 정도였지요. 그리고 그런 아이들은 대부분 시간 내내 선생님보다 더 많이 떠들고 장난치고 교회 이곳저곳을 함부로 쑤시고 돌아다니면서 갖은 저지레나 일삼을 뿐이었지요.

그런데도 그해 교구에서 내려온 착하고 단아하기만 한 우리 수녀 선생님은 얼굴 가득 환한 웃음을 머금은 채로 약간의 주의만 주었을 뿐이고, 성경 시간이 끝나 빵이나 학용품을 나눠줄 때면 말썽꾸러기들 머리를 도리어 더 살갑게 쓰다듬어주면서 다음 시간에도 꼭 참석하라고 신신당부를 하시는 거예요. 아흔아홉 마리 양보다 잃어버린 한 마리 양이 더 소중하다는 듯이요. 그러나 그러면 그럴수록 아이들은 신이 나서 더욱 방자해질 따름이지요. 찬송가를 부를 때면 일부러 음치처럼 불러대서 주변을 웃음바다로 만들기 일쑤이고, 신발을 신은 채로 복사실이며 제단 위까지도 함부로 빠대고 돌아다니는 거예요. 심지어 성체성사에 쓰일 포도주를 담글 목적으로 가꾸는 교회 뒤뜰의 포도넝쿨에까지 손을 대더군요. 어떤 면에서는 이 모든 아이들의 죄가 바로 수녀님이 너무 너그럽기 때문에 벌어지는 사단이기도 했습니다. 작년에 아버지가 직접 성경학교를 꾸려나가실 때는 그래도 곧잘 엄한 표정으로 꾸짖고 아이들 행동을 적절히 단속하셨기 때문에 그런 일이 없었는데 말이에요.

이만교 | 너무나도 모범적인

결국 그들을 잡도리하고 감시하는 것이 자연스럽게 우리 형제 몫이 되었습니다. 특히 복사실 용품들과 뒤뜰의 포도넝쿨만큼은 철저히 지켜냈습니다. 마치 하늘나라를 지키는 천사 군단처럼 모든 악행을 미연에 방지하려고 애를 썼지요. 그리하여 교회 내에서만큼은 마침내 아이들 모두 우리 형제들 눈치를 보게 되었습니다.

다만 종범 형만큼은 잠깐만 방심해도 어느새 다른 아이들을 괴롭히고 있거나, 수녀님 성경책을 감춰놓고 선물부터 나눠달라고 요구하는 식의 배짱 좋은 땡깡을 부리기도 하고, 또 어느 순간 감쪽같이 사라져서는 보이지 않습니다. 알고 보니 제단 뒤 커튼 속에―그러니까 딴엔 숨는답시고 다름 아닌 하느님이 숨어 계신 장소로 들어가 간식을 미리 훔쳐먹고 있더군요.

그야말로 요주의 인물이어서 감시의 눈길을 늦추지 않을 수 없었지요. 그중에서도 특히 저의 감시가 단연 까다롭고 엄격했지요. 다들 눈을 감고 기도를 올리고 있을 때조차 저는 수상쩍다 싶으면 재빨리 한쪽 눈을 떠봅니다. 아니나 다를까. 이미 그는 두 눈을 버젓이 뜨고 옆 친구에게 장난을 걸거나 옆 친구 물건을 제 주머니에 집어넣고 있거나 혹은 다른 사람 주머니에 집어넣는 장난 따위를 하고 있기 십상입니다. 그러면 그때마다 저는 그 즉시로 쫓아가서 그 물건을 뺏어서 도로 제자리에 돌려놓습니다. 자칫하면 종범 형에게 한 대 얻어맞을 수도 있는 행동이어서 형조차 우물쭈물 망설이는 거였으나 저는 언제든 단호하게 맞섰습니다. 교회 밖에서라면 저 역시 꿈도 꾸지 못했을 테지만 그러나 무엇보다 우리 아버지가 하느님 다음으로 높은 신부님이시니까요. 그리고 무엇보다 우리 하느님이 이 모든 사태를 속속들이 굽어보고 계실 테니까요. 하느님을 믿어 의심치 않는 반듯한 아들로서, 동네에서 그가 그 어떤 심술과 말썽을 피우고 다닐지라도 성스러운 교회 내에서만큼은 그런 불의가 조금도 통하게 하고 싶지 않았습니다.

그럴 때마다 종범 형은 입술 한쪽을 비틀어 올리면서 콧방귀를 뀌어 보였습니다. 그러나 자신이 잘못하고 있다는 걸 스스로 알기 때문인지 그 이상의 대거리는 하지 못하더군요. 그럴수록 저는 더욱 의기양양해지지 않을 수 없었지요. 한번은 또 방석을 갖고 장난을 치고 있기에 제가 나섰습니다. 그랬더니 돌연 화를 더럭 내는 거예요.

"네가 뭔데 자꾸 하라 마라야, 이 자식아!"

움찔하지 않을 수 없었습니다. 매처럼 찢어진 눈으로 째려보는 그의 시선은 언뜻 야비해 보일 정도로 매섭거든요. 저는 눈을 돌려 응원군을 찾았지요. 수녀님은 계시지 않았지만 다행히 형과 동생이 지켜보고 있었습니다. "이리 줘!" 저는 용기를 내어 손을 뻗어 방석을 잡아당겼습니다. "방석은 각자 하나씩만 갖고 앉는 거야!"

"너나 하나만 갖고 앉아. 난 내 맘대로 할 거야, 인마!"

그러더니 그는 방석 서너 개를 그대로 한꺼번에 깔고 앉더군요. 저는 지지 않고 따졌지요. "만약에 형처럼 방석을 모두 서너 개씩 깔고 앉으면 결국 방석이 모자라게 되잖아!"

그러자 그가 콧방귀를 뀌었습니다. "별 걱정을 다하네!"

이만교 | 너무나도 모범적인

그를 제외하고는 방석 욕심을 내는 사람은 없었으므로 그것은 정말이지 현실성 없는 걱정이었지만, 그런데도 그가 방석을 서너 개나 깔고 앉아 있는 꼴이 제게는 자꾸 눈엣가시처럼 걸렸습니다. 그래서 그가 잠시 자리를 비운 사이 재빨리 방석들을 제자리에 돌려놓으려는데, 제 편인 줄 알았던 형이 말리더군요. "그러지 마!"
"왜?"
"그냥 놔둬!"
"하나씩 앉아야지!"
"그냥 앉게 내버려둬!"
"그러는 게 어딨어!"
"상관없어!"
"안 돼!"

그렇게 옥신각신하는 중에 종범 형이 돌아왔습니다. "네 형도 그냥 놔두라는데 왜 네가 지랄이야, 인마!"

말하곤 뒤통수까지 한 대 툭, 치더군요.

종범 형은 그날 기어코 방석을 다섯 개씩이나 깔고 앉아 성경학교 시간을 마쳤습니다. 정말이지 형이 원망스럽더군요. 약이 올라 미치겠더군요. 힘 약한 제 자신이 몹시 싫어지더군요.

그 일을 기화로 종범 형은 다시 기세가 살아나는 듯했습니다. 그는 특히 저를 겨냥해서는 정숙한 기도 시간에, 선생님, 만교가 눈을 뜨고 있어요! 하고 말해 돌연 웃음바다로 만들어놓거나, 제 뒤에 앉아 고무줄 총으로 제 뒤통수를 때리거나, 제 신발 한 짝을 어딘가에 감춰놓거나 하는 식으로, 갖은 장난을 쳐댔습니다. 억울하게도 저만 번번이 수녀님께 주의를 듣기까지 했습니다.

하지만 제게도 복수할 절호의 기회가 주어졌습니다. 처음엔 우연히 벌어진 일이었어요. 끝마치면서 수녀님께서 연필 한 자루와 공책 한 권씩을 고루 나눠주었는데 그날따라 연필이 세 자루나 모자랐어요. 두 자루는 곧 찾아냈는데 나머지 하나는 끝내 보이지 않았습니다. 그 때문에 저만 그날 연필을 받지 못했습니다. 수녀님이 종범 형을 다그쳤어요. "나머지 하나는 어디에 숨겨놓았지?"

종범 형은 평소대로 싱글벙글 웃어대면서 잡아떼더군요. "두 개뿐이었어요!"

수녀님은 두세 번 더 다그쳐보더니 포기하고는 제게 공책을 대신 한 권 더 주었습니다. 그런데 집에 돌아와서 보니 제 주머니에 연필이 들어 있지 뭐예요. 제가 그만 깜박한 거지요. 저는 바로 이와 똑같은 방법을 한번 더 사용하여 종범 형을 궁지에 빠트리기로 했습니다. 복사실로 숨어 들어가 서랍 속에 보관되어 있는 주일학교 봉헌금 일부를 슬쩍한 것입니다. 그동안 종범 형을 비롯한 말썽꾸러기 형들을 감시하느라 저는 이미 교회의 어느 장소와 어느 시간이 가장 취약하고 허술한 틈인지를 잘 알고 있었습니다. 그런데도 어찌나 가슴이 떨리던지. 마치 정말로 도둑질하는 기분이었습니다. 그러나 그것은 사탄에게 벌을 내리는 정의로운 행동이었지요.

과연 이번만큼은 수녀님도 그냥 넘어가지 않으셨습니다. 제가 동전 두어 닢을 그의 주머니에 넣어두었거든요. 게다가 범인으로 지목 당한 종범 형은 싱글벙글 웃어가면서 간혹 신경질도 내가면서 잡아뗐지만 꾀죄죄하면서도 반들반들한 그 눈빛을 누가 믿겠어요. 아이들이 모두 돌아간 뒤에까지 남아서 수녀님께 야단과 훈계를 들으며 자백을 강요받았지요.

나머지 돈은 제가 써버렸구요. 어찌나 통쾌하던지. 그 뒤에도 저는 종종, 종범 형이 아이들에게 심술을 부리는 만큼 저도 종범 형을 곤란에 빠뜨리는 꾀를 부렸지요. 그것은 매번 아주 손쉬운 일이었습니다. 사람들 몰래 어떤 잘못을 저지르면 그만이니까요. 그러면 응당 사람들은 종범 형부터 의심하니까요. 모두들 설마 만교가! 하고 믿어 의심치 않았던 거지요.

학교에 가서도 저는 언제나 모범생이었습니다. 숙제를 하지 않으면 그것이 무슨 큰 죄라도 짓는 것인 줄 알고는 꾸벅꾸벅 졸면서라도 반드시 해갔습니다. 휴지 한 장 길에 버린 적 없고, 신발 한번 접어 신어본 적 없습니다. 단추 하나 허투루 풀고 다니지 않았어요. 그래서인지 성적도 언제나 좋았습니다. 학기말마다 성적표와 함께 으레 우등상을 받았지요. 위 학생은 성적이 우수하고 품행이 방정하여 타의 모범이 되므로……

이렇다 보니 반장 혹은 부반장 자리도 자주 맡았습니다. 학교에서 반장 부반장으로서의 제 모습은 기실 그해 여름성경학교 때와 별반 다르지 않았지요. 단정하고 반듯한 행실로 매사에 모범을 보였습니다. 그래서인지 그것이 물론 제 능력 덕분만은 아니겠지만 제가 맡은 반의 시험 성적이나 선행 실적이 제일 좋아서 상을 받은 적도 여러 번이지요.

몇몇 불미스러운 기억이 없지 않았던 것은 아닙니다. 가령, 반 아이가 당시로서는 너무나 값비싼 워크맨을 갖고 왔다가 잃어먹었는데 끝내 되찾아내지 못한 일이 있었지요. 범인으로 추정되던 녀석은 저와는 앙숙 간이던 농구부 문제아 녀석인데요, 무단결석 끝에 또 다른 패싸움에 연루되더니 결국 자퇴해버리더군요. 또 수업료를 몇몇 학생이 통째로 잃어버린 사건이 발생한 적도 있지요. 배짱으로 보아 아마 외부 소행일 거라고 추측들 하더군요.

물론 요즘도 저는 매사 반듯하고 모범적인 자세로 삶을 살아가고 있습니다. 저를 아는 제 주변 사람들은 소설가보다 선생 직함이 제게 더 잘 어울린다고들 하지요. 초면인 사람들은 제가 소설을 쓴다고 하면 그래요? 하며 적잖이 놀래요. 대학에서 강의도 한다고 말하면 그제야 고개를 끄덕이지요. 실제로 저는 술과 담배를 입에 대지 않는 국내 유일한 작가일 겁니다. 그 어떤 자리에서도 다른 사람에게 화를 내거나 예의에 어긋난 짓을 한 기억이 없습니다. 제 주변 사람들 모두 제 소설을 좋아하는 게 아니라, 저의 이러한 깍듯하고 단정하고 겸손한 모습을 더 좋아할 정도지요.

하긴 운전 경력 십 년이 넘었지만 교통법규를 위반한 적이 한 번도 없으니까요. 제 자신 스스로 보아도 제가 어찌나 예의 바르게 인생을 살고 있는지, 자기 마음에 안 드는 인간 하나쯤 작정하고 슬쩍 죽여도—가령 나란히 걷다가 벼랑 밑으로 밀어버리는 겁니다—아무도 설마 만교가! 하고 전혀 의심하지 않겠지, 하는 자신감을 갖고 있을 정도로 반듯한 삶을 살고 있습니다. 적어도 탄원서가 빗발쳐줄걸, 하고 저는 늘 생각합니다. 그리고 강의 시간이면 학생들에게 자주 강조합니다. 결국 바르게 살아야 자신에게 이익이다!

4

여름성경학교가 끝나고 나자 아이들은 교회보다는 다시 장터 방앗간 옆 공터에 모여 놀았습니다. 저로서는 종범 형 눈치가 보여서 그곳까지 나가 놀기가 꺼려지더군요. 그 누구도 상상하지 않았지만, 종범 형만큼은 저를 의심하는 것 같았거든요. 하긴 그는 하느님과 저를 제외한, 자신의 누명이 억울하다는 사실을 알고 있는 단 한 사람이었으니까요. 하지만 친구들과 어울리려면 결국 공터까지 나가야 했지요. 그런 한번은 그가 제 앞으로 오더니 느닷없이 십 원짜리 네 개를 내미는 거예요. "이거 돌려줄게!"
"뭔데?"
즉각적으로 잡아뗐지요. 제가 지난번 그의 주머니에 넣어둔 액수가 바로 사십 원이었어요.
"기억 안 나?" 찢어진 매의 눈으로 저를 빤히 노려보며 묻더군요.

"뭐를?"

혹시나 얼굴이 붉어지고 있는 것은 아닌지 다소 불안했지만, 저는 두 눈을 깜박거리며 심상히 잡아뗐습니다.

"아니면 말고!"

한참을 노려보던 그가 도로 가져가버리더군요.

그뿐 더 이상 캐묻지 않았어요. 단서가 잡히지 않았던가봐요. 하긴 그의 눈이 매의 그것이라면 저는 아직 매의 존재조차 모르는 햇병아리의 그것처럼 두 눈을 무심하게 깜박여 보였으니까요.

하지만 그 뒤로도 종범 형은 한동안 저만 보면 즐겨 지분대고 약올리고 괴롭혀왔습니다. 머리나 옷매무새를 함부로 흩트려놓거나 제 또박또박한 말씨를 흉내내며 놀리거나 놀이에 끼어들어 훼방을 놓거나. 하지만 저 역시 움츠러들거나 겁먹지 않고 곧이곧대로 대거리했지요. 머리를 만지려 들 때마다 신경질 내며 뿌리치고, 놀이하는데 그가 조금만 방해를 놓아도 따지며 화를 냈지요. 한번은 그가 제 친구 공을 뺏어 가져간 적이 있는데, 제가 공을 돌려달라며 그 형 집 마당까지 따라간 적도 있습니다.

종범 형과 저와의 사이에 시비가 끊이지 않자 형마저 저를 귀찮아하면서 동생만 데리고 나갈 정도였어요. 그런데 종범 형 쪽에서 도리어 차츰 저를 재밌어하며 반기더군요. 어, 만교 왔어? 머리 깎았네? 혹은, 오늘은 예쁜 백양말까지 신었네? 하면서요. 물론 저도 째려보지요. 그렇게 꼬박꼬박 반응하며 대드는 꼴이 빈 바늘에도 입질하는 물고기 같아 보였나봐요. 한번은 제 친구 하나가 자랑

할 목적으로 갖고 나온 가스라이터를 그가 또 뺏더니 돌려주지 않기에 제가 나서서 돌려달라고 했지요.

그는 예의 입술 한쪽을 실룩이며 웃더니 "이 자식 정말 웃기는 놈이야. 제 것도 아니면서!" 하고 돌려주며 중얼거리더군요. "네가 어떡하나 보려고 그런 거다, 인마!"

또 셔츠를 잡아당기거나, 놀이를 하는데 다가와 금을 슬쩍 밟아 지운다거나, 저와 친하게 지내는 친구들의 먹을거리나 놀이거리를 뺏거나 하는 식으로, 툭하면 심술을 부리곤 예의 옆눈질로 제 표정을 살피며 기다리는 것이었습니다. 물론 그때마다 저는 즉각적인 반응을 보였지요. 그가 잡아당기는 족족 신경질 내며 다시 셔츠를 바지춤에 가지런히 집어넣었구요, 지워진 금은 더욱 분명하게 그어놓구요, 우리가 노는 근처로 그가 다가오지 못하도록 감시했습니다.

그럴수록 재밌어하는 거예요. 매일같이 못된 짓 일삼는 것을 낙으로 삼으며 사는 그가 제게는 참으로 한심하고 사악한 존재로 여겨지듯이, 자신에게 손해가 되더라도 옳고 그름을 곧이곧대로 따지려 드는 제 모습이 종범 형 편에서는 신기하게 보였나봐요. 한번은 제가 친구와 어떤 내기시합을 벌이고 있는데 그가 다가왔지요. 그리곤 제가 아니라 제 친구 쪽을 슬쩍 방해놓아서 제가 이길 수 있도록 만들어놓더군요. 물론 그런 식으로 이기는 것은 불공평한 처신이므로 저는 의당 시합을 다시 벌였지요. 설사 제가 지더라도 말이에요.

그런데 친구들이며 형이나 동생까지도 이러한 제 행동의 참뜻을 이해하지 못하고 비웃더군요. 하지만 그것은 옳지 못한 판단이잖아요. 중요한 것은, 이치가 바르게 지켜지느냐 아니냐 하는 문제이지 제 자신에게 이득이 되느냐 아니냐 하는 문제가 아니잖아요.

다 같이 편을 갈라 오징어 놀이를 하다가, 금을 밟았느니 안 밟았느니 하며 시비가 붙은 적이 있어요. 그때도 저만큼은 우리 편에게 불리하더라도 보인 대로 증언했지요. 어떤 진실은 감춰두는 게 더 나은데도 불구하고 말이지요. 웃기지 마! 네가 뭘 봤다고 그래 인마! 하면서 모두들 제게 야유를 보내고 상대편으로 떠다밀기까지 하더군요. 그런데 같은 편을 먹고 있던 종범 형이 젠장, 하고는 외치는 거예요.

"더 이상 싸울 필요 없어. 만교가 밟았다면 밟은 거야!"

아이들 둘이 사소한 시비 끝에 주먹질까지 오간 적이 있는데, 종범 형이 말리더니 엉뚱하니 저를 찾더군요.

"이만교! 네가 볼 땐 누가 잘못한 거라고 생각해?"

저는 제 의견대로, 두 사람의 잘잘못을, 누가 어느 부분에서 얼마큼 잘못한 것인지를, 소상하게 가려주었지요.

그 밖에도 어떤 시비가 벌어진 상황에서 종범 형은 여러 차례, 만교가 그런 거라면 그런 거야! 하고 공공연히 제 편역을 들어주더군요. 놀이를 하다 심판이 필요하면 저보다 덩치 큰 형들을 놔둔 채 그 역할을 제게 맡기기도 했어요. '무궁화 꽃이 피었습니다'나 '소중고대' 같은 놀이는 성격상 시비를 가늠하기가 애매해서 심판

역할이 아주 중요하지요.

 제 성격과 역할이 이렇다 보니, 솔직히 친구들에게 별로 인기 있는 아이는 아니었죠. 하지만 아이들 개개인의 성격이 어떻고 누가 욕심이 많고 어떤 아이가 얼마큼 잘못을 저질렀는지를 가장 정확하게 그리고 자세하게 파악하고 있는 아이가 바로 저였지요. 초등학교 4학년 때부터 꼬박꼬박 일기를 쓰기 시작했는데, 페이지마다 어른들의 부당한 모습, 불공평한 사건, 친구들의 잘잘못 같은 것을 꽤나 꼬치꼬치 관찰하여 적어놓았지요. 아마 제가 소설을 쓰게 된 것도 이러한 글쓰기 경험 덕분이 아닐까 싶은데요, 아무튼 관찰해 보면 볼수록 세상엔 부당하고 부조리한 일투성이지요. 착하고 정직한 사람일수록 그만큼 손해 보기 일쑤이고 간특하고 나쁜 인간일수록 도리어 이득을 보는 경우가 너무 비일비재해서, 어떤 일에 손해를 보면 사람들은 곧바로 자신을 착하고 정직한 사람이라고 자부할 정도지요. 하느님은 어찌하여 이 모든 잘못된 모습들을 그저 방치하고만 계신 것인지.

 그중에서 종범 형이야말로 하느님도 어찌지 못할 정말 못돼먹은 인간이었지요. 그해 여름내 적잖은 아이들이 그에게 갖가지 형태로 괴롭힘을 당했거든요. 돈을 갈취당하거나 자기 아버지 라이터라도 훔쳐다 바쳤지요. 하다못해 점방가게에 들어가 그가 도둑질하는 동안 망을 봐주거나 분위기 잡는 노릇을 해야 하는 식의 꼬붕 노릇을 하기도 하구요. 빨랫줄에 널어놓은 이웃집 옷을 걷어 팔아

먹는다든가, 돈을 받고 여자들 발가벗은 사진을 구경시켜준다든가 하는 따위의 온갖 못된 짓을 도맡아 했지요.

하필이면 그런 그에게 제 성품을 인정받고 귀여움을 받게 되다니. 기실 요즘도 형이나 동생 앞에서 종범 형 얘기를 꺼내면, 아, 매일같이 너를 괴롭히던 그 못된 놈! 하고 기억들을 합니다. 그들은 알지 못하지요. 종범 형을 비롯한 아이들의 바람직하지 못한 행실들을 가장 정확하게 주시하고 있던 사람이 바로 저였지만, 그것이 바로 저라는 사실을 알아준 사람은 다름 아닌 그였지요. 때문에 그후 초등학교 내내, 혹은 중고등학교를 다닐 때도 길에서 마주치면 종범 형은 저를 친형제처럼 반겨주었습니다. 그새 대소원 시골 깡패에서 충주 시내 깡패로 승진한 종범 형은 자기들 패거리로 저를 데리고 가서, "야, 이 녀석 잘 기억해둬. 내가 특별히 아끼는 동생이니까 절대 건드리지 마. 나중에 아주 큰 인물 될 놈이야" 하고 소개해준 적도 있지요.

물론 이제는 저도 제법 세상을 겪을 만큼 겪어서 저 같은 아이들을 보면 너무너무 귀엽게 느껴져요. 왼손을 곧추들고 횡단보도를 건너는 꼬마들이라든가, 휴지는 반드시 휴지통에 버려야 한다고 고집하는 아이들, 불의에 비분강개하는 젊은 학생들, 서랍 속 양말까지도 질서정연하게 줄을 맞춰놓아야 직성이 풀리는 주부들, 세상은 그래도 아름답다고 일기장에 써놓는 젊은이들, 모범적으로 살아가는 것처럼 보이는 사람들을 정말 모범적인 사람들이라고 믿어 의심치 않는 사람들, 신문과 언론을 믿는 사람들, 역사와 발전

이만교 | 너무나도 모범적인

을 믿는 사람들, 그 모든 헛것을 믿는 사람들…… 이런 모든 사람들과 마주칠 때마다 저는 종범 형이 저를 쳐다보며 느꼈을 귀염성이 느껴지지요. 제가 살아오면서 관찰한 바에 따르면 하느님은 정말로 훌륭한 분이고, 적어도 여름성경학교 수녀님보다 수만 배 더 너그러우신 분입니다. 그런데도 어떤 특정 질서나 논리, 섭리 따위를 믿고 지키려 하다니, 정말이지 모두들 방석 하나씩만 깔고 앉아야 한다고 믿는 생각만큼이나 귀엽지 않나요. 너무 귀여운 나머지 저는 종종 볼을 슬쩍 꼬집어주고 싶은 충동이 느껴질 정도예요. 또 실제로 꼬집어보기도 하구요. 저를 선생님으로 믿고 존경하며 따르는 예쁜 제자가 있으면 적당한 순간을 노려 슬쩍 볼을 쓰다듬어주는 거예요. 어깨도 쥐었다가 놔주고요. 저를 믿어 의심치 않는 사람들이 있는데, 그 사람 지갑이나 중요한 서류를 슬쩍 치우거나 가져오기도 하지요. 친하게 지내는 사람들 사이로 슬그머니 끼어들어 상대방 단점을 아주 정확하게 가르쳐주기도 합니다. 벼랑 쪽으로 비켜서서 길을 양보하는 등산객을 보면 문득 실수로 헛발을 짚고 싶어지는 그런 기분으로 말이지요. 귀여우니까, 그냥 너무 귀여우니까 장난삼아서요. 요즘 같은 시대에 그 어떤 믿음을 갖고 살 수 있다면 그 사람은 분명 너무 둔감하거나, 혹은 너무 예쁜 사람일 거예요. 저는 생각합니다. 진리를 믿는 사람들은 정말이지 너무 예쁘고 귀엽다.

# 변태

한창훈

1963년 전남 여수에서 태어났다. 1992년 대전일보 신춘문예에 단편 「닻」이 당선되며 등단. 소설집 「나는 여기가 좋다」 「청춘가를 불러요」 「세상의 끝으로 간 사람」 「가던 새 본다」 「바다가 아름다운 이유」, 장편소설 「홍합」 「섬, 나는 세상 끝을 산다」가 있다. 한겨레문학상, 허균문학작가상, 요산문학상을 수상했다.

### 작가를 말한다

정말 그랬다. 구랍 어느 날, 문학동네 송년 모임에서 다시 만난 그는 말끔한 도시 문학인들 사이에서 도드라져 보이는 야성을 발휘하며 술잔을 비우고 있었다. 양식당 테이블에 섞여 앉아 있는 창백한 사내들 틈에서 그가 낸 때깔은 '거무튀튀'였다. 건강하고 힘 있어 보이는 검은빛이 그를 감싸고 있었다. 어제 서울에 와 소주 먹고 막걸리 마시고 밤과 낮새 폈다는 그는 또 한잔을 기울이며 좀 흥분해 있었다. 그가 등을 돌리고 앉아 자꾸 뒤돌아보는 홀 가운뎃자리에 캐나다에서 돌아온 박상륭 선생이 앉아 계셨다. 나중에 그는 "그 양반 와 있단 소릴 듣고 가슴이 뛰었어요. 귀국하셨다는 소식 듣고 언젠가 한번 뵙겠지 했는데 우연히 마주쳤으니 참 복도 많다, 싶었죠" 했다. 그때 그는 덩치에 어울리지 않게, 꼭 사모하던 선생님 곁에 선 여학생 같았다. 정재숙(중앙일보 문화부장)

1

그 여인네가 암캐나 뱀이라면 나는 무엇이었나. 간밤의 피와 새벽녘의 몽정 덕에 한 방울 정액으로 인한 냄새나는 것쯤이 아니면 과연 그 개나 뱀의 앞자리에서 무엇이었나.
어쨌거나 나는 꿈틀댈 줄만 아는 애벌레였다.
성충이 되지 못했다는 것은 결국 청춘이라는 소리인데, 참으로 민망하게도 청춘에 으레 따라붙는, 희망이라거나 푸른 꿈이라거나 그런 것들과는 하등 상관없이, 밟혀 한쪽이 뭉그러지고 살충제를 뒤집어쓴, 고통에 헐떡이는 벌레였다. 날개 트여볼 엄두도 나지 않는 징그런 것이었다. 그 시절 내게 충만했던 것은 결핍과 죽음이었다. 결핍으로 내 몸뚱이는 불안하게 길어졌고, 죽음으로 내 정신은 거듭 침잠하며 넓어졌다. 그것도 성장이라면 성장이었다.
 밤이었다. 모든 것들이 다 잠들어야 할 시간이건만 모든 것들이 다 소스라쳐 깨어 있던 밤이었다. 우리는 MBC 건물이 다 탈 때까지 군인과 대치한 채 그 자리에 있었다.
 "진실을 알리지 않는 방송국은 태워버립시다."
 한 사내가 외치며 방송국 정문에 석유를 끼얹고 불을 질렀다. 금방 타올랐다. 도시 곳곳에서 불길이 치솟는 중이었다.
 "그래도 우리의 진실을 알리려면 방송국이 있어야 합니다. 방송국을 살립시다."
 다른 사내가 외쳤다. 주변 사람들이 덤벼들어 불을 껐다. 그을음이 귀신처럼 떠돌았고 그 너머로 군인들이 사자처럼 보였다. 이번에는 그쪽에서 불길이 치솟았다. 오른쪽의 키 낮은 금성사가 위태로웠다. 불은 한순간에 건물을 타고 올랐다. 팡, 팡, 유리창이 터졌다.
 "변압기가 폭발한다."
 누군가가 외쳤다. 방송국 건물과 박종갑내과 건물 사이에 변압기가 있었다. 우리는 뒤로 몇 발짝씩 피했다. 변압기가 폭발하는 것을 아무도 본 적이 없었고, 그게 터지면 위력이 어느 정도인지도 몰랐다. 변압기는 폭발하지 않았고 대신 군인들과 시민들이 다시 폭발하기 시작했다.
 밤이 깊어지면서 우리는 조금씩 밀렸다. 최루탄이 터져나오면 전열이 흩어져 사정없이 밀려나기 바빴다. 주위는 아수라장이었고 저쪽에 장갑차를 가운데 두고 군인들이 점차 밀고 들어왔다. 사람들이 보도블록을 깼고 누군가가 각목을 한 짐씩 부려놓았다. 돌 조각들은 쓸모가 있었으나, 그놈의 각목은 뒷골목 패싸움 때나 쓰지 총 든 군인들에게는 소용이 없었다. 최루탄이 터지고 우리는 다시 밀렸다. 그때 노인 하나가 불쑥 나서며 지팡이로 우리들을 때렸다.

"늙은이도 버티는디 젊은것들이 밀려야."

노인은 사람들 사이를 다니며 계속 때렸다. 우리는 그대로 서서 지팡이에 얻어맞았다. 맞아도 쌌다. 고개를 숙이는 이도 있었다. 우우우, 사람들이 다시 한목소리를 내기 시작했다.

"젊은것들이 심 놔뒀다가 워따 쓸라고 그래. 덤벼들어. 저것들한테 죽자살자 덤벼."

우우우, 사람들의 목소리가 더욱 거세졌다. 순간 장갑차 뚜껑 위로 상체만 내놓고 있던 군인이 총을 쏘았고, 노인은 축 늘어졌다. 우리는 한순간에 피가 끓어올랐다.

"갑시다. 나갑시다."

재무장하고 복수를 다짐하는 패전국의 결사대처럼 사람들은 앞으로 밀고 나갔다. 나는 어렸고, 어리다는 것은 쓸데없이 분노나 잘하고 마는 것이기도 해서 돌멩이 두 개를 부여잡고 앞뒤 볼 것 없이 앞으로 내달렸다.

이 개새끼들아.

얼마만큼 왔나. 돌멩이를 차례대로 던지고 섰을 때, 한 오 초간 막막한 시간이 지나자, 비로소 내가 던진 돌멩이는 얼토당토않게 목표물을 훨씬 지나버렸다는 것을 깨달았다. 그리고 안개 같은 최루탄 가스 사이로 군인과 장갑차가 나타났고, 그것은 너무도 가까이 있어서 내가 침을 뱉으면 닿을 거리였다.

장갑차 뚜껑 위의 군인이 총으로 나를 겨누는 게 보였다. 그 순간, 어떤 판단이나 추측도 할 수 없던 그 시간. 얼음 같거나 두부 같거나 하여튼 한 가지 색으로만 머릿속이 채워지던 짧은 시간.

"비켜. 다들 비켜."

와 하는 함성 속에서 육중한 기계 소리가 다가왔다. 포크레인이었다. 총구가 나에게서 포크레인 쪽으로 옮겨갔다. 쾅, 포크레인과 장갑차가 부딪치는 소리와 함께 탕탕탕 총소리.

하숙집은 텅 비어 있었고 주인네는 문 꼭꼭 걸어 잠그고 불까지 꺼놓은 상태였다. 새벽이 다가오고 있었다. 나는 내 방에 기어들어가 이불을 뒤집어썼다. 깊고 따뜻한 품속으로 숨고 싶었고 이불을 그것으로 여겨 둘둘 말았다. 그러나 내 몸을 감싸고 있는 것은 순식간에 바람에 흩어지고 곧바로 날카로운 총구가 눈앞에 따악 나를 겨누고 섰다. 총구에서 불꽃이 터지고 노인이 쓰러졌다. 포크레인 운전석의 사내가 쓰러졌다. 주변에는 시신들이 산처럼 쌓이고 차들이 불탔다. 날이 점차 밝아오는 것도 모르고 벌레처럼 나는 꿈틀댔다.

2

거웃이 돋고 목소리가 변하면서부터 나는 두꺼운 옷의 저편에 숨어 있는 사람의, 여자의, 몸에 대해 알고 싶었다. 뭔가 기가 막힌 것들로 꽉 차 있을 것 같은 젖가슴과 부드러운 살, 그리고 언젠가 사창가에서 사는 아이가 학교로 가져와서 보았던 외국 잡지 속의, 털 나고 벌어진 아랫도리에 관해 궁금했다.

그리고 어느 날 갑자기 그 아름다운 것들이 둘러싸고 있는 저 깊은 속을 먼저 보고야 말았다.

젖무덤을 보기 전에 찢겨져 나온 내장을 보았고, 부드러운 살결을 만져보기도 전에 떨어진 붉은 살점을 보았고, 뜨겁게 껴안아보기도 전에 세상을 향해 뿜어져나오는 새빨간 피를 보았고, 향기로운 머리카락의 냄새를 맡아보기도 전에 두개골이 부숴지는 것을 보았는데, 거기에서는 오만 가지 정신의 뒤엉킨, 싫고 좋고 간절히 원하고 극도로 원망하는, 복잡한 실타래의 형체는 온데간데없고 핏줄이 뒤엉킨 뇌수가 굳어가는 죽처럼 덩어리져 있었다.

내가 알게 된 사람의 몸은 그런 것이었고 그것은 죽음이었다.

그때까지 죽음이라고 본 것은, 아니 죽음이라고 부르는 짧은 시간이 지나 번데기 속에서 나비는 빠져나가버리고 남은 꼬치 같은 시체를 본 것은, 물에 빠져 죽어 있는 이가 다였다. 바닷가란 말라붙어서 죽는 이보다 물에 빠져 축축하게 몸 적시며 죽는 이들이 많았다. 멀리서 그들이 떠밀려 오기도 했는데, 건져보면 팅팅 불어 있었고 간혹 상어에게 먹혀 뼈만 남은 상태로 사람들의 마을로 돌아오는 경우도 있었다.

시장 좌판에서 훔친 새우로 학꽁치를 낚으며 하루를 보내던 날이 있었다.

좌판 위에 가지런히 놓여 있는 보리새우를 겨냥하고 슬슬 걸어가다가 아줌마가 좌판 아래로 몸을 구부려 무언가를 찾는 순간 재빨리 한줌 움켜쥐고 뛰었다. 아이고매 이 새끼야. 아줌마가 곧바로 쫓아왔다. 보기보다 빨랐고, 또 빠르지 않으면 그 바닥에서 견뎌내지를 못했다. 쫓아오는 기세에 눌려 나는 훔치고도 기겁을 해서 손에 쥔 것을 얼른 떨어뜨렸다. 아줌마는 그것을 줍느라 더 이상 쫓아오지 못했고 냉동공장 뒤까지 도망가서야 숨을 고른 내 손아귀에는 네 마리가 남아 있었다. 아껴 쓰면 될 정도였다.

꽁치는 적당히 무리를 지어 어선과 어선 사이를 헤엄쳤다. 우리는 낚싯대에 붙어 낚시를 두 개 달고 거기에 새우 살을 조금씩 끼웠다. 꽁치는 수면에서 한 뼘 정도 아래에서 헤엄을 치는 것이라서 훤히 보였다. 낚시를 집어넣고 기다리면 한 마리씩 다가와서 물었고, 너무 빤히 보이는 탓에 마치 죽기 위해 기다리고 있는 듯싶기도 했다.

동무 하나가 저쪽에서 누가 빠져 죽었단다, 가보자, 나를 불렀다. 해가 지기 시작했다. 선창은 슬슬 사시장철 그 붉게 도드라진 입술을 벌릴 줄만 아는 작부의 노랫소리 높아지고 취객들의 오줌이 바댓물에 보태어져 낮과는 다르게 복잡하고 시끄러워지기 시작하는 시간이었다.

우리는 낚싯줄에 아가미가 관통당한 채 고들고들 말라가는 학꽁치 예닐곱 마리를 땅에 끌다시피 하고, 종일 여기에 부딪히고 저기를 찔러 지청구 듣기에 바빴던 낚싯대를 어깨에 메고 줄달음을 쳤다.

야이 쌍놈의 새끼들아.

친구 낚싯바늘이 공중에서 춤을 추다가 지나가던 아저씨 잠바를 뚫었다.

왜 사람을 낚으고 지랄이여, 이 새끼들아.

나와 친구는 자리에 섰다. 그 아저씨가 옷에서 바늘을 빼낼 때까지 우리는 거미에게 침 맞은 나방이었다. 친구는 바늘을 돌려받는 대신 뺨을 한 대 야무지게 얻어맞았고, 내 머리 한쪽에도 큰 주먹이 왔다 갔다. 그런 식으로 우리의 살갗은 두꺼워지고 대가리는 야물어졌다.

산파시라고 부르는 뜬 부두 선착장에 사람들이 모여 있었다. 저만치 섬들도 이제는 보이지 않고 아이들이나 갈매기들이나 선착장 근처에 죽 이어 있는 술집에 볼일이 없는 존재들은 집으로 돌아갈 시간인데, 어쨌든 야단 좀 얻어맞고 꽁치로 전이나 만들어 따뜻한 밥 한 그릇씩 먹고 이불 속으로 들어가야 할 시간인데 어린 소녀는 그러지 못하고 산파시에 누워 있었다. 아이를 물속에서 끄집어냈던 사내는 물을 줄줄 흘리며 벌렁 나자빠졌는데 숨 몰아쉬는 것만

한창훈 | 변태

아니면 꼭 그가 죽은 것 같았다. 소녀의 엄마가 아이 어깨를 부여잡고 울었다. 수건머리, 주름진 손. 나는 가슴이 덜컹 내려앉았다.

낮에 새우를 훔쳤던 아줌마였다. 나는 어떤 거대한 것이 뒤엉키는 기분이었다. 뭔가가 잘못되어가고 있는 것 같았고 몹시 미안하고 무안해졌다. 그러면서 혹 얼굴을 알아볼까 겁이 나 아이들 뒤로 숨었다. 그러나 나 따위를 알아볼 상황이 아니었다. 가슴을 치고 머리카락을 뽑고 하늘을 향해 울부짖는데, 나를 쫓아올 때의 독살스런 모습은 온데간데없었다. 아, 새우를 다른 곳에서 훔쳤더라면 좋았을 것을.

소녀는 물에 젖은 머리카락을 바닥에 펴고 잠이 든 것 같았다. 잠을 자다가 비에 맞은 것 같았다. 유난히 하얀 얼굴. 죽음은 이미 마무리되어 있었다. 그러니까 나에게 죽음이란 갑작스러운 것이긴 하되, 깨끗하고 깔끔하게 정돈된 그런 것이었다. 그때까지는.

3

여인은 멀리서 살지 않았다. 내 방을 나오면 주일마다 연예인 신도를 불러 부흥회를 하는 교회가 있고 십 분만 걸으면 광주천으로 흐르는, 개천으로 부르기가 스스로도 부끄러울 정도로 더러운 개천이 나왔다. 그것을 가녀리게 덮어보고 있는 다리를 지나면 여자중학교가 있었다. 까르르거리는 십대의 발랄함이 거기에 있어 그

나마 생기를 풍겼다. 하나 있는 튀김집에서는 여중생들 중에 머리 굵은 서넛이 담배를 빨아보기도 해, 싱싱한 생기가 곧잘 되바라지고 싸가지 없는 게 되기 일쑤였다. 울퉁불퉁한 콘크리트 바닥에는 늘상 오뎅 국물이 흐르고 주로 여학생들이 남긴 튀김 쪼가리들이 돌아다니는 그곳에 나도 친구들과 종종 들러 라면을 먹었다.

실내는 컴컴했고 틉틉했으며 적당한 불량기가 떠돌았다. 그 기운이 몸에 맞는 것은 나뿐만이 아니었다. 하여 인근 고등학교 이러저러한 애들이 들락날락했으며, 즉석에서 싸움을 벌여 아줌마의 근심을 만들어주곤 했는데, 아줌마 또한 참고 달래는 것을 장사의 수완으로 삼았다. 그러나 싸움만이 있는 게 아니었다. 고만고만한 어둠을 좋아하는 아이들끼리 통하는 게 있어 대충 누구 친구의 친구로 계보 정리가 끝나면 소주잔이나 튀김을 쳐들고 뭐라고 떠들어댔다.

튀김집 너머에 여인네 가게가 있었다. 이름은 부산집이었다.

내가 하숙했던 집에는 방이 모두 네 개였다. 주인집 하나 빼고 세 군데 방에서 모두 다섯 명이 살았다. 대학생 하나 없이, 나 빼고는 재수생 삼수생 사수생이었다. 막내인 나에게는 밤에 라면 끓이는 일이 몫으로 떨어졌다.

나는 그들의 손에 이끌려 그곳엘 갔다. 가능성 없는 희망도 희망이랍시고 광주 인근에서 학원가를 찾아든 그들은, 아무리 잘 보아주어도 학생 낯바닥이 아닌 그들은, 하루 공부에 사흘 놀고 엿

새 휴식의 질서를 착실히 지키고 있던 그들은, 대폿집 주인을 보릿고개 시절 집 나갔던 어메로 삼아 착실히 들락거렸다. 그러나 이쪽에서 아무리 엄니, 이모 해봤자 종일 겪으니 그런 것들뿐인 주인이 반가워할 리 없어, 나날이 돈 떨어져가고 책 없어져가고 시계가 사라져갔다.

어느 날 줄만 라도인 마지막 시계까지 외상으로 잡혀먹고 난 목포 출신이 가겟집에서 천 원을 빌려 집 잘못 골라 든 것을 천추의 한으로 여기며 독방 한 달을 채우고 있는 가운뎃방의 착실한 삼수생을 제외한 우리들을 이끌었다.

목포는 스무 살 재수생으로 오던 첫날 숫제 방 안을 서서 오가며 영어 문장을 씨부럴댄 것으로 일 년 치 공부를 마감하고 술과 고향땅 여자들과 성병을 친구로 지내는 이였다.

문을 열고 들어서자 아무도 보이지 않았다. 말끔하게 닦아놓은, 길쭉한 노란 탁자와 탁자 한쪽에 놓여 있는 수저통, 얼음과 함께 유리칸 속에 들어 있는 안주거리, 그리고 흰 회벽과 벽 아래 갈색 페인트 칠, 형광등 하나가 다였다.

"계시오?"

어중간하게 들어서자 방문이 열리며 젖꼭지가 도드라지게 블라우스를 입은 여인네가 나왔다. 삼십대 중반. 동그란 파마머리. 주근깨. 뾰족한 눈알. 여인네는 잠깐 우리들 면면을 살펴보다가 같잖다는 얼굴을 했다.

"소주 좀 주시오."

"소주?"

"예, 술집 아니오?"

여인네의 찢어진 눈이 다시 한번 주욱 훑다가 내 눈과 마주쳤다.

"앉어들 보셔."

떠꺼머리들은 달랑 소주 두 병 시켜놓고, 기본으로 나온 시래깃국과 고추를 안주로 마시며 나름대로 차 찔러보고 포 쏘아보고 했지만, 여인은 에구, 어린것들, 하는 눈치였다. 맛보다는 과시용으로 몇 번 마시고 빨아보았던 나는 또래보다는 대가리가 굵고 또 겉모양이 어른스러워 보인 데도 있었지만 그런 것은 튀김집 같은 곳에서나 통하는 거였다. 결국 하릴없는 열여덟 살이었다. 하여 구석에 자리 잡고 앉아 형들이 따라주는 소주나 별 맛도 모르고 홀짝였다.

"하필 이름이 부산집이오?"

우리들 중 하나가 물었다.

"왜, 제목이 맘에 안 들어?"

"고향이 부산이오?"

"고향이라면 고향이고, 아니라믄 아니지."

"안주 뭐가 있소?"

"보아하니 돈도 없겠는디, 내 서비스로 오이 좀 깎아줄 테니까 그냥 자시고 가."

떠꺼머리들은 노련한 기운에 눌리고 있었다. 그곳은 생김새는 다른 곳과 비슷했지만 분위기가 영 달랐다. 아무나 닥치는 대로 받아 파는 곳이 아니었다.

여러 날 뒤 나는 왔다 갔다 살피다가 아주 조용한 시간대에 혼자 용기를 내어 그곳에 갔다.
"어서 오세요."
여인은 인사부터 하고 문을 열었고, 내가 어중간하게 서 있는 것을 한동안 보더니 핏, 웃었다.
"혼자 왔어?"
나는 죄지은 아이처럼 예, 대답했다.
"술 마실라고? 소주 줄까? 막걸리 줄까."
"소주 주세요."
여인은 보해 소주 병을 따고 오이를 깎았다.
"안주 시키지 말고 여기에 먹어, 응?"
"예."
나는 최대한 노련하게 보이려고 아직 익숙하지 않은 담배도 꺼내 피우고 고개를 돌려 별 볼 것 없는 데를 무슨 중요한 이유나 있는 것처럼 바라보았다. 여인은 네 속 짐작한다는 표정으로 나를 말끄러미 바라보았다. 여기가 튀김집이면 좀 좋을까 싶어져서 결국 뻔한 거나 물어보고 말았다.
"왜 이름이 부산집이에요?"
여인은 다시 웃었다.
"그때 같이 왔던 사람들이 누구야?"

"친군디."
"그런 잔챙이들 꾀지 말라고."
"예."
"몇 살이야?"
"스무 살요."
"거짓말 말어. 교복 입고 가는 거 봤는데."
"……"
"술 많이 마시면 안 좋아. 먹고 싶어 못 견딜 때나 한 번씩 와, 혼자서."

그제야 여인을 정면으로 바라볼 수 있었다. 여인의 블라우스에는 젖꼭지 표시가 두드러져 있었다. 나는 다시 고개를 살짝 돌려 행주를 바라보았다.

그게 내가 여인을 알게 된 경위다.

그러나 나로서는 그 여인에게서 무엇 하나 얻을 게 없었다. 몇 쪼가리의 김치와 선짓국과 소주를 받기는 했으나, 그럴 때면 일금 오백 원이 내 주머니에서 나갔기에 그건 옳게 받는 게 아니었다. 간혹 나를 보며 웃어주기도 했기에, 있다면 그 웃음뿐이었다. 동그랗게 잔뜩 볶아놓은 머리칼이나 독기가 있어 뵈는 눈초리나 뾰족하게 솟은 콧날이나 유난히 빨갛기만 한 입술들을 움직여서 짓는 웃음은 사실 천박해 보였는데, 나를 향해 슬며시 웃을 때는 천박함보다는 뭔가 다른 쓸쓸함이 그 주근깨까지 덮을 지경이었다.

# 4

여인네는 주로 지방의 별 세력 없는 소설가나 털털한 교사, 고만고만한 장사꾼들 중에서도 나이 든 이들을 상대했다. 이래저래 눈치가 보여 나는 자주 가지 못했는데 어쩌다 이 정도 참았으면 한번 갈 만하다 싶은 날 중에서도 술청에 사람들이 없을 때 들어가보면 방에 그들이 있었다. 그런 날은 여인네는 거름발이 사내 모양으로만 올라가 붙은 길쭉한 오이나 썰어주고 금방 들어갔다.

나는 막연한 질투를 느꼈다. 도대체 저 방에는 무엇이 있어 저들은 꼭 저 속으로 들어가는가. 숨겨놓은 금붙이나 있나, 한 십 년 묵은 통장이라도 있나. 저 속에 들어갈 수 있으려면 어떻게 해야 하는 것인가.

안에서 말소리가 들려왔다.

"맥주 좀더 가져와."

"그만하면 많이 잡쉈소."

"뱀이 개구리 생각해주네."

"호호. 그럴 때도 있어야지, 맨날 발궈먹고 사나."

"니미, 발궈먹으려면 몸뚱이나 좀 발궈먹어주지."

"밖에 손님 있어."

"나 같은 이 또 있구먼. 누군지 몰라도 주소 잘못 잡은 거여."

"들어. 순진한 손님이야."

"순진한 거 좋아하시네. 아, 맥주 좀더 가져오라니께."

"왜 이래요. 이것 놔요. 술 갖고 올게."

여인은 아이스박스에서 맥주를 꺼내며 해끔 나를 향해 웃었다. 닳고 헤픈 것이 아름답다는 생각을 했다.

잔뜩 취한 이는 이러자, 안 되냐? 그럼 최소한 저러자, 그것도 안 되냐? 실랑이를 하다가 방을 박차고 나왔고 오도막히 앉아 있는 나를 보더니 한마디 내뱉었다.

"얼씨구, 새파란 것을 하나 앉혔구먼."

여인네가 얼른 따라나왔다.

"아이구, 왜 이러실까. 얌전히 있는 손님한테."

"씨팔, 줄 듯 줄 듯 하면서 안 준다 싶더니. 야, 나 너 잘못 봤어야. 에라 이 씨발년아."

나는 발끈 일어나서 멱살을 잡았다.

"어쭈, 이 새끼 봐라."

그 사람을 죽도록 패버리고 싶었다. 눈에 거슬리는 것은 모두 죽여버리고 싶고 그게 마음대로 안 될 때는 스스로가 죽어버리고 싶은 때가 바로 아름답다는 십대였다.

"동생, 이러지 마. 어른한테 이러는 게 아니야, 응."

상대가 어른이라서가 아니라 여인네가 죽자살자 부탁을 했기에 마음이 약해졌다. 손을 풀었고, 이 어른이 뺨을 한 대 때린다고 하더라도 기꺼이 맞을 마음이 순간 들었다. 그렇다고 여인네를 향해 무슨 고상한 연민이라거나 고매한 연정 따위를 꿈꾸며 아껴하는 것은 아니었다.

나는 그곳에 들르면 언제나 흥분된 상태였다. 듣기에 옆집 아줌마한테 심부름 갔다가거나 우연히 찾아온 여인네들과 뜻하지 않게 해봤다는 친구들이 있었기에, 비록 그게 화장실 낙서를 각색한 것이라 해도 아주 없는 것은 아니어서, 뭔가가 끊임없이 기대가 되는 중이었다. 나와 비슷한 모양의 여인네 첫사랑이라거나, 늙다리들만 상대하다가 지친 나머지 새파란 것과 가까워지고 싶은 동물적인 습성에 기대어 안겨보거나 맞춰보는 것을 막연히 꿈꾸고 있었던 것이다.

그러니까 어른의 멱살을 잡은 것은 여인네의 품위를 지키기 위한 것이 아니라, 하나의 암컷을 두고 다른 수컷과 벌이는 그런 것이었다. 한 대 얻어터질 각오를 한 것도 그래야 이 여인네와 더 가까워질 거라는 판단 때문이었다. 그러나 어른은 나와 여인네를 붉은 눈으로 노려보더니 맥주병을 벽에 던져 깨고는 나가버렸다.

그날 나는 여인네와 처음으로 단둘이 앉아 술을 마셨다. 그녀는 이미 취해 있었고 나는 술에 대한 관록이 전혀 없었으므로 둘 다 몹시 취했다. 그러나 여인네는 울지도 않았고 과거를 꺼내지도 않았다. 그녀는 그냥 몹시 비감할 정도로 신경질을 부렸고, 취한 상태에서 취한 여인을 어떻게 해야 할지를 나는 전혀 몰랐다. 어른을 한번 안아본다는 것은 그렇게 어려웠다.

여인네는 취해 짜증을 부린 끝에 벌떡 일어서서 청바지 허리띠에 손을 댔다.

"너, 내 것 한번 볼래? 보여줄까?"

내 고통은 구체적으로 시작되었다. 어쩌자고 벗는다는 여인네를, 보여주겠다는 여인네를 억지로 밀어넣고 되돌아왔던가. 왜 그 순간 겁을 냈던가. 뭐 잘난 게 있다고 심방 간 전도사처럼 얌전히 돌아온 게 내게는 고통이었다. 밤마다 스스로를 질책하고 그냥 보여주지 않고 볼 거냐고 물어본 여인네를 타박했다. 그러면서 시간이 갔다. 그럴 수밖에 없는 게, 그 무엇에 시달려 더 이상 참지 못하고 가보면 언제나 그 안에서는 어른들의 목소리나 트로트가 흘러나오고 있었다.
  그런 밤이면 여인네의 천박해 뵈는 웃음이나 유난히 빨갛기만 한 입술을 일부러 생각하지 않으려고 노력했다. 대신 내 또래를 떠올렸다. 주인집 딸이었다. 보기 드물게 미인이었던 주인집 딸은 항상 맑고 깨끗한 모습이어서, 저 하늘의 새털구름이거나 잡티 없는 꽃 같았는데, 그래서 나는 근접을 못하고 있었다.
  맑은 게 부담스러워 일부러 더럽게 생각해보려고 해도, 그녀도 똥을 누고 침을 흘리고, 침 뱉어 발로 쓱 문지르기도 하고, 학교에서는 친구들과 갈등하고 질투하고, 아직 철 덜 든 총각 선생을 죽도록 사모하여 수업 시간에 오줌깨나 마려울 것이고, 해봤으나 그런 상상에는 간혹 보았던 그녀의 친구들 얼굴만 아득바득 떠오를 뿐이었다. 늘상 부딪치며 보는 얼굴인데도 그 반달 눈에 가지런한 이목구비가 볼수록 맑아서 거듭 접근할 수 없었다.
  그리고 보면 나는 잡스러운 것 없이 순수한 것에 대해서는 일종의 두려움 같은 게 있었는지도 몰랐다. 더 정확히 말하자면 더러운 곳에 가면 깨끗해지고 싶었고 깨끗한 곳에 가면 더러워지고 싶은 변덕에 시달렸던 거였다. 바다나 육지가 서로 싫어해 끝없이 파도에 떠밀리기만 하는 시신처럼.

여하튼 주인집 딸과는 가까워지지가 않았다. 제과점에 마주 앉은 아이들처럼, 주로 교회나 시립 도서관엘 자주 들락거리는 아이들이 흔히 그러하듯, 미래에 대한 넓은 포부와 가고 싶은 대학과 캠핑이나 캠프파이어, 시인의 생애, 바오밥나무와 저를 지킬 수 있는 게 네 개의 가시뿐인 장미 때문에 골치를 앓는 어린 왕자, 오래된 왕국의 애너벨리에 대하여 이야기를 나눌 수 없었다. 그녀는 맑고 순수한 여고생이었지만 나는 고등학교 교복만 뒤집어쓴 애벌레였다. 그녀는 예쁜 글씨로 또박또박 자신의 꿈이 벽지 학교 교사라고 쓰는 데 반해 나는 높은 이상이나 미래에 대한 꿈도 없이 그저 빨간책이나 보다가 어른처럼 꾸미고 부산집 찾아다니는 존재였다.

내가 맑은 것을 부담스러워하는 이유는 아마 저 선창가에서 어린 시절을 보내며 듣고 보고 자랐기 때문인 듯도 한데, 선창가란 즉석에서 보기에 재미있는 것들로 가득했다.

우리 집은 선창가에서 한 블록 뒤 가게였다. 아버지 어머니는 섬에서 오는 주문을 받아 종일 오꼬시나 센베이, 뽀빠이 따위를 박스에 담아 포장을 했다. 가게를 제외하고는 수채통에서 곧잘 똥물이 솟구쳐서 어머니가 수시로 막대기로 쑤셔야 하는 부엌과 우리 식구가 같이 앉을 수는 있어도 눕지는 못하는 방과 남의 집에 눈치

받아가며 만화영화 보러 다닌 끝에 들여놓은 흑백 텔레비전, 그리고 다락이 있었다. 나와 동생들은 다락에서 지냈는데, 밤중에 일어나 요강에 오줌을 누려면 조준이 잘못되는 나날이 흔했던 탓에 늘 지린내를 풍겼다.

다락에 누워 벽에 뚫어놓은 선창가로 나가곤 했다. 그곳은 비린내와 여러 섬에서 나오거나 들어갈 사람, 바다에서 돌아온 배와, 그곳에서 퍼낸 고기 상자들, 물건 파는 좌판, 소가 끄는 수레, 보따리, 술집들로 언제나 조용한 법이 없었다. 간혹 거지들이 구석에 앉아 햇볕을 쬐기도 했고 실성한 여인네가 산만큼 부른 배를 부여잡고 쓸데없이 왔다 갔다 하기도 했다.

종일 그 사이를 오갔다. 냉동공장에서 얼음을 배에 실을 때 떨어지는 얼음 조각을 주워먹었고, 좌판 아줌마들이 리어카 사이에서 오줌 눌 때 드러나는 허연 엉덩이를 훔쳐보았고, 소녀가 빠져 죽었던 곳에서 놀래미를 낚았다. 그곳에서 서쪽으로 조금만 가면 사창가가 나오는데 거기도 사람 사는 곳이라, 내 또래 친구들이 있었다.

나는 그애들에게서 어른들이 연애하는 방법과 한 번 할 때 얼마씩 주는가도 귀담아들었고 그 순간에는 빨리 어른이 되고 싶었다. 한 애는 자기가 알고 있는 형과 누나들이 둘씩, 넷이 한 방에 들어가서 그 짓을 했는데 서로 바꿔 하는 것까지 보다가 달군 연탄집게로 누나들 구두에 구멍을 내놓고 도망쳐오는 중이라 해서 우리를 즐겁게 해줬다.

아파서 노랗게 떴을 때도 항구를 쏘다녔다. 항구에 도착한 여객

선에서는 제멋대로 생겨먹은 사람들과 누가 죽었고, 누가 뭘 낳고, 누가 누구네 작은각시로 들어갔다는 풍문들이 함께 내렸다.

나에게 익숙한 것이라곤 그런 거였다. 하여 주인집 딸을 상상으로 입 맞추고 안아보는 것으로 시작했어도 언제 바뀌었는지 그 여인네가 내 품에 있는 것으로 마감되곤 했다.

## 5

다음날 나는 산수 오거리에서 동명동으로 이어지는 도로가에 있었다. 사람들을 가득 실은 차들이 천천히 지나갔다. 차들의 창문은 모두 깨져 있었다. 사람들은 창문 밖으로 각목을 흔들며 노래를 불렀다. 금호고속버스로 내가 달려가 뛰어들자 청년들이 끄집어 올려주었다. 각목 하나가 나에게 배정되었다. 그리고 곧이어 주먹밥을 김으로 싼 것과 딸기, 콜라가 왔다. 그것들이 쌓여 있는 네모난 함지박에는 산수 5동 부녀회 일동이라고 씌어 있었다. 나는 김밥을 우걱우걱 씹으며 노래를 따라 불렀다.

전두환이 물러가라 훌라훌라

전두환이 물러가라 훌라훌라

모두 우리 편이었다. 그제야 여러 날의 두려움에서, 지나가는 사람들을 무작정 곤봉과 개머리판으로 패 조지던, 당하고 안 당하고가 순전히 점령군의 기분과 손가락에 달린, 그 패전국 국민의 절망에서 빠져나올 수 있었다. 그리고 우리를 점령한 적군의 대장이 전두환이라는 것을 확인할 수 있었다. 차는 시내를 천천히 한 바퀴 돌았다. 이미 시가전이 벌어지고 있었다.

그 사람이 머리에 총을 맞은 것은 양영학원 옆 삼거리에서 버스를 내려 도청이 바라보이는 벽에 막 섰을 때였다. 도로 한복판에서는 지프를 옆으로 세워놓고 시민군 두 사람이 도청을 향해 총을 쏘고 있었다. 도청 쪽에서도 총알이 날아오고 있었다. 나는 도로와 평행선을 긋는 사람들 틈에 서서 그 장면을 바라보았다. 저쪽에서는 곳곳에 바리케이드를 쳐놓고 도청과 교전 중이었다. 앞에 있던 시민군이 쓰러졌다.

"아이고 맞았다."

"저걸 워쩐다냐."

다들 발만 동동 굴렀지 선뜻 구하러 가는 이가 없었다. 왕복 이차선 도로 가운데라 서너 발짝만 가면 닿을 곳이지만 도청 쪽에서 총알이 무섭게 날아오고 있어 엄두를 내지 못하고 있었다. 시민군은 쓰러진 채 꿈틀거렸다. 피가 약간 경사진 도로를 따라 흘렀다.

"비켜요, 비켜."

사람들이 길을 터주었다. 한 사람이 외쳤다.

"누구 태극기 좀 갖다주세요. 흰 손수건하고."

옆 가게에서 태극기와 흰 손수건이 전해져왔다. 남자는 막대기에 흰 손수건을 걸어 항복 표시를 하고 태극기로 몸을 가렸다. 그리고 천천히 차를 향했다. 사람들은 꿀꺽 마른침을 삼키며 긴장된 눈초리로 그 남자를 바라보았다. 차에 도착했다. 사람들이 안도의 숨을 내쉬었다. 지프 뒤에 몸을 숨긴 남자는 시민군의 몸을 반듯이 눕히고 맥박이 뛰는지를 살펴보았다.

"아직 살았어."

그는 부상자를 옮기려고 했다. 그러나 그것도 잠깐. 순간 남자의 움직임이 없어졌다. 총소리 외에는 깊은 고요가 잠시 주위를 감싸고 돌았다. 그는 두 팔을 부상자의 몸에 둔 채 그대로 목이 뒤로 꺾어졌다. 총에 맞아 머리 한쪽이 터졌다.

금방까지 살아 움직이던 사람이 시체가 되어 눈앞에 나뒹구는 것을 나는 멍하니 바라보았다. 깨어진 두개골에서 핏줄 선명한 뇌가 사방으로 터져나왔다는 것을 조금 지난 다음에야 알았다.

아무것도 떠올릴 수가 없었다. 조각난 뇌수와 촘촘히 서 있는 사람들만이 확연하게, 정지된 사진처럼 눈앞에 보였다. 그때 누가 나에게 기댔다.

"같이 좀 잡읍시다."

청년 하나가 나를 불렀다. 얼떨결에 청년이 시키는 대로 나에게 몸을 기대는 아이의 팔을 잡았다. 청년이 탈지면을 그의 등에 댔다. 널찍한 솜이 금방 빨간색으로 물들었다.

"저기 병원으로."

우리는 그를 부축하며 걸었다. 그는 멍하니 나와 청년이 미는 대로 터벅터벅 걷기 시작했다. 나는 아직까지 뭐가 어떻게 된 건지 알지 못했다. 그는 조금씩 고개가 앞으로 숙여졌다. 아주 천천히, 슬로비디오처럼 고개가 숙여졌고 내가 목을 잡았다. 내 쪽으로 고개가 돌아왔다. 잘해야 중3이나 고등학교 1학년 정도. 동그란 얼굴에 안경을 쓴, 아주 순해 뵈는 아이. 아, 그는 나와 어깨를 비비고 있었던 아이였다. 총알이 날아온 각도는 구십 도 옆. 총알은 나를 스치고 나와 어깨를 맞대고 있는 그의 어깨와 등이 만나는 부분을 파고든 것이다. 나는 몸을 떨기 시작했다. 그때였다. 그의 눈이 나와 마주친 게. 힘이 풀린 눈빛 속에는 아무것도 없었다. 그 어떤 것도 없이 풀린 동공만이 거기에 있었다. 아니 어쩌면 아무것도 없다라고 말 되어질 것들로, 알 수 없는 그 무엇으로 가득 차 있는 것인지도 몰랐다.

병원 앞에 이르렀을 때 아이의 고개는 완전히 바닥을 향해 꺾어져 있었고 나는 걷잡을 수 없이 가슴이 두근거리고 있었다. 어떻게 설명할 수 없는 그 아이의 눈만 허공 속에서 나를 계속 지켜보고 있었다. 병원 입구에서 사람들이 같이 덤벼들어 아이를 부축했다.

"저기, 나, 나는."

나는 뛰기 시작했다. 사람들이 도로에 길게 늘어서 있고, 여전히 총소리와 화염에 휩싸인 자동차에서는 검은 연기가 하늘을 타고 오르는데, 그것들이 아주 오래된 사진처럼 비현실적으로 보였다. 수천 발의 총알이 하늘을 뒤덮고 있었다. 총알들은 일정한 거리를 유지하면서 날아가더니 한순간에 방향을 바꿔 나에게 덤벼들기 시작했다.

그것은 착각이면서도 현실이었다. 극도의 공포에 휩싸여 걸음이 잘 걸어지지가 않았다. 나를 바라보는 저 많은 사람들이 다 총알 같기도 했고 모두 이미 죽어 저승의 문이 열리기를 기다리는 혼령들 같기도 했다. 골목에는 사람들이 없었다. 이제 나와 총알만 그곳에 가득했다. 하숙집은 텅 비어 있었다. 방문을 닫아 걸고 이불을 뒤집어썼다. 그러나 총알은 계속 따라왔다. 드디어, 환난을 일종의 재미로 받아들이는 사춘기의 철없음이 얼마나 속없는 것이었는가를 뼈가 저리게 느끼고 있었다. 이제 죽음이 눈앞에 다가온 것이다.

누군가 노크를 했다. 덜덜 떨며 문을 열었다. 총알이었다. 총알이 퓌웅, 내 귀를 스치며 벽에 박혔다. 이 세상에는 나와 총알뿐이었다. 내 심장과 머리를 겨누는 저 번뜩이는 총구. 나는 살충제를 맞은 벌레처럼, 우악스런 발에 밟혀 몸뚱이 한쪽이 뭉그러진 벌레처럼 꾸물댔다.

내가 기억하는, 오래전 아랫도리에 구멍 난 바지 하나 걸치고 돌아다니던 그 시절부터 모든 것이 내 뇌리 속을 스쳐갔다. 그것을 어떻게 설명할 수 있을까. 가족들과 친척들, 친구들, 한두 번 만나고 인연이 끊어져버린 사람들의 면면이 다 떠올랐다. 그 찰나에 내 기억의 모든 창고 속의 것들이, 촘촘하게, 예외 없이, 내 망막에 파노라마처럼 지나갔다.

사방 지옥처럼 어둡고 우주에 퍼져 있는 무한대의 시공간이 첩

첩 벽으로 변하여 좁혀들고 총구만이 칼날처럼 눈앞에서 번득이자, 늙은 살쾡이 같은, 가죽이나 살 몽땅 썩어버리고 독(毒)만 남은 묵은 여인네를 나는 발악하듯 떠올렸다. 독이면서 약이었고 늙었으면서 이제 막 열네번째 재가를 하여 수줍음을 띠는 그 새색시가 보고 싶어진 것이다. 구원은 말씀이나 경전에서도 오지만 발정 난 늙은 암캐나 똬리 튼 암뱀에게서서도 올 수 있는 거였다. 구원이란 그러니까 배고픈 아이 손에 우연히 들려지는 반 조각 붕어빵에도 있는 것이고 곰팡이 슨 몇 개의 팥알에도, 지독한 가뭄 중에는, 있는 것이다.

어떻게 갔는지도 모르게, 아직 대낮의 행길을 깊은 밤 공동묘지처럼 걸어갔고 무작정 고리를 잡아챘는데, 문은 쉽게 열렸다. 여인네가 약간 놀라는 얼굴을 했다. 거기에는 벌써 사내 서넛이 앉아 있었는데 안면이 한두 번씩은 있는 이들이었다. 나는 아무 말도 못하고 그냥 앉아 정신을 가다듬었다.

그들은 취해 있었다. 떠드는 말로 짐작해보면 닫힌 문을 억지로 열고 들어왔고 술이 없다는 소리에 근처 가게에서 소주와 새마을 담배를 직접 사가지고 와서 마시고 있는 듯했다. 시장이 서지 않아 안주도 없었다. 그들은 피우고 마시면서 바깥의 일들에 대해 분개하고 있었다. 여인네는 굳은 표정으로 말이 없었다.

분명 여인네를 보러 갔으나 나는 어느새 어른들과 바깥의 일에 대해 말을 주고받고 있었다. 분노와 절망이 뒤섞였다. 시간이 지났다. 오후 늦은 시간이 되면서 총소리가 더욱 기승을 부리기 시작했

한창훈 | 변태

다. 그때까지 조용히 앉았던 여인네가 일어나 더럭 문을 열었다.

"가요, 가. 지금 여기서 뭐 하고 있어. 빨리 가요."

"왜 이래. 좀 쉬러 왔구만."

"얼른 가. 술도 없는 술집에 왜 앉아 있어."

"간다니까."

"가서 총 들고 싸우든지 그럴 배짱 없으면 집에 가서 마누라 새끼 보듬고 자빠져. 달렸다는 것들이 기껏."

 여인네는 사내들을 몰아냈고 그들은 평소와는 달리 힘없이 물러났다. 혼자 남은 나는 불안하여 여인네를 올려다보았다. 탕탕 타타탕. 총소리가 콩 볶듯 했다. 습한 술청이 마치 난리를 피해 찾아들어온 동굴로 여겨졌고 스스로가 상처 입은 어린 동물스러웠다. 따뜻하게 안아다오, 여인네야. 가녀린 것으로 여겨다오.

 시끄럽던 총소리가 한순간에 멎었다. 째깍째깍 시계 소리가 들렸다. 그러자 뭔가 거대한 폭발이 일어날 것 같아 더욱 불안해졌다.

 그녀가 지그시 쳐다보더니 버럭 외쳤다.

"너도 가, 이 새끼야. 쥐끄만한 게 까져갖고."

 내 뒤로 탁, 문 닫히는 소리가 들렸다. 그리고 다시금 총소리. 누군가의 살과 뼈와 머리통을 꿰뚫기 위해 집을 떠나는 저 총알의 소리. 내 옷이 벗겨지기 시작했다.

# 미련함에 대하여

서 하 진

1960년 경북 영천에서 태어났다. 1994년 『현대문학』 신인상에 당선되며 등단. 소설집 『착한 가족』 『요트』 『비밀』 『라벤더 향기』 『사랑하는 방식은 다 다르다』 『책 읽어주는 남자』, 장편소설 『다시 사랑한다 말할까』가 있다. 백신애문학상, 한무숙문학상을 수상했다.

### 작가를 말한다

그렇듯 작은 일에도 소홀함이 없이 성실한 그이지만, 그러나 그의 감성은, 하르르 떨리는 미농지 같은가 하면 물안개 피어오르는 강 같기도 하고 배꽃과 사과꽃과 복사꽃이 흐드러져 까닭 없이 사는 일이 아득해지는 그의 고향인 팔공산 자락의 봄길 같기도 한 그의 필명에 닿아 있는 듯하다. 하진인 그가 무료한 일상과 제도로 얽힌 관계에 은밀한 모반을 꿈꾸는 인물, 아무도 없는 곳에서 혼자 소리 없이 우는 여인, 그러면서도 자기 앞에 닥쳐오는 모든 것을 그대로 감당해내는 인물들을 창조해내는 동안, 덕순인 그는 그의 소설을 챙겨 읽는 "평균적인 대한민국 남자지만 너그러운 편인" 남편과 이룬 가정을 꾸리고 열심히 강의 준비를 하고 아픈 자기 몸의 아우성을 못 들은 척 글쓰기에 몰입하는 것이다. 이혜경(소설가)

## 주판

오늘 오전, 잠깐 짬을 내어 읽은 소설에 주판이라는 단어가 나왔다. 괄호 안의 역주에는 "오늘날의 계산기가 보급되기 전 동양 여러 나라에서 쓰였던 계산 기구"라고 씌어 있었다. 주판이라는 것이 역주가 필요할 만큼 그토록 낯선 물건인가. 나는 서랍을 열고 그 속의 주판을 꺼냈다. 가지런한 주판알들을 손가락으로 톡톡 밀어올리다 손을 놀려 1부터 10까지의 숫자를 더해보고 좌르륵 소리 나게 밀어보기도 했다. 내 손은 빠르게 주판에 적응했다. 갑자기, 나는 나이 든 할머니가 된 기분이 들었다.

중학교 2학년 때 주산을 배웠다. 아이들이 고개를 숙이고 숫자들을 더하고 빼는 동안 담당 선생님은 절도 있는 걸음걸이로 책상 주변을 천천히 맴돌았다. 그만, 하는 구령과 함께 주판알 굴리는 소리가 멈추고 우리는 틀린 문항 수만큼 손바닥을 맞았다. 학기가 끝나기 전에는 급수를 따는 시험이 있었다. 몇몇 아이들은 그렇게 딴 주산과 부기 급수로 여상에 진학했고 대부분의 아이들은 졸업과 동시에 주판을 버렸다.

나는 손재주가 좋은 편이었다. 가장 뛰어난 아이보다는 뒤졌지만 두번째 정도로는 빠르게 주판알을 튕겨냈고 거의 틀리지 않은 답안을 제출했다. 만약 그래야 했다면 나는 가장 빠른 속도로 계산을 하고 남보다 높은 급수를 따내서 여상에 진학했을 것이다. 그때의 나는 이상하게도 단조롭고 일정한 일, 변하지 않고 답이 분명한 세계에 매혹되어 있었다. 제복을 입고 창구에서 기계적으로 돈을 세고 무표정한 낯으로 또 다른 사람의 통장을 받아 드는 내 모습을 그려보는 일이 나는 마음에 들었다.

다른 한편 나는 변하지 않는 일상이 힘에 겨워 몸을 비트는 아이이기도 했다. 내일, 또 내일 내가 똑같은 교복을 입고 도시락을 싸 들고 등교하리라는 생각을 하면 숨이 콱 막히는 거였다. 가랑잎이 굴러도 웃는 나이, 라고들 하지만 그때의 나는 잘 웃지 않는 아이였다. 사소한 일로 웃음보를 터뜨리는 급우들을 보면 혐오감이 솟아올랐다. 나는 굴러가는 가랑잎을 쓸쓸하고 심각하게 바라보는 타입이었다. 슬픈 영화를 보면 슬퍼서, 주인공이 성공하는 소설을 읽으면 그 뒤의 성공하지 못한 다른 인물 때문에 비감해하는, 좀 웃기는 아이였다.

내 짝은 결막염을 앓고 있었다. 그 아이는 김정호라는 가수를 좋아했는데 그 가수가 늑막염으로 세상을 떠났을 때 그애는 친오빠가 죽은 듯이나 애달파했다. 「하얀 나비」, 라는 노래를 청승맞게 부르던 그 아이는 자신도 언젠가는 병이 도져 죽게 될 거라고 내게 속삭이곤 했다. 나는 열등감에 싸여 있었다. 결막염이라는, 듣기에도 그럴듯한 병을 앓는 그애가 부러웠고 체육 시간이면 내 두 배는 멀리 던지는 다른 아이의 수류탄(우리는 쇠로 된 수류탄으로 멀리 던지기를 했다)을 경이로운 눈으로 쳐다보았고 이번 시험에도 나를 앞서간 친구를 맥 빠진 시선으로 바라보았다.

나는 지극히 평범한 여자 중학생이었고 그런 내 자신이 마음에 들지 않았다. 나는 늘 다른 곳, 다른 나를 꿈꾸기 시작했다. 매일 일기를 쓰면서, 한밤의 라디오 방송을 들으면서, 친구에게 편지를 쓰면서 나는 일어나지 않은 일들에 대한 내 동경을 적는 일에 길이 들었다. '밤을 잊은 그대에게'인지 '별이 빛나는 밤에'인지, 심야 프로에 편지를 보냈던 것은 중학교 3학년 때였다. 청취자들이 고민을 적어 보내면 무슨무슨 전문가들이 심각하게 그에 대한 상담을 해주는 코너였다. 두 번의 자살 기도에 실패한 염세적인 여고생, 새아버지와 그 아버지의 아들인 오빠, 등등 거의 소설 수준의 장문의 편지를 필체를 바꾸어가며 몇 통인가 보냈지만 며칠을 기다려도 내 사연은 소개되지 않았다.

편지를 보낸 사실조차 잊고 있던 어느 날 진행자(황인용 아나운

서하진 | 미련함에 대하여

서였다)가 어떤 목사님이 보낸 글을 읽어주는데, 세상에나, 그건 내가 보냈던 어떤 사연에 대한 위로 편지였다. 나는 바짝 긴장했다. 진행자는 그 밖에도 이러저러한 사람들이 격려와 위로의 글을 보내왔다고, 용기를 내어야 한다고 진지하게 말을 이었고 상담자(소설가 구혜영 선생님이었다)가 젊은 날의 열병에 대해 심각하게 의견을 토로하며 용기, 희망 등등을 이야기했다. 나는 야릇한 기분에 빠져들었다. 그건 정말이지 예상 밖의 일이었다. 꾸민 이야기를(나는 강신재의 「젊은 느티나무」를 읽고 그 거짓 사연을 지어냈다), 이토록 긴 시간을 들여 소개하고 토론하고 또 누군가 위로와 동정의 글을 보내고…… 좀 머쓱하달까, 시시하달까…… 그런 느낌이었다.

  다시 한번 필체를 바꾸어서 장난을 쳐볼까, 싶던 며칠 뒤였다. 늦은 밤, 라디오를 켜자마자 구혜영 선생의 흥분한 목소리가 흘러나왔다. 선생은 예의 내 사연이 꾸며진 것임을 알았다고 그 스토리 라인이 「젊은 느티나무」를 빼다 박았다고, 몇 구절은 거의 그대로 베꼈다고 분노에 찬 음성으로 말했다. 아, 들켰구나, 싶어 나는 혼자 있는 방에서도 몸을 움츠렸다. 그러면서도 궁금하기 짝이 없었다. 그걸 왜 이제야 알았을까. 어젯밤에야 「젊은 느티나무」를 읽었나. 문제는 역시나 필체였다. 그간의 사연을 정리하다 우연히 몇 통의 필체가 비슷하다는 것을 발견했다고, 한결같이 약간쯤 비현실적인, 지극히 소설적인 이야기였다고, 이런 짓은 다른 사람뿐 아니라 자신까지도 속이는 중대한 잘못이라고 선생은 준엄하게 꾸짖었다.

 고작 열다섯 살이었지만 내게는 나이답지 않게 차분하고 냉정한 구석이 있었다. 내 거짓 사연이 불러낸 소동을 들으면서 나는 통쾌하지도 부끄럽지도, 우습지도 않았다. 왜 그랬는지 나는 라디오를 끄고 이불을 뒤집어쓰고 울었다. 화가 치밀고 무언지 모르게 몹시 억울했다. 한참 만에야 나는 천천히 깨달았다. 가짜로 자살을 하고 있지도 않은 의붓오빠를 사랑하고, 시한부의 삶을 살아가는 친구로 인한 괴로움 등등, 거짓의 사연을 그처럼 필체를 바꾸어가며 적어 보내는 아이에게, 고작 너를 속이는 일이다, 라는 말밖에 해줄 수 없었던 것일까 싶었다. 대체 왜 그랬는지, 왜 그래야만 했는지, 그 이유가 무엇인지, 그 심리의 저변에 있는 진짜 문제는 어떤 것인지 물어줄 수도 있지 않았나 싶었다.

 웃기는 일이었다. 거짓말을 해놓고, 거짓말을 해야 했던 심정을 알아주지 않아 억울해했으니. 그러나 어떻든 그 일은 내게 중요한 교훈을 남겼다. 세상은 쉽게 속아주지 않는다는 것? 그보다는 좀 더 복잡했다. 나는 거짓을 말하는 법, 거짓을 말하고 난 후, 사실이 밝혀졌을 때와 그 반대의 경우와 그 결과에 대해 골똘히 생각하고 분석했다. 그러면서 나는 중요한 사실을 발견했다. 그 일이 내게 위로가 되었다는 것.

 그 거짓이 내 연원을 알 수 없는 염세적 기질의 변형임을 나는 어렴풋이나마 알고 있었다. 그것이 뒤틀린 방식으로 나타난 것이 그때의 내게는 중요하지 않았다. 내게는 잠들 수 없는 밤, 허튼 공

상이 꾸며낸 내 거짓말들의 고통이 진짜 그런 고통을 겪는 이의 그
것과 구별되지 않았다. 이기적이어서가 아니다. 그때 나는 내게 일
어나지 않았으나 세상 어딘가에 있을 일을 아파하고 힘겨워하는,
설명하기 어려운 야릇한 감정의 혼란을 겪고 있었다. 나는 그러니
까 이미 일어난 일과 일어나지 않은 일, 실재하는 세계와 환상의
경계선에 서 있었던 것이다. 나는 자주 꿈과 현실, 소설 속의 일과
내 일상을 섞고 그리하여 늘 말이 없는, 침울하고 조용한 아이로
남아 있었다.


**시계**


점심시간, 과 사무실 탁자 위에 풀어놓고 깜박 잊은 내 시계를
돌려주던 강사가 내게 이렇게 말했다. 선생님 시계였군요. 술값 대
신 시계 맡기던 시절이 있었다잖아요. 선생님은 그 세대는 아니죠?
술을 마시고 시계를 맡긴 기억은 없다. 다만 그런 친구를 본 기억
이 있으니 나 역시 그 세대에 속한다 할 수 있다. 이즈음 들어 스스
로 느끼는 것보다 더 나이 들었음을, 내 자신의 인식에 비해 생물
학적 나이가 훨씬 많다는 사실을 깨닫게 하는 일이 자주 일어난다.
그럴 때 나는 우습고, 또한 무섭다. 아직도 날아다니는 꿈을 꾸면
서도 영화 「아메리칸 뷰티」를 보고는 한껏 공감을 하는, 내 속에는
여태도 자라지 않은 아이 하나가 살고 있는 것만 같다.

대학생일 때 정작 나는 어른처럼, 나이 든 아줌마처럼 맥없이 살았다. 꼬박꼬박 강의실에 들어가 맨 앞자리에서 강의하는 교수님을 올려다보고, 뭐라 한마디 하실 때마다 재빨리 필기를 하는 모범생이었다. 점심시간이면 학생식당에 가서 콩나물이나 배추 우거지가 드문드문 떠 있는 국물을 사서(백 원이었다) 도시락과 함께 먹었다. 과대표였던 적도, 장학생이었던 적도 없는 내가 있으나 없으나 한 존재가 아닐 수 있었던 것은 순전히 서른 명 정원에 여학생이 달랑 두 명뿐이었던 덕분이었다.

남학생들은 무슨 일을 하든 나와 다른 여학생을 끼워넣고 싶어 했다. 그애는 무늬만 모범생인, 무언가 다른 일, 다른 세상을 기대하며 호시탐탐 일탈의 기회를 노리는 나와는 다른, 장학금을 받는 진짜 모범생이었다. 때문에 나는 강의가 끝나고 어슬렁거리며 오늘의 술자리를 찾는 남학생들의 표적이 되었다. 복학생이거나 현역이거나 가리지 않고 그때의 남학생들은 무슨 원수진 듯 술을 마셨다. 두부김치쯤 되면 성찬이었고 대개는 깍두기를 앞에 놓고 깡소주를, 누구 하나가 꼭지가 돌아 사고를 칠 때까지 마시는 것이다.

우리는 모두 열등감에 빠져 있었다. 국가보위비상대책위원회라는, 긴 이름의 단체가 국정을 막 접수했을 때였다. 서울의 봄, 이라 불리던 80년의 와삭거리던 분위기는 찬물을 끼얹은 듯 조용해졌고 목련과 벚꽃이 필 무렵, 그토록 아름답던 캠퍼스에는 패배감만이 감돌았다. 푸른 잎이 올라오는 나무들 사이로 누구나 할 것 없이 힘없는 걸음걸이로 느릿느릿 걸으며 우리는 눈이 마주치면 서

서하진 | 미련함에 대하여

로를 외면했다. 무슨 일이 일어나리라, 일어나라, 일어나고야 말아라, 하는 기분이 들던 어느 날, 우리는 놀라운 소식을 들었다.

나는 어제처럼 또렷이 기억한다. 2교시, 음운론 시간이었던 것, 누군가 짧은 비명 같은 소리를 지르며 강의실 밖으로 나갔던 것, 그리고 궁금증을 억누르며 남은 강의를 듣고 있을 때의 그 조바심을. 강의가 끝나고 수런거리는 아이들 틈에서 귀에 익은 이름이 흘러나왔다. 과의 학우 하나가 삐라를 뿌렸다는 것이었다. 도서관 앞 잔디밭에서, 무어라 구호를 외쳤다는 것이었다. 어딘가에 숨어 있던 남자들이 번개처럼 달려 나와 순식간에 그 아이를 끌고 갔다는 것이었다. 속삭이듯 하던 이야기가 끝나고 우리는 모두 침묵했다. 감히 밖으로 달려 나가지도 못했다. 누군가 엿볼 것을 겁내듯 조심스레 도서관으로 갔을 때, 막 올라오는 잔디 위에 가득하던 거짓말 같은 햇빛.

그 일은 과의 학우들을 또 다른 열패감으로 몰아넣었다. 남학생들은 누구는 잡혀갔는데, 나는 술이나 마시고 있다니, 하면서 미친 듯 술을 마셨다. 나는, 나로 말하자면 정말 무섭고도 놀라웠다. 잡혀간 그와 나, 그리고 다른 세 명의 친구는 학기 초부터 스터디 그룹을 만들어 책을 읽고 있었다. 전혀 특별해 보이지도 남달리 투지가 있어 보이지도 않던 친구의 행동이 나로서는 쉽사리 받아들이기 어려웠다. 정치적인 일에 관한 한 그때까지 나는 지극히 무지한 여자애였다. 독재는 나쁘다, 그렇지만 총으로 쏘다니 김재규도 나빴다, 하는 원시적 수준이었다. 수사 과정에서 이러저러한 일이 있었다. 12월 12일 모처에서 총성이 울렸다더라, 등등의 유언비어에 대한 내 생각도 소박하기 짝이 없었다. 오래 공직에 계셨던, 강한 우익 성향의 아버지 때문이었다.

그 일은 나를 혼란스럽게 했다. 데모를 하고 잡혀가는 학생이야 늘 있었지만 이건 신문에 나는 일이 아니었다. 그는 어제까지 바로 내 옆자리에서 함께 시시콜콜한 책을 이야기하던 친구였다. 경희다방 한구석에서 커피값 내기 짤짤이를 하던 그와 과격한 행동파로서의 그…… 나는 다른 학우들과 달리 그 사건에 대해 어떤 판단도 내릴 수가 없었다. 본래 조용하던 나는 더 말이 줄었다. 술을 마시지도, 맘껏 취해보지도 못했던 그때의 나는 내게 닥친 충격을 극복할 방법을 알지 못했다. 오월이 되고 알 수 없는 흉흉한 소문만 무성한 가운데 학교는 문을 닫았다. 탱크가 우뚝 서 있는 교문 앞을 배회하면 총을 멘 군인들이 인형처럼 무표정한 눈으로 나를 쳐다보았다.

그해 여름을 나는 아버지의 임지인 대구에서 보냈다. 무더운 도시의, 어두컴컴한 아파트에 틀어박혀 죽자고 책을 읽었다. 또래와 어울리지 않고 당신의 수발을 위해 내려온 나를 기특히 여긴 아버지가 옷 한 벌 해 입어라, 하며 주신 돈도 중앙통의 서점에 모조리 갖다 부었다. 길고 지루한 소설들. 도스토예프스키, 헤밍웨이, 토마스 만, 톨스토이 등등, 이른바 고전이라 알려진 작가들의 지겹고 지겨운 소설들을 나는 형벌을 견디듯 읽었다. 끝없이 이어지는 이야기들. 그해 여름은 영원히 끝나지 않을 듯 길었다.

서하진 | 미련함에 대하여

가을이 되자 또 다른 사건이 기다리고 있었다. 스터디 그룹을 만들었던 다른 여학생(77학번 복학생이었다)이 무단결석 끝에 자취를 감춘 것이었다. 쭈뼛거리며 과 사무실을 찾았을 때 조교였던 선배가 심각한 얼굴로 말했다. 통 연락도 안 되고 말이야. 무슨 일이 생긴 건 아닌지 정말 걱정이야. 그래도 네가 그애랑 좀 친했었지 않니. 강의가 끝나고 오후가 되면 나는 사라진 그녀의 흔적을 찾아 그녀의 자취방이 있던 보문동 일대를 헤매고 다녔다. 보문동 천변에 즐비한 포장마차 하나하나를 탐문하듯 뒤지다 다시 자취방을 돌아보기를 반복했지만 나를 맞는 것은 취기 어린 남자들의 눈, 그리고 불 꺼진 어두운 창뿐이었다. 그녀를 찾기에 그토록 골몰했던 것은 선배의 부탁이나 그녀와 친했었다는 사실, 그런 것들 때문이 아니었다.

나는 불안했다. 간신히 말을 트고 지내기 시작한 몇 안 되는 사람들. 그들 중 두 명이 훌쩍, 연기처럼 내 시간에서 빠져나가고 있었다. 연락 두절의 그 남학생에게는 분명한 이유가 있었지만 그녀의 경우는 전혀 원인을 짐작할 수 없는, 그야말로 돌연한 실종이었다. 그녀를 찾아내고, 자취를 감추었던 이유를 꼭 들어야만 할 것 같았다. 그저 심심해서, 라는 맥 빠지는 이유를 대더라도 상관없었다. 그녀를 찾지 못한다면, 나를 둘러싼 사람들, 내가 지나는 시간들 어느 것도 이해하지 못한 채 몽롱한 날을 살아야만 할 것 같았다.

오늘도 다녀간다, 는 쪽지를 방문에 붙이고 오기를 몇 번인가 한 끝에 나는 그녀의 전화를 받았다. 우리는 광화문의 한 다방에서 만나 시시한 이야기들을 나누었다. 나는 눈치를 보며 기다렸다. 이제 나저제나 그녀의 입에서 사라진 몇 주간의 행적이 풀려나올 것을. 탁자 위에 놓여 있던 영화 전단을 만지작거리던 그녀가 엉뚱하게도 우리 이 영화 보러 갈까? 하고 말했다. 「U-보트」라는 독일 영화였다. 영화는 담백하고도 비장했다. 국제극장을 나왔을 때는 날이 저물어 있었다. 함께 저녁을 먹고 헤어질 때까지 그녀는 끝내 아무런 말도 하지 않았고 나도 묻지 못했다. 그후 우리는 두어 번 더 만났고 몇 통인가 편지를 주고받았다. 마지막 편지에서 그녀는 모르몬교에 입문했으며 선교사인 미국 남자와 사랑에 빠졌다고, 곧 그를 따라 미국으로 가게 될 것이라 적고 있었다.

그녀가 정말 미국으로 갔는지, 실패한 사랑으로 끝났는지 나는 알지 못한다. 내 쪽에서 더 이상 편지를 하지 않아 연락이 두절되었기 때문이었다. 나는 지쳐 있었다. 모르몬교, 미국 남자와의 사랑, 그 모든 것이 내게는 너무도 낯설었다. 그녀를 좇고 만나서 이야기를 하면 할수록 그녀는 점점 더 먼 사람, 이해할 수 없는 존재가 되어갔다.

그렇게 그녀는 내 삶에서 빠져나갔지만 오랜 시간이 지난 지금까지도 나는 이따금 그녀를 생각한다. 남자처럼 모난 턱선. 커다란 눈에 고집스러운 입매. 흘러내리는 머리카락을 슬쩍 귀 뒤로 쓸어 넘기던 마른 손가락…… 끝내 마음을 열지 않았지만 그녀는 내게 중요한 것을 가르치고 떠났다. 세상은 이해하기 어려운, 내가 수용하고 보듬을 수 있는 한계를 벗어난 일로 가득 차 있다는 것. 논리로도 감정으로도 설명할 수 없는, 모순투성이라는 것.

봄과 가을에 걸친 두 사건은 대학 생활 내내 나를 지배했다. 나는 주변의 사람에 대한, 그 사람들이 만드는 사건에 대한 내 판단을 유보하고 지켜보는 일에 더욱 길이 들었다. 누구하고나 어울렸지만 나는 아무하고도 친해지지 못했다. 짝사랑에 빠진 학우를 대신해 상대 여학생을 만나고 아끼는 후배와 친해지고 싶은 친구를 서로 소개해주고 흐뭇하게 바라보며 취한 복학생들의 횡설수설을 진지하게 들어주는 동안 나는 졸업반이 되었다.

4학년 가을이 되자 아버지는 남자들의 신상이 세세히 적힌 종이를 내밀기 시작했다. 좋은 대학을 우수한 성적으로 졸업하고 의사가, 검사가, 교수가 될 과정을 밟고 있는 남자들. 나는 그들 중 누군가를 만나는 일이 두려웠지만 만나지 않을 일, 그러니까 결혼을 하지 않는다면 대체 무엇을 할 수 있을지 생각하는 것도 똑같이 두려웠다. 이미 나는 소설 쓰기를 포기하고 있었고 아버지의 반대가 아니더라도 대학원에 진학하고 공부를 계속하는 상황에 대해서도 전혀 그림이 그려지지 않았다. 이따금 만나면 위안이 되던 친구 하나가 내게 했던 말, 어느 날의 일기장에 적혀 있던 그 말이 그때의 나를 고스란히 드러내준다. 애들을 만나면 말이야, 밥을 먹고 술을 마시고 이야기를 하면 아, 얘는 요즘 이렇게 사는구나, 이런 고민을 하고 있구나 싶은데…… 너는 도대체가 이상해. 만나서 몇 시간을 이야기하고 나서도 도무지 알 수가 없어. 무슨 생각을 하는지, 어떤 문제가 있는지……

어느 날, 나는 난생처음으로 술냄새를 풍기며 귀가했다. 당연히 아버지는 나를 불러 앉히고 조목조목 비판을 시작하셨다. 아버지로서는 많이 참고 계셨다는 것쯤은 나도 알고 있었다. 내가 다니는 학교, 만나는 사람들, 하고 다니는 일들, 그 어느 것도 당신 성에 차지 않았을 테지만 그때까지 아버지는 그에 대해 특별히 나무라시지 않았다. 대체 무슨 생각으로 사느냐, 고 아버지가 물으셨을 때 나는 하마터면 아무 생각 없이 삽니다, 하고 말할 뻔했다. 그랬다면 당장 벽력같은 고함이 터지고 엄마가 달려오고 온 집안이 초비상에 들어갔을 텐데…… 나는 평소처럼 꿇어앉아 묵묵히 아버지의 말씀을 들었다.

대개의 아버지가 그렇듯 아버지는 항상 옳은 말씀만 하셨다. 다른 아버지와 다른 점이라면 당신이 바로 그 말씀처럼, 참으로 열심히 성실하게 사셨다는 것, 그리고 성공하셨다는 것이었다. 아버지의 말씀에는 어느 한구석, 논리로써 반박할 틈이라고는 보이지 않았다. 다소곳하게 수긍하고 잘못했습니다, 아버지, 잘하겠습니다 하는 것이 가장 빨리 그 방을 벗어나는 길임을 우리 형제는 누구나 알고 있었다. 그날, 무릎이 저려오는 것을 꾹 참고 듣던 나는 아버지의 말씀이 막바지에 이를 무렵, 아마도 취기 때문이었겠지만 불쑥 말해버렸다. 아버지, 저 휴학하겠어요. 도저히 견딜 수가 없어요. 아버지가 뭐? 휴학? 한 학기 남았는데 무슨 소리냐? 대체 이유가 뭐냐? 하셨다면 상황은 좀 달라졌을지도 모른다. 아버지는 나를 똑바로 쳐다보셨다. 입을 꾹 다물고 한마디도, 숨소리조차 내지 않고 나를 노려보셨다. 저걸 인간이라고 내가 여태 먹이고 입혀 키웠나, 하는 표정으로. 나 역시 아버지를 똑바로 쳐다보았다. 난생처음이었다. 아버지의 눈은 정말 무서웠다. 어쩌다 한번쯤 아버지를 본 친구들이 너 무서워서 어떻게 사니? 농담을 할 만큼 날카로운 그 눈이 나를 잡아먹을 듯 노려보고 있었다. 아버지와의 기 싸움. 그건 애당초 승부가 난 것일지도 몰랐다. 얼마쯤 지났을까, 나는 고개를 푹 숙이고 말았다. 삐질삐질 눈물이 새어나왔기 때문이었다. 나는 참으려 애쓰며 쿨쩍쿨쩍 울었다. 초라하고 못난 자신이, 아버지 앞에서 가당찮게 고개를 발딱 들고 되지도 않는 투정을 하는 자신이 너무나 슬프고 부끄러웠다. 쯧쯧 혀를 차며 아버지가 올라가거라, 하셨을 때에야 나는 눈물 콧물이 범벅된 얼굴로 방을 나왔다. 나는 얌전히 내 방으로 올라가 심각하게 자신을 반성했다.

다른 말썽 없이 나는 남은 대학 생활을 보냈다. 졸업식 날, 아버지는 무사히 졸업한 셋째딸을 축하해주기 위해 학교까지 와주셨다. 나는 엄마, 언니들, 언니의 약혼자가 안겨준 꽃다발을 한 아름 안고 자랑스레 웃으며 사진을 찍었다. 그리고 슬그머니 대학원 시험을 보고 눈치를 보며 조교 생활을 시작했다.

### 귀고리

학교에서 돌아오면 세 돌이 막 지난 막내가 달려와 안긴다. 아이는 나를 끌고 들어오면서 조잘조잘 이야기를 시작한다. 오늘은 「패트와 매트」 비디오를 봤다거나 『빨간 모자』를 읽었다거나 만들기를 했다거나…… 엉망으로 어질러진 방을 보면 아이가 말하지 않아도 오늘의 놀이를 단박 알 수가 있다. 오늘, 아이의 놀잇감은 내 보석함이었던 모양이다. 방 안 가득 목걸이와 브로치, 짝이 달아난 귀고리들이 널려 있다. 제 가슴까지 늘어지는 진주 목걸이를 건 아이가 파란빛의 귀고리 한 짝을 들고 내게 조른다. 엄마, 나 이것 해줘. 나는 아이에게 짝짝이 귀고리를 끼워준다. 거울 앞에서 제 모습을 바라보며 아이는 노래를 부른다. 가을은 가을은 파란색, 높은 하늘 보세요…… 나는 아이를 따라 노래를 부르며 널려 있는 장신구들을 치운다. 가짜 진주, 가짜 사파이어, 가짜 다이아몬드…… 하나 예외 없이 모두 싸구려 이미테이션들이다. 이상하게도 나는 보석에 대한 욕심이 전혀, 라고 할 만큼 없다. 황홀한 빛이 나는 반지, 목걸이를 보아도 갖고 싶다는 생각이 들지 않는다. 어쩌다 무슨 기념일에 남편이 선물한 진짜 보석은 냉큼 은행의 대여 금고에 넣고 까맣게 잊고 산다.

장신구뿐만이 아니다. 옷 한 벌, 구두 한 켤레를 장만하더라도 세일하는 물건이 아니면 선뜻 사게 되질 않는다. 먹을거리는 반드시 할인점에서, 대량 포장된 것으로, 조목조목 값을 비교하며 산다. 값싼 물건에 대한 애착이 유별나거나 알뜰한 살림꾼이어서가 아니다. 남편이 들으면 코웃음을 치겠지만 남편 덕에 생긴 버릇이다. 그는 이것을 사지 말라거나 이런 것을 샀느냐고 나무라지 않는다.

서하진 | 미련함에 대하여

내게 통째로 통장을 맡기고 월급은 고스란히 통장으로 입금해준다. 그런데도 나는 아직까지 이따금 남편의 눈치를 본다.

스물넷, 어린 나이이기도 했지만 결혼 초의 나는 속으로야 어떻든 남편의 말에 무조건 순종하는 여자였다. 남편의 지나치다 싶은 근검도 학비를 받아 공부하는 유학생 신분임을 감안할 때 당연한 것이 아닌가 싶었고 대학원을 수료하고 간 내게 시티 칼리지(2년제 전문대학)의 등록을 권했을 때도 토플도 GRE도 보지 못하고 갔던 내 준비 부족을 탓했을 뿐 학비가 싼 때문이라고는 생각지 못했다. 미국인의 집에 방 하나를 얻어 들어가자는 제의도 영어를 상용하자면 그게 좋겠지, 하고 진지하게 받아들였다. 주말의 벼룩시장에서 노점을 벌이겠다고 했을 때는 어, 이건 이상하다 싶었지만 나는 별다른 반대를 하지 못했다. 반대는커녕, 싸게 파는 자투리 천을 사서 좌판에 씌우고 양쪽에 작은 못을 박아 철사줄을 걸고 그 위에 주렁주렁 색색의 장신구를 끼우는 작업을, 땀을 흘리며 거들었다.

처음 장에 나간 날, 안개가 짙었던 것, 그리고 몹시 추웠던 것이 잊혀지지 않는다. 으스스 몸이 떨리고 입이 바짝 말랐지만 나는 남편을 따라 서투른 영어로 사람들을 부르고 원 달러, 투 달러 외치며 물건을 팔았다. 장이 파하고 돌아오면 남편은 꼬깃꼬깃 구겨진 지폐와 주머니 가득한 동전을 세고 그 액수를 장부에 적었다. 대부분 메이드 인 코리아의 귀고리, 목걸이, 벨트, 선글라스, 그리고 중국제 장난감이 우리가 취급하던 아이템이었다.

시장은 요일별로, 각각 다른 소도시에서 열렸으므로 나는 흡사 장돌뱅이가 된 기분이었지만 내 자신의 그런 느낌이 그다지 나쁘지 않았다. 미국이라는 낯선 땅, 알지 못하는 남자였던 남편, 거기에 전혀 다른 세계인 장사꾼의 길에 들어선 자신. 그것이야말로 어쩌면 내가 바라던 것일지도 모른다는 생각이 들었다. 단 오십 센트라도 싼 물건을 사기 위해 악착같이 주중의 도매 시장을 돌고 한 개의 귀고리라도 더 팔기 위해 맨 나중에 좌판을 걷는 내게 사람들은 미세스 박, 보기보다 악바리라고 혀를 내둘렀다. 원래 장사꾼 집안이란다, 아니다, 어려운 환경에서 돈 귀한 걸 알고 자란 사람이다, 추측하기도 했다.

여섯 과목, 18학점을 신청해 들으면서도 나는 꼬박꼬박 남편을 따라 주말의 장에 나갔다. 그의 시험 기간이거나 과제 발표가 있는 주에는 혼자 밴을 몰고 장에 나갔다. 무거운 좌판을 끙끙거리며 내리고 물건을 진열하고 점심도 거르면서 물건을 팔았다. 매상이 얼마나 되는지, 어느 만큼의 이윤이 났는지 그런 것을 따지고 챙기는 것은 남편 몫이었다. 나는 고용인처럼 성실하게, 한눈팔지 않고 일했다.

대체 왜 그랬을까. 남편은 지독한 구두쇠였는데 나는 정말이지 오랫동안 그걸 깨닫지 못했다. 여름방학, 사 주간 미국 전역을 돌며 단 오백 달러를(닳고 닳아 어쩔 수 없이 교체한 타이어 값을 합쳐) 썼다고 했을 때 사람들은 미스터 박 나쁜 사람이라고 입을 모았다. 거의 차에서 잤다고, 한 야영장의 샤워 시설에서 동전이 아까워 벗은 몸에 미리 비누를 칠하고, 머리에는 샴푸를 뒤집어쓰고 그제야 동전을 넣고 쏟아지는 물이 끊어질까 미친 듯이 몸을 씻었다고 남편이 말했을 때는 모두들 입을 다물고 비스듬한 시선으로 우리를 바라보았다. 남편도 그쯤에서 입을 다물었다. 그것을 뛰어넘는, 무수한 에피소드를 다 이야기했다가는 정신병자 취급받을 분위기였다.

  남편에게, 그와 나의 생활에 대해 알지 못할 불안이 생길 무렵 나는 첫아이를 임신했다. 배가 불러오고, 더 이상 운전을 할 수 없을 때까지 나는 장에 나갔다. 그 학기 나는 시티 칼리지에서 미국 역사, 스피치, 수화(手話), 초급 미술, 식생활과 영양, 등 중구난방의 과목을 닥치는 대로 신청해서 들었다. 대부분의 과목에서 나는 높은 학점을 받았다. 잘 알아듣지 못하면 몇 번이고 묻고 좋은 평가를 받지 못하겠다 싶으면 밤을 새워 자료를 찾아 보충 과제를 낸 덕분이었다. 대체 나는 왜 그랬을까. 무슨 학위를 딸 수 있는 것도, 상을 주는 것도 아니었는데.

  힘이 든다 싶으면, 그리고 누군가, 무언가 견딜 수 없게 그리워지면 나는 집주인 여자를 쫓아 나가던 미국 교회에 나갔다. 대부분의 유학생과 그 부인들이 속해 있던 한인 교회에서, 그들이 일상을 의논하고 웃고 이야기하는 동안 나는 미국인 목사의 영어 설교를 듣고 영어로 부르는 찬송가를 서투르게 따라 불렀다. 예배가 끝나고 나오면 푸른 눈의 목사(필이라는 이름이었다)는 내 손을 잡고 무어라 긴 축복을 해주었다. 자투리 시간이 생기면 나는 집주인 여자와 함께 교회의 바자회에 참석하고 미국 아이들의 재롱 잔치에서 박수를 치며 주인 여자를 따라 웃었다.

 아이를 낳고, 나는 만 이십사 시간이 지나지 않아 부랴부랴 퇴원을 했다. 시간을 넘기면 하루 치의 입원비를 더 내야 했으니까. 남편이 그렇게 하자고 해서가 아니었다. 그때쯤 나는 그런 방식에 철저히 길들어 있었다. 아이의 이가 나고 자주 젖꼭지를 물어 피가 나올 때까지 나는 모유를 먹이고 남들 다 쓰는 일회용 기저귀 대신 매일 한 다스가 넘는 천 기저귀를 빨며 지냈다. 아이가 잠들면 주인 여자의 눈치를 보며 재봉틀을 꺼내 아이의 옷을 만들었다. 아이를 낳고 나서 나는 자주 혼자 울었다. 왜, 무엇 때문인지는 내 자신도 알 수 없는 눈물이 흘러나오면 나는 그저 가만히 앉아 눈물이 그치기를 기다렸다. 그러고도 마음이 가라앉지 않으면 잠든 아이를 뒤에 싣고 집 뒤의 길로 차를 몰아 달렸다. 얕은 언덕, 끝없는 포도밭을 지나면 어딘가에 내가 버려두고 온 것, 감추어둔 시간이 불쑥 나타날 것만 같았다. 만약 미국 생활이 좀더 길었다면 나는 어떤 방식으로든 폭발했을 것이다. 다행히도 남편은 과정을 마치고 논문을 제출하자마자 쫓기는 사람처럼 비행기표를 끊었다. 남은 살림살이들, 낡아빠진 가구들과 접시 하나까지 몽땅 야드 세일을 하고 우리는 귀국길에 올랐다.

서하진 | 미련함에 대하여

## 이불

저녁 무렵, 갑자기 날이 싸늘해졌다. 계절이 바뀔 때면 여자들은 바빠진다. 거실의 돗자리를 걷어내고 아이들의 옷가지도 챙겨놓아야 하고 방마다 이불도 바꾸어야 한다. 나는 먼저 이불 쪽을 선택한다. 장롱 문을 열자마자 두터운 요와 이불이 내 앞으로 쏟아져나온다. 혼수로 해온 공단이불, 아이들이 어릴 적에 썼던 작은 침대보와 아이를 업을 때 요긴했던 처네, 그리도 손바닥만한 베개가 섞여 있다. 이번에는, 이번만큼은 처분해야지, 하면서도 나는 작은 물건, 큰 살림, 어느 것도 잘 버리지 못한다.

큰아이 방 침대 위에는 푸른 조각이불, 작은애의 몫으로는 분홍을, 그리고 안방에는 엷은 베이지와 갈색이 어우러진 이불을 펼쳐놓는다. 좁은 장롱 속에서 몸을 접고 있던 이불들의 꼬깃꼬깃 잡힌 주름을 나는 반듯이 손으로 쓰다듬는다. 이불에서는 묵은 곰팡내 같은, 쿰쿰한 냄새가 난다. 나는 탈취제가 든 분무기를 들고 이불 곳곳에 뿌린다. 갑자기, 한 귀퉁이의 실밥이 풀린 흔적이 내 시선을 잡는다. 안 되는데…… 밀린 원고가 산더민데…… 하면서도 나는 반짇고리를 찾아 든다.

바늘을 잡으면 이상하게 마음이 편안해진다. 기억의 저 안쪽에 아주 어릴 적 어머니와 할머니가 고모의 혼수를 장만하는 정경이 있다. 한땀 한땀 이어 헝겊들을 엮는 단순하고 소박한 작업이 한 장의 이불로, 옷가지로 바뀌는 것이 나는 매번 경이로웠다. 바늘을 제대로 잡기 시작할 무렵부터 나는 어머니의 옷을 줄여 입거나 못난이 인형을 만들거나 쓸 수 없는 작은 이불을 짓곤 했다. 어머니는 그런 나를 칭찬하다 이따금 화를 내며 천 조각을 빼앗았다. 손끝이 매운 여자는 팔자가 세다나, 무서운 시어머니를 만난다나. 그렇지만 나는 가끔 생각한다. 글을 쓰지 않았다면 나는 작은 수예점 주인이 되어 있을지도 모른다고.

  어머니의 재봉틀은 앉은뱅이, 그러니까 손틀이었다. 작은 바퀴가 돌아갈 때면 윗실과 밑실이 맞물리며 노루발 사이의 헝겊에 꼭꼭 무늬를 만들어내는 것이 너무 신기하고 재미있었다. 나는 어머니의 맞은편에 앉아 밀려 나오는 천이 반듯해지도록 잡고 있기를 좋아했다. 오르고 내리기를 반복하는 바늘. 어느 순간 천을 잡은 어머니의 손에 바늘이 꼭 박힐 듯한 아슬아슬함에 소스라치며 나는 바느질(바느질 시다)에 몰입했다. 여섯 남매와 할머니, 삼촌과 고모, 그리고 늘 외지에 계셨던 아버지의 수발에 경황이 없으면서도 어머니는 자주 재봉틀 앞에 앉아 나를 불렀다. 생각해보면 끊이지 않는 일, 수다한 사건에 시달리던 어머니에게 바느질은 오히려 휴식이었을지도 몰랐다.

  어머니의 그 심정을 이해하게 된 것은 96년, 셋째아이를 임신했을 무렵이었다. 가을 학기까지 바바리코트, 두터운 스웨터로 배를 덮고 강의를 하고 나니 긴 겨울과 더 긴 봄이 내 앞에 다가와 있었다. 아이들과 남편이 나가고 난 집. 책을 잡으면 잠이 쏟아지고 한번 잠에 빠지면 아이들이 돌아올 때까지 깨어나지 않았다. 믿을 수 없을 만큼 길고 고단한 잠. 잠. 잠…… 이따금 걸려오는 전화에서 사람들은 왜 꼼짝하지 않느냐, 강의도 쉬고 대체 뭐 하느냐, 혹시 장편을 쓰느냐고 물었다. 전화를 끊고 나면 아무런 이유 없이 눈물이 흘러나왔다. 아이가 툭, 툭 발길질하는 기척을 느낄 즈음까지 나는 기를 쓰고 두 편의 단편을 완성했다. 소설 때문에, 아이 때문에 나는 먹고 입고, 지옥 같은 잠에서 빠져나와 나를 돌볼 수 있었다.

그렇지만 거기까지였다. 앉아 있기도 힘들 만큼 배가 불러오고 나는 극심한 무기력에 빠져들었다. 한껏 부풀어, 마른 논바닥처럼 갈라진 뱃가죽을 들여다보면 기가 막히고, 그리고 너무나 무서웠다. 몸매를 생각했거나 아이를 낳는 일이 두려운 것은 아니었다. 알 수 없는, 혹은 표현하기 어려운 어떤 공포가 나를 짓눌렀다. 두 아이. 세 군데의 대학을 쫓아다니며 했던 주당 십수 시간의 강의. 끊임없이 다가오는 마감. 그럼에도 감히 새로운 아이를 낳기로 한 내가 뻔뻔하고 징그러웠다. 갈라진 뱃가죽. 내 오만이 그처럼 나를 갈라지게 하고 마침내 폭발시키고 말 것 같았다.

어느 일요일, 나는 아이들과 남편을 앞세우고 동대문 포목점으로 갔다. 무얼 어떻게 만들겠다는 생각 없이 나는 그저 눈에 띄는 대로, 아이들과 남편이 다 들지 못할 만큼, 무슨 한풀이하듯, 지갑이 탈탈 빌 때까지 갖가지 천을 샀다. 계단을 내려오면서 색색의 레이스와 바이어스와 단추와 지퍼를, 남편의 지갑을 빌려서 샀다. 집으로 돌아온 즉시 나는 작업에 들어갔다. 구석에서 먼지를 쓰고 있던 재봉틀을 꺼내 그날 당장 식탁보를 만들었다. 다 만들었을 때는 밤이 깊어 있었다. 남편을 깨우지 못하고 이쪽저쪽을 들어올려 거의 십여 분 이상을 소비한 끝에 무거운 유리를 들어내고 막 완성한 식탁보를 깔고 나서 나는 두어 발 물러서서 내 작품을 감상했다. 올리브 그린의 우아한 색이 형광등 아래 아름답게 빛나는 것을 나는 오래도록 바라보았다.

다음날부터 나는 천을 사각으로, 삼각으로 손바닥만하게 잘라 조각이불을 만들기 시작했다. 각각 다른 무늬의 조각 천을 손으로 잇고 이어진 것들을 다시 꿰매는, 퀼트 이불이었다. 바느질을 하는 동안 나는 아무런 생각도 하지 않았다. 이백 개가 넘는 조각을 이어 큰아이 방의 침대보를 완성했을 때 나는 기대하지 못했던 희열에 빠져들었다. 푸른빛의, 갖가지 무늬가 어우러진 침대보는 정말 아름다웠다. 나는 차례로 작은아이의 이불, 안방 침대보, 그리고 태어날 아이를 위한 이불을 만들었다. 작업 도중에 천이 부족하거나 다른 빛의 레이스가 필요하면 아침을 기다리지 못하고 한밤의 동대문시장으로 달려갔다. 남산만한 배를 하고 통로를 누비는 여자에게 가게 주인들은 넉넉한 잣대로 천을 끊어주었다. 사월과 오월이 그렇게 지났다.

패딩 솜의 화학 성분 때문에 임신 중의 가려움증이 도진 것, 오래 앉아 있어 허리가 끊어질 듯 아팠던 것, 그런 기억이 희미하게 남아 있지만 나는 더 이상 자신을, 태어날 아이를, 그후의 날들을 두려워하지 않고 무사히, 참으로 긴 봄을 보낼 수 있었다. 종일 일에 시달린 몸은 달고 깊은 잠에 빠져들었고 알락달락한 천들이, 아기자기한 이불들이 꽃밭처럼 널린 꿈을 꾸었다. 출산 예정일 하루 전, 양수가 터졌을 때 나는 딸아이의 원피스를 만들고 있었다. 완성하지 못한 그 옷을 상자에 넣고 나는 병원으로 갔다. 그리고 제 언니와 꼭 닮은 딸을 낳았다.

## 그리고 자전소설

한밤. 아이들과 남편이 잠들고 나서 나는 서재로 들어와 방문을 꼭 걸어 잠근다. 컴퓨터를 켜고 자판을 두들기기 시작한다. 소설은, 늘 그렇듯 잘 씌어지지 않는다. 나는 책상 위에 쌓인 책을 이것저것 뒤적인다. 참 좋은 글이 있고 이런 거 대체 왜 썼을까 싶은 것도 있다. 문득 몇 주 전 인터넷에서 읽은 누군가의 비판이 떠오른다. '문학을 사랑하는 아줌마'라고 밝힌 그 사람은 내 글에 대한 매우 혹독한 평 끝에 이렇게 써놓았다. 재능이 없는 사람은 작가가 되지 말아야 하는 것이 아닌가.

나는, 정직하게 말해 그 아줌마가 부럽다. 나도 그렇게 매몰차게 말하고 싶다. 아니, 한때 내게도 그처럼 자신과 다른 이의 글에 대해 가혹하던 시절이 있었다. 오정희와 이청준을 읽고 절망하고 정찬과 박인홍에게 탄복하던 그 한때 나는 소설 쓰기를 포기했었다. 내 스스로의 재능 없음을 나는 익히 알고 있었다. 혹 서푼어치의 재능이 있다 하더라도 기질상 나 같은 사람은 작가가 되어서는 안 된다는 막연한 깨달음 같은 것이 있었다. 어떤 기질? 하고 묻는다면 정확히 대답할 자신은 없다. 그런데…… 그런 주제에 왜 나는 소설 쓰기를 시작했을까. 이 역시 나는 정확한 답을 할 수가 없다.

세번째 창작집을 내고 얼마 지나지 않아 황순원 선생님께서 돌아가셨다는 전갈을 받았다. 그날 나는 병원에 있었다. 폐 사진을 찍고 심전도와 그 비슷한 몇 가지 검사를 하고 막 옷을 입고 있을 때 휴대폰이 드르르, 떨리는 기척이 났다. 선생님은 주무시다 영면하셨다 했다. 나는 화장실로 가서 잠깐 울었다. 빈소에서 만난 경희대의 한 선생님이 내게 책을 보내주어 고맙다고 인사를 하셨다. 그러고는 내게 이렇게 물으셨다. 웬 한이 그렇게 많아? 나는 서선생 생각하면 참 이상하다 싶어. 그다지 어렵게 자란 것도, 무슨 남다른 사연이 있는 젊은 날을 보낸 것도, 지금 현재 무슨 절박한 처지에 있는 것도 아닌데 어떻게 그렇게 악착같이 소설을 계속 쓰는지 말이야. 나는 수줍은 척 웃었다. 사람들이 제게 욕심이 많다고 그럽니다, 라고 말하자 그 선생님은 아니야, 이건 욕심하곤 다른 거야. 뭔가 있어. 그게 대체 뭘까? 그러셨다. 나는 또 한번 겸손하게 웃고 다른 조문객이 온 틈을 타서 슬쩍 그 자리를 피했다. 욕심하곤 다른 그 무엇. 그것에 대해 누가 알 수 있을까.

어젯밤 꿈을 생각한다. 나는 여러 사람들을 마주하고 있었다. 누구인지 알 수 없는 사람들, 그들은 모두 죽은 사람이었다. 나는 오싹 소름이 끼쳤던가? 아니 그렇지 않았다. 나는 편안했고 그들을 보며 왠지 모를 친근감이 들기까지 했다. 그러자, 이상한 일이었다.

서하진 | 미련함에 대하여

꿈속에서도 이래서는 안 된다, 이 사람들과 멀어져야 한다, 는 강한 느낌이 들고 벗어나야 한다, 눈을 떠야지, 안간힘이 써지는 것이었다. 짧은 신음을 내지르며 나는 잠에서 깨어났다. 깨어나 부연 창밖이 보였지만 여전히 꿈에서 본 사람들, 누구인지 기억나지 않는 죽은 이들의 환영이 눈앞을 떠나지 않았다. 나는 손을 뻗어 잠든 아이를 꼭 끌어안았다. 아이의 따뜻한 발을 내 차가운 발로 부볐다. 그리고 매일 하는 다짐을 했다. 밤을 새지 말자. 잠을 제대로 자자. 끼니를 챙겨 먹자. 놀자. 사람들을 만나자. 웃고 떠들자.

 그러나 지금 새벽 세시. 나는 자전소설을 쓴다. 이따금 나는 죽음을 무릅쓰고 글을 쓰는 듯 결연한 기분이 된다. 재능 없는 이의 글쓰기는 미련하고, 그래서 슬프다.

# 자이언트의 시대

강영숙

1966년 강원도 춘천에서 태어났다. 1998년 서울신문 신춘문예에 단편 「8월의 식사」가 당선되며 등단. 소설집 『빨강 속의 검정에 대하여』 『날마다 축제』 『흔들리다』, 장편소설 『라이팅 클럽』 『리나』가 있다. 한국일보문학상을 수상했다.

### 작가를 말한다

강영숙은 보들레르의 단순한 계승자의 길을 가지 않는다. 아니, 오히려 가장 혹독한 비판자로 나서고자 한다. 즉 강영숙은 인공 낙원의 풍경이 우리 시대의 본질임을 인정하면서도 이 인공 낙원을 통해 새로운 것에 대한 경이로움과 미래에 대한 낙관을 보는 것이 아니라, 바로 이곳에서 우리 사회의 악의 근원을 발견한다. 그렇다면 강영숙은 우리 사회의 악의 근원임에도 불구하고 보들레르에 의해, 혹은 보들레르처럼 인공적인 것의 가치와 의미를 아직도 믿고 있는 존재들에 의해 여전히 낙원의 이미지로 작동하고 있는 인공 낙원의 이미지와 정면 승부를 걸고 있는 것이다. 류보선(문학평론가)

집 한가운데 튼튼한 갈색 탁자가 있었다. 외출했던 식구들은 시장에서 사온 고등어자반이며 토마토, 꺾어온 들꽃들을 탁자 위에 올려놓고 손을 씻으러 가곤 했다. 집을 나갈 때도 마지막으로 둘러보는 곳이 탁자 위였다. 도시락이나 삶은 고구마, 용돈이나 책 등이 그 탁자 위에 놓여 있어서 각자가 필요한 것들을 찾아 들고 나갔다. 군데군데 홈이 나 있고 손만 대면 좌우로 끝도 없이 삐걱거리던 그 갈색 탁자 위로 여러 날의 태양과 바람이 지나갔다. 날개의 색깔이 비현실적으로 아름다운 나비들이 날아와 앉아 있다가 나무 속으로 들어가 사라졌다. 그러는 사이 내 몸은 자랐고 지금은 그때의 집도, 탁자도 남아 있지 않다.
　주변이 청회색으로 물드는 저녁 시간이 왔다. 커다란 내 몸이 청회색 어둠 속으로 숨어버려 배경과의 구별이 뚜렷하지 않은 상태가 되는 시간이 좋다. 오늘은 아주 특별한 날이다. 오래전부터 나는 오늘 저녁을 기다리며 밤마다 물구나무를 섰다. 몸이 피곤해야 머리가 맑아지는 건 사실이다. 거꾸로 선 채 머리로 몸을 지탱하는 자세를 취하는 건 자이언트인 나로서는 고행에 가까운 일이었다. 음식을 준비하기 위해 십 년간 모아온 비자금 항아리도 과감히 두 동강 냈다. 깨고 보니 항아리 속에는 비밀로 간직하고 싶었던 일들을 적어넣어둔 메모지들보다 다른 사람들에게서 빌린 돈 액수가 적힌 종이쪽지가 훨씬 더 많았다.

 보내지는 못했지만 연필로 글씨를 쓰고 식물에서 추출한 염료를 물에 개어 칠한 초대장도 만들었다. 초대장 안에 향기가 강한 꽃잎 하나씩을 넣는 것도 잊지 않았다. 집 안에 있는 직물류, 즉 천이란 천들은 모두 빨아서 풀을 먹인 뒤 햇볕에 말려 빳빳하게 다렸다. 쓰지 않던 유리잔이며 주석잔들을 모두 다 꺼내 빛나게 닦았다. 그러나 연녹색 물이끼가 잔뜩 낀 네모반듯한 어항은 치워버렸다. 얼어 죽은 지 오래되어 돌멩이처럼 딱딱해진 새장 안의 새들은 창밖으로 던져버렸다. 다음은 몸단장을 할 차례이다. 먼저 놋쇠 가위를 들고 빗장뼈까지 내려오는 머리칼을 귀밑 길이로 싹둑 잘라냈다. 그 위에 붉은색 두건을 썼으며 목에는 커다란 십자가 목걸이를 했다. 평소와는 달라 보였는지 내 모습을 본 이웃들이 물었다.

 "오늘 무슨 좋은 일이라도?"

 "저녁에 손님들을 초대했어요."

 "누가 오는데?"

"오늘이 바로 그날이거든요. 죽은 사람들을 초대하는 날! 정말 한 번은 꼭 다시 만나고 싶었던 사람들이 와요."

"음, 그러니까 오늘이 바로 푸닥거리하는 날이군. 근데 왜 음식 냄새가 나지 않지? 설마 모두 다 날것으로만 대접하는 건 아닐 테고? 새로 산 칼이 있는데 빌려드릴까? 잘 썰어지는지 먼저 써봐요. 아니면 반품해야 하니까."

"이제 손님들이 올 시간이 되어서 집으로 들어가야 해요. 빨리 칼을 가져와요."

긴장감 때문에 심장이 바작바작 오그라들어 이웃들과 수다를 떨 형편이 아니었다. 우선 테이블 두 개를 나란히 붙여 창 쪽으로 옮겼다. 해가 진 뒤의 밤 불빛이 보이는 창 앞에 손님들을 앉게 하고 싶었다. 테이블 위에 꽃병 두 개를 올려놓고 아기자기한 꽃잎이 그려진 주전자도 올려놓았다. 그때 마침 전화벨이 울렸다.

"저기요, 사모님, 아주 근사한 외딴섬이 하나 있는데 형편 되시면 구입하시겠습니까?"

남자의 목소리는 주방용 믹서기 같은 걸 팔 때의 말투와 비슷했다. 섬을 사서 뭘 하나, 살 돈도 없지만. 지금도 외딴섬에서 사는 것과 다를 바가 없는데. 더 이상의 외딴섬은 사양한다. 살며시 수화기를 내려놓고 찬찬히 집 안을 둘러봤다.

나는 중소도시의 외곽 지역에서 태어났다. 아기였을 때는 볼이며 종아리가 좀 통통한 정도로, 다른 아기들과 모든 게 똑같았다. 갈색 탁자 위의 물건이 손에 닿지도 않을 만큼 작던 나는 세 살이

지나면서 부쩍부쩍 컸고 머지않아 본색이 드러났다. 의협심도 강해서 약한 친구들을 귀찮게 하는 인근 지역 아이들을 혼내주기도 했고, 어린애들만 보면 정신 못 차리고 물어뜯는 개들을 손바닥에 힘을 주어 단숨에 기절시키기도 했다. 가끔 신체적 능력을 뛰어넘어 주술도 부려봤지만 다른 사람들을 매료시킬 정도는 아니었다. 열 살이 되면서는 키가 너무 커서 또래의 애들과는 어깨동무를 하고 놀 수가 없었다. 그럴수록 나는 친구들과 잘 지내기 위해 노력했지만 처녀가 되기도 전에 그곳을 완전히 떠나 대도시로 이주했다. 대도시로 간 이후에도 나는 한동안 줄기차게 컸다.

땡땡땡, 현관문에 매달린 종이 울렸다. 테이블에 한 손을 짚고 몸을 지탱한 채 가만히 서 있었다. 너무 긴장해서 움직일 수가 없었다. 천천히 문 앞으로 다가가서 가만히 귀를 댔다. 다시 한번 땡땡땡 소리가 들렸고 나는 침을 꼴깍 삼키고는 겨우 입을 열었다.

"암호를 말씀해주시겠습니까?"

암호가 생각나지 않는지 잠깐 동안 조용했다. 예의상 내가 먼저 힌트를 제시했다.

"독거미와 독사 중에서 고르세요."

"맞다, 독거미!"

혜나의 목소리였다. 문을 활짝 열었더니 거기에 정말로 내 친구 혜나가 서 있었다. 저승의 공식 지정 옷차림이라도 되는지 검은색 바지 정장에 검은색 핸드백, 검은색 꽃다발을 들고 있었다. 어린애가 우람한 나무를 끌어안고 있는 것과 같은 풍경이었을 테지만 우리는 한동안 서로를 포옹했다. 혜나는 지난 20세기의 막바지에 엽기적인 방법을 택해 목숨을 끊었다. 그 현장은 차마 입에 담을 수가 없을 정도였다. 그때에 비하면 지금 혜나의 상태는 대단히 양호해 보였다. 발그레한 볼, 초록색 칠을 한 도톰한 눈가, 한없이 길고 꼬불꼬불한 검은색 머리칼, 반짝반짝 빛나는 뾰족한 검정색 에나멜 구두. 그러나 멀쩡해 보이는 외모에도 불구하고 뭔가에 들려 자신의 눈높이보다 조금 위쪽을 향하고 있는 공허한 눈동자는 여전했다. 혜나의 어깨에 손을 얹었다. 손에 닿는 어깨뼈가 너무 작아서 실감이 나지 않았지만 혜나를 다시 만나다니 너무나 기뻤다.

"이게 몇 년 만이지? 장례식 이후로 처음이네."

"그래. 너의 장례식, 오월이었는데도 얼마나 더웠는지."

"아무리 더웠다고 해도 몸에 몇 겹을 친친 두른 나만큼 더웠겠니? 하긴 뼈가 다 으스러져서 그렇게라도 고정시켜두지 않으면 안 됐겠지. 밤에 네가 날 위해 기도하는 소리 들었어."

"넌 여전하구나. 여전히 예쁘고 여전히 작고."

"넌 더 자란 거니? 키도 그렇고 손바닥도 그렇고 더 커진 것 같아. 전체적으로 훨씬 더 커졌다, 너."

나는 덩치 얘기만 나오면 몸 둘 바를 모른다. 내 몸 여기저기를 뚫어져라 쳐다보는 혜나의 시선이 부담스러워 어쩔 줄을 몰랐다.

"맞아, 그동안 난 더 컸어. 매일매일 조금씩 컸지. 이제 그 애긴 그만 해. 뭘 좀 먹을래? 여기까지 오느라 힘들었지? 목마르지 않니?"

"말도 마. 열차가 계속해서 뱅글뱅글 돌기만 하고 내려야 할 곳으로부터 점점 멀어지는 느낌이었다니까. 게다가 수학여행을 가는지 열차 안에는 교복을 입은 여자애들이 한가득이었어. 죄다 마스크를 쓴 채 떠들지도 않더군. 그 표정들이 얼마나 무서웠는지."

밖에서 뛰어놀던 아이들이 우당탕 뛰어들어와 창고만한 크기의 냉장고 앞에 나란히 서서 뚜껑을 열고 얼굴을 들이밀었다.

"엄마, 왜 닭튀김은 안해주죠?"

"얘들아, 엄마가 지금 바쁘잖아. 손님이 와 계시는 거 안 보이니?"

말을 해도 소용없다. 아이들에게는 죽은 혜나가 보이지 않는다. 작은애는 얼굴이 울상인 채로 화가 나서 식식거렸다.

"엄마, 애들이 내 눈에 흙을 넣었어. 정말 치사하지 않아? 자꾸 눈물이 나서 울게 되잖아. 슬프지도 않은데 울어야 해?"

"물에 씻는 게 제일 빠르지. 그래, 그게 좋겠다. 어서 가서 씻어."

"너희들은 누굴 닮아 이렇게 예쁘니."

혜나가 아이들의 머리를 쓰다듬지만 아이들은 혜나의 손길을 느끼지 못한다.

"엄마, 우린 오늘밤에 꼭 닭튀김을 먹을 거야. 그리고 오늘밤에 꼭 중국 글자를 배울 거야. 흰 종이 가득 중국 글자를 그려줘야 해. 난 멀리 중국에 가서 살 거야. 숱이 많은 머리카락을 엉덩이까지 길러 하나로 묶고 검은색 바지에 검은색 구슬이 박힌 옷을 몸에 딱 붙게 입고 거리를 돌아다닐 거야. 사람들은 내가 어디서 왔는지도 모르겠지. 그리고 이건 너무 중요한 얘긴데, 닭튀김엔 꼭 카레가루를 발라줘야 해."

"그래, 넌 꼭 그렇게 살아. 하지만 기다려, 닭튀김도 먹고 중국 글자도 배우려면 시간이 걸린다고."

아이들이 집 밖으로 우당탕 뛰어나가자 혜나가 킥킥거리며 웃었다.

"저애들도 결국은 너처럼 체구가 커지겠지. 그러지 않으면 너의 딸들이 아니지."

나도 혜나의 얼굴을 쳐다보며 웃었다. 그때 다시 땡땡땡 소리.

"누구시죠? 암호를 대세요."

"암호라, 옛다, 송아지다!"

할아버지가 오셨다. 갓을 쓰고 바지저고리를 입고 장죽을 든 할아버지가 집 안으로 들어왔다. 할아버지 뒤로 눈동자가 예쁜 아시아인들의 영원한 일꾼, 누런 한우 송아지가 방울 소리를 내며 따라 들어왔다. 황갈색 털 상태로 봐서는 태어난 지 일 년도 안 된 어린 소였다. 할아버지는 드넓은 만주 벌판도 부족해 일본까지 넘나들며 살았던, 유목민 기질이 다분한 사람이었고, 체구도 작은 분이 대단한 강골이었다. 손이라도 잡으려고 다가가는데 할아버지가 먼저 움찔 뒤로 물러서며 혀를 찼다.

"혜나야, 우리 할아버지한테 인사해."

가볍게 목례만 하는 혜나를 못마땅한 얼굴로 쳐다보던 할아버지는 나를 보자 숨이 콱 막히는 표정이 되었다.

"넌 몸이 왜 그 지경이 됐냐?"

"저기, 할아버지, 실내에서는 모자를 좀 벗어주시겠어요? 그리고 그 송아지는 바깥에 두시죠. 냄새가 나잖아요."

혜나는 내가 옛날부터 할아버지를 좋아하지 않았다는 걸 알고 있었다. 혜나는 얼굴을 찡그린 채 송아지 주변을 맴맴 돌고 송아지도 혜나의 뒤를 따라 맴맴 돌았다. 할아버지는 혜나가 그러거나 말거나 집 안에서 제일 큰 가구인 침대 다리에 송아지의 목줄을 묶었다. 그리고 그 특유의 느린 몸놀림으로 천천히 갓끈을 푼 뒤 식탁으로 가 앉았다. 할아버지한테는 죄송한 얘기지만 저승꽃이 채 피기도 전에 돌아가셔서 아직도 피부가 탱탱해 보였다.

"저 녀석은 너무 어려서 깜짝깜짝 놀라길 잘해. 어딜 가든 내가 데리고 있지 않으면 안 된다. 그래, 넌 올해 몇 살이냐?"

할아버지가 나한테 나이를 물었다.

"할아버지, 죄송해요. 저는 세기가 바뀌면서 날짜 계산하는 법을 완전히 까먹었어요. 그래서 제 나이를 몰라요."

"저런, 젊은 게 왜 그러냐. 나도 많은 걸 잊긴 했지. 그런데 아직도 여기선 쇠고기 한 근이 육백 그램이냐?"

할아버지 사고의 중심은 여전히 송아지들이었다. 평생 한 일이라고는 새벽 우시장에 나가 송아지를 사다가 벌판에 놓아먹여 키워서 다시 내다 파는 거였다. 지평선이 보인다는 저 남쪽 벌판의 새벽, 긴 혀를 내밀어 풀을 뜯는 송아지들과 그 송아지들 사이를 오가는 할아버지가 있는 풍경을 상상해봤다. 송아지들이 풀을 뜯고 있는 모습을 지켜보던 할아버지의 얼굴이 평화롭지만은 않은 게 당연했다. 어떤 놈이 실하게 살이 쪘는지 할아버지는 알아야 했으니까. 할아버지는 소들을 정말 사랑했을까. 키워서 내다 팔아먹는 심정은 어떤 걸까.
 "육백 그램 맞아요. 하지만 고기의 부위별로 계산법이 좀 다르죠. 그런데 왜 그러세요?"
 "아니, 그냥 궁금해서 그런다. 최근에 송아지 고길 좋아한다는 족속들을 많이 만났다. 유럽 쪽에서 온 노인네들 말인데, 이마에 주름이 지고 머리가 허연 노인네들이, 내가 키워서 내다 팔던 예쁜 것들을 폭 익혀서 그 위에 소스를 발라 잘근잘근 씹어 먹고 있더구나. 와인인지 뭔지 그 술을 먹기 위해 그 예쁜 것들을 잡아먹는 것 같았다. 그런 광경을 볼 때마다 사지가 후들후들 떨려 많이 괴로웠다. 그 노인네들은 새로운 세상을 보고 싶었던 어릴 적 꿈을 실현시켜야 한다며 배낭을 메고 다른 나라로 떠나더구나. 머리통이 허옇게 된 인간들이 말이야. 그런데 오늘 네 애비는 이 자리에 안 불렀냐?"
 "아버지의 종적은 끝까지 추적이 안 됐어요. 아시잖아요? 아버지는 자유로운 사람이잖아요. 그냥 내버려두세요. 그 대신 오늘은 엄마를 불렀어요."
 '엄마'라는 단어가 입 밖으로 나오자마자 갑자기 실내 공기가 싸늘해졌다. 잠깐 침묵하던 할아버지가 장죽 끝으로 재떨이를 탁탁 쳤다.

"애, 난 무척 시장하다. 우리가 얼마나 먼 데서 왔는지 넌 짐작도 못할 거다. 그러고 보니 네 친구도 배가 고프겠구나. 처녀도 아직 식전인가?"

"아뇨, 어르신. 전 괜찮아요. 전 별로 많이 먹는 편이 아니라서."

"그럼 제가 오늘 준비한 요리에 대해서 말씀드릴까요? 그러는 동안 엄마가 오겠죠."

"설명이 뭐가 필요하니. 음식은 그냥 먹어보면 안다. 그리고 너희 엄마도 요리에는 재주가 없었다. 그 재주만 없는 게 아니었지, 아들 낳는 재주도 없었지."

혜나와 나, 갑작스런 할아버지의 아들 타령에 서로의 얼굴만 쳐다봤다.

모든 여자들이 동쪽 하늘에 대고 빌었다. 몸을 깨끗하게 씻고 단정한 옷을 입고 두 손을 마주 대고 연신 비볐다. 제발 건강하고 잘생긴 아들 하나만 낳게 해주세요. 삼신할머니 조왕신님 제발제발. 그렇게 해서 아들을 낳은 여자들은 금가락지를 치마폭에 굴리며 거드름을 피웠고, 기도를 해도 아들을 낳지 못한 여자들은 보따리를 챙겨 집을 떠났다. 여자들을 배웅하는 건 영원한 실패작으로 남은, 여자들이 낳은 딸들뿐이었다. 그렇게 기도하던 여자들 중에서 태도가 가장 불손한 사람이 우리 엄마였다. 엉덩이를 실룩거리면서, 소원을 들어주든 말든 신령님들 마음대로 해보라는 얼굴로 발끝에 걸리는 돌멩이만 연신 차냈다. 나는 어렸지만 엄마에게 충고하곤 했다. "좀 열심히 기도해봐." 그랬다면 엄마에게도 아들이 생겼을까.

 탕탕탕. 이렇게 큰 소리로 문을 두드리는 사람은 분명 엄마다. 노크 소리가 들리자마자 제일 먼저 반응을 보인 사람은 당연히 할아버지였다. 할아버지는 갑자기 일어나 의자의 각도를 돌려놓고 앉아 파란 나물을 뜯어 먹고 서 있는 송아지 쪽만 쳐다봤다. 사각 안경을 쓰고 배우처럼 화장을 한 엄마의 덩치 역시 작지는 않았다. 엄마는 십오 세까지 나의 모델이었고 우상이었다. 엄마가 들어오자마자 그 옛날의 갈색 탁자 생각이 났고, 아버지의 드센 남자 형제들과 함께 사느라 늘 피곤해하던 엄마의 몸에서 풍겨나던 땀내도 떠올랐다. 그런데 엄마는 혼자 온 게 아니었다. 손에 흰색 줄을 잡고 서 있었는데, 희고 긴 웃옷을 입은 청년인지 노인인지 분간하기 힘들게 생긴 남자가 그 줄을 잡은 채 웃으며 엄마를 따라 들어왔다.

 "아니, 아줌마, 사람을 이렇게 묶어서 데리고 다니면 어떡해요. 옛날이나 지금이나 참 황당한 분이세요."

 나보다 더 당황했는지 혜나가 엄마에게 말했다. 엄마는 남자를 기둥 앞에 앉히고 손바닥으로 등을 톡톡 쳐주고는 식탁 앞으로 와 앉았다. 앉자마자 할아버지에 대한 공격부터 시작한다.

 "아니, 이 노인네가 누구지. 어디서 많이 본 양반인데."

 "엄마, 할아버지 화내셔. 엄마가 할아버지를 몰라본다면 말이 안 돼."

 엄마는 할아버지를 흘겨보더니 애꿎은 혜나에게 화살을 돌렸다.

"아니, 넌 왜 그렇게 빨리 죽어서 우리 애를 그렇게 힘들게 했니? 어쨌든 간에 오랜만이구나. 아버님도 그간 잘 지내셨나요? 피부색도 좋으시구 여전하시네요. 제가 언젠가 아버님 무덤 위에 소금을 잔뜩 뿌리고 온 적이 있는데 혹시 기억하시나요? 소금 뿌리고 내려오자마자 보슬비가 내리더군요."

"소금이라. 너 혹시 나를 소금에 절여 뜯어먹을 생각이었니?"

"제가 아무리 입맛이 변했어도 그렇지, 육십이 넘어 죽은 노인네를 왜 뜯어먹겠어요? 그리고 마침 비가 왔다니까요. 비가 오니까 소금이 녹았고 죄의식도 사라지더군요."

"날 갈아 마셔도 시원치 않다고 동네방네 말하고 다닌 거 다 안다."

"이젠 다 과거지사죠."

"이제 그만 해요. 엄마, 배고프죠? 저분도 오시라고 해요. 이리 와서 같이 식사하세요."

기둥에 묶인 남자는 배가 고픈 표정이면서도 계속해서 엄마의 눈치만 보고 식탁으로는 오지 못한다.

"그런데 넌 왜 이렇게 몸이 커진 거니?"

"엄마, 그러지 말아요. 먹는 것과 덩치가 큰 것과는 상관이 없어요. 전 고기를 안 먹은 지 아주 오래됐어요. 그래도 뼈가 자꾸만 자라는데 어쩌겠어요."

그때 아이들이 다시 집 안으로 뛰어들어왔다. 아이들의 옷과 얼굴에는 땟국이 흐르고 몸에서는 화약 냄새가 났다.

"엄마, 난 닭튀김이 먹고 싶어요. 왜 내가 원하는 걸 안해주세요. 우린 지금 전쟁놀이를 하고 와서 몹시 배가 고프다구요."

"지금은 할 수 없어. 보다시피 이렇게 손님이 와 계시잖아."

"손님?"

"그래, 손님."

"엄마, 그런데 아빠는 어디 가서 왜 안 오시는 거죠?"

"아빠는 이웃 나라의 전쟁에 갔다고 몇 번을 말해줬니."

"맞아, 아빠는 이웃 나라의 전쟁에 갔어. 아빠가 이웃나라의 불쌍한 애들을 구해주고 오겠다고 했어."

"얘들이 내 손녀들이구나."

엄마가 일어서서 아이들 쪽으로 다가왔다.

"네, 엄마. 제가 목숨 걸고 낳은 딸들이랍니다."

그때 누군가 조용히 혀를 차는 소리가 들렸다. 보나마나 할아버지였다.

비가 내리고 바람이 불어 창문이 흔들렸다. 혜나는 식탁 의자에서 일어나 집 안팎을 둘러보기 시작했고, 나는 난로에 불을 피우고 물주전자를 얹었다. 아이들은 얼굴이 새까맣고 눈알 한쪽이 빠진 인디언 인형 두 개를 가지고 놀았다. 어색해진 분위기도 바꿀 겸, 손님들을 배불리 먹일 시간이었다.

우선 찜솥을 열고 오늘의 특별 요리인 킹크랩을 꺼내자 향긋한 게살 냄새가 났다. 침대 다리에 묶여 있는 송아지만 연신 입을 벌렸다 다물었다 관심을 표했다. 냄새가 나는 부엌 쪽을 쳐다봐주길 바랐지만 사람들은 눈길도 주지 않았다. 가위와 집게를 들고 거대한 킹크랩의 몸을 조각내기 시작했다. 다리들을 잘라 접시 위에 놓고 드디어 몸통에 손을 댔다. 그리고 난 보았다. 몸통 가득 꽉 들어찬 킹크랩 알들을. 무서워서 눈물이 다 나오려고 했다. 자연과 생태는 언제나 나에게 원초적인 공포감을 느끼게 했다. 어쨌든, 호두를 넣은 수북한 야채샐러드와 김이 나는 단호박찜, 붉은 핏물이 살짝 도는 먹음직스런 스테이크를 보고 엄마만 혼자서 탄성을 질렀다. 반응이 실망스러웠지만 계속해서 오븐 속에 들어 있는 쿠키며 스파게티를 꺼내 탁자 위에 올려놓았다. 엄마는 요리 접시에 코를 박은 채 냄새를 맡더니 접시를 들고 기둥에 묶여 있는 남자에게로 가 코밑에 접시를 들이댔다. 걱정스러운 건 역시 혜나였다. 식이장애를 앓은 적이 있는 혜나는 벌써부터 구토가 나는지 계속해서 입을 막고 있었다. 제일 까다로운 반응을 보이는 사람은 할아버지였다.

"내가 이런 서양요리를 먹을 것 같냐? 이런 요리를 먹으면 몸에 독만 퍼진단다. 이런 걸 먹느니 차라리 굶지. 도대체 내가 얼마 만에 이런 자리에 온 줄이나 아니, 넌?"

"그럼 어르신은 굶지 그러세요."

남의 집안 문제에 상관하지 말라는 듯 엄마가 혜나를 노려봤다.

"아버님, 말씀 잘하셨어요. 아버님은 옛날에도 제가 밥을 차려 드리면 반찬이 시원치 않다면서 밥상을 문 앞으로 밀어놓곤 하셨죠. 아버님은 그게 쌀독 바닥을 닥닥 긁어 해온 밥인 줄 혹시 아셨나요? 왜 제가 그때 그걸 정확하게 말하지 않았는지 모르겠군요. 솔직히 말해서 아버님은 최악의 인간이었어요. 저애의 아빠 말고도 객식구들이었던 삼촌들과 그 삼촌들이 데리고 다니는 지지배들을 위해 밥하고 빨래하느라 제 허리가 휘었다구요. 저는 아버님과의 인연이 끝난 게 얼마나 시원하고 좋은지 몰라요, 정말. 내 딸아, 너희 할아버지한테는 저기 송아지가 뜯어먹고 있는 풀들이나 좀 담아다 드리지 그러니, 아님 저 송아지를 잡든가."

할아버지는 엄마의 말에 대꾸도 하지 않고 담배만 피우고, 엄마는 기둥에 묶어놓은 남자를 풀어준 뒤 식탁으로 데리고 왔다. 엄마와 남자는 젓가락을 높이 치켜들고 몸을 흔들며 검은 입속으로 음식을 밀어넣었다. 그러는 중에도 두 사람의 뜨거운 눈빛은 계속 오고갔다. 나로 말할 것 같으면, 엄마와 남자가 먹는 모습을 쳐다보다가 식욕을 느꼈고 예상치도 않게 열심히 먹게 되었다. 어느 정도 먹어도 배가 차지 않았다. 그래서 먹고 또 먹고 결국 손님들이 먹을 것까지 다 먹고 말았다. 그 모습을 아까부터 지켜보던 혜나가 가만히 있을 리 없었다.

"널 마지막으로 만났을 때 내가 뭐라고 했는지 기억나니?"

"기억나지."

혜나와 내가 마지막으로 만났을 때 우리가 무슨 얘기를 했는지 분명히 기억하고 있다. 혜나와 나, 동시에 합창한다.

"너처럼 많이 처먹는 인간은 처음 본다!"

그랬다. 너처럼 많이 처먹는 인간은 처음 본다. 그게 혜나가 나에게 한 최후의 코멘트였다. 혜나는 원래 식사량이 적었지만 난 그렇지 않았다. 하루 세끼 외에도 잠들기 직전까지 하루 종일 먹고 또 먹었다. 도시로 온 이후 내 생활은 먹는 게 다였다. 지금 그 소리를 다시 듣게 되다니, 묘한 흥분까지 느껴졌다. 그렇게 많이 먹을 때 나는 반성도 하지 않았고 희망도 갖지 않았다. 그러나 그 말은 어떤 말보다도 나를 괴롭혔다.

엄마가 할아버지를 자꾸 쳐다보더니 벌떡 일어나 부엌으로 갔다. 엄마의 손끝에 파란 나뭇가지 하나가 들려 있었고 나뭇가지 끝에 분홍색 새 한 마리가 앉아 있었다. 엄마는 새를 잡아 넓은 팬에 올리고는 불을 켠 뒤 뚜껑을 닫았다. 유리 뚜껑 밑에서 풍풍 뛰어오르는 분홍새의 몸놀림을 주시하던 혜나가 구역질을 하기 시작했다. 그와 같은 방법으로 부위를 달리해가며 구운 새를 엄마는 몸통은 제외하고 다리만 담아 할아버지 앞에 신경질적으로 놔주었다.

"그래도 시아버님이신데 그냥 앉아 있을 수가 있어야죠. 이거라도 드세요. 옛날엔 이것보다 더한 것도 드셨잖아요. 개구리, 뱀, 고양이는 기본이었죠. 보신주의자들은 죽을 때 괴롭다던데, 아버님은 어떠셨나요?"

"옛날엔 다들 그런 걸 먹었다. 그런데 넌 거기서 내 아들 얼굴은 봤냐?"

"아뇨. 만나서 뭘 해요. 그 인간 어떻게 하고 있을지 뻔하죠. 솔직히 찾아보기도 싫었어요."

"할아버지는 아실지 모르겠지만 아버지는 바람에 나뭇잎이 떨어지는 것만 봐도 일기를 썼어요. 죽고 싶다고 썼죠. 정말 예민한 사람이었어요."

"넌 정말 보고 배운 게 없구나. 왜 어린애가 어른들의 일기를 훔쳐보고 그러니?"

"불안했어요. 아버지가 바람에 날아갈까봐."

"애야, 진정해라. 네 애비나 지금의 너나 바람에 날아갈 정도로 가볍진 않다. 네 애비는 죽는 순간까지도 동네에서 알아주는 싸움꾼이었어. 네가 그 덩치에 고추만 달고 나왔어도 네 애비가 그렇게 빨리 죽지 않았을지도 모른다. 얼마나 좋으니, 이렇게 굶어 죽는 사람도 없는 세상이 왔는데."

"할아버지, 참으세요. 한번 돌아가시기까지 했으면서 아직도 고추 타령이시니 정신 차리시려면 멀었네요."

할아버지가 눈을 동그랗게 뜨고 고개를 가로젓는다.

"저기서 놀고 있는 애들도 널 닮았구나. 쟤들도 고추는 아니지?"

"아이고 아버님, 고추 타령은 저한테 하신 것만으로도 충분해요. 고추를 그토록 좋아하던 할아버지 고향 친구들도 다 돌아가셨고, 고향에는 고속도로가 나서 이젠 그때의 흔적도 없어요. 이젠 아무도 고추만 찾지는 않아요."

"형편이 되면 하나 더 낳지 그러니. 셋째는 고추일 확률이 높은데. 하긴 몸이 그렇게 커서 실한 아이를 낳기나 하겠니."

"아이고 집요하셔라."

아이들이 거실과 부엌 사이를 뛰어다니기 시작했다. 탁자 밑에 들어가 할아버지의 양말을 잡아당기기도 하고 엄마의 치마폭에 숨기도 했다. 어떻게 해서 아이들의 눈에 초대 손님들이 보이는 기적이 일어났는지 그건 잘 모르겠다. 식사가 끝나자 엄마는 소화를 시켜야 한다며 남자를 기둥에 묶지 않았다. 남자도 아이들을 따라 들썩이며 뛰기 시작했다. 배는 부르지만 뭔가 중요한 말을 해야 하는 순간인데 트림부터 쏟아져나와서 영 분위기가 잡히지 않았다. 그 순간 끄윽, 트림이 나왔고 나는 다짐하듯 말했다.

"저는 절대로 아들을 낳지는 않을 거예요."

주변이 갑자기 조용해졌고 할아버지는 실망스럽다는 듯 혀를 차며 말했다.

"네 엄마나 너나 그게 문제야. 너희 모녀는 환자란다."

할아버지는 옛날처럼 창틀 위에 올라앉아 장죽을 물고 담배를 피웠다. 계절이 언제였는지 창밖에는 꽃들이 만발했었다. 아버지는 씨름대회에서 탄 상품을 들고 막 집 안으로 들어오고 있었고, 동네의 술집 여자들이 꽃무늬 치마를 입고 문 밖에 서서 아버지가 다시 나오길 기다렸다. 엄마가 창백한 얼굴로 여자들을 향해 양동이 가득 담긴 허드렛물을 뿌리는 동안 아버지는 새로 빨아 말린 옷으로 말끔히 갈아입었다. 아버지와 여자들이 집 밖으로 나가 골목을 지나고 대로변의 술집으로 들어갔을 시간까지 할아버지는 옛날에 불렀다는 무사들의 노래를 흥얼거리며 담배를 피웠다. 그때 엄마는 바깥이 보이지 않는 집 안의 가장 어두운 구석빼기에서 등을 보인 채 오래도록 가만히 서 있었다. 나로 말하면 아버지와 함께 나간 여자나 집에 있는 여자나 모두 다 불쌍했다.

차를 끓였다. 혜나가 와서 내 등을 가볍게 두드려줬다. 혜나는 책을 보면 외롭지 않다고 말했었다. 내 친구 혜나가 죽으면서 나는 세상의 딱 절반을 순식간에 잃었다. 덩치만 크면 뭘 하나. 작고 여린 친구가 지독한 자기애와 식이장애에 빠져 죽게 되기까지 나는 늘 뭔가를 처먹을 궁리만 했으니.

"그렇게 높은 데서 뛰어내리다니 넌 참 독해."

"충격이 좀 있었지. 하지만 난 그렇게 죽은 내가 좋아. 여기 보이니, 머리통 찌그러진 거? 도저히 복원이 안 된대."

"왜 그렇게 죽은 게 좋아?"

"내 인생에서 단 한번은 내 맘대로 했으니까."

"넌 살짝 돌았었잖아."

"살짝이라니. 난 청소년기를 지나면서 이미 맛이 갔어."

그사이 손님들이 마실 차가 천천히 우러났다. 기둥에 묶여 있을 때는 얌전하던 남자가 어느새 아이들과 함께 육박전을 하며 놀고 있다. 아까부터 남자를 쏘아보던 할아버지는 배가 고파 도저히 참을 수가 없는지 드디어 창틀에서 내려왔다.

"애야, 넌 사람을 대접하는 법을 모르는구나. 어른이 오랜만에 집에 왔으면 술을 내놓는 거란다. 차는 무슨 차냐, 술을 마셔야지."

남편이 전쟁터에서 돌아오면 주려고 담가둔 술을 내놓았다. 어차피 돌아와봐야 예전처럼 술을 좋아할지 알 수도 없는 일이고. 엄마는 시끄럽다며 아이들과 뒹굴며 놀고 있는 남자의 손을 잡아 다시 기둥에 묶고는 술을 마시기 시작했다. 술잔이 빌 때마다 남자에게로 다가갔고 손끝으로 남자의 얼굴을 쓰다듬었다. 할아버지의 시선이 빈번해지면 질수록 엄마는 할아버지를 의식해 더 노골적으로 행동했다. 그러더니 갑자기 엄마가 할아버지에게 다가갔다.

"아버님, 제 술 받으세요. 제 술 받으시고 저한테 쌓인 거 있으시면 다 풀고 가세요."

"그러는 니가 오히려 나한테 쌓인 게 더 많은 것 같구나."

그때 아이들이 갑자기 비명을 질렀고 침대에 묶어놓은 송아지가 아이들 소란에 놀라 들썩거리기 시작했다.

"계집애들이 왜 저렇게 드세냐."

"할아버지, 요즘은 모든 생물종들이 다 드세지고 있는 추세예요. 전세계 인구가 육십오억이라구요. 게다가 인구는 점점 늘고 있어요. 앞으로 다가올 가장 큰 문제는 식량 부족과 물 부족 사태죠. 이 많은 사람들이 먹어야 하고 씻어야 하고 죽어야 해요. 누구든 드세지지 않을 수가 없다구요."

"넌 거기서도 공부를 좀 하는 모양이지."

혜나는 웃으며 검은색 커버를 씌운 책 속으로 시선을 돌렸다. 그러나 그것도 잠깐, 송아지가 미친 것처럼 침대를 질질 끌며 천장으로 경중경중 뛰기 시작했다. 술을 마시고 있던 엄마가 벌떡 일어나 두 팔을 휘저으며 송아지에게 다가가자 송아지가 엄마에게 덤비려고 했다. 그때 할아버지가 일어나 송아지한테 다가가 뭐라고 한마디 하자 송아지는 금세 양처럼 순해졌다.

"정말 웃기는 양반이야. 겨우 송아지나 키우고 산 주제에. 내 손녀들한테 드세다니요? 그리고 내 손녀들을 보는 아버님 표정도 마음에 안 들어요. 딸이 둘인 게 무슨 재앙이라도 된다는 겁니까. 노인네 정말 그동안 하나도 안 변했네."

"너야말로 하나도 안 변했구나. 이 자리에 네 남편을 데려오지 그랬냐. 그리고 네 옆에 앉아 있는 저 천치 같은 놈은 누구냐. 설마 네가 낳은 아들은 아닐 테지. 그렇다면 너의 애인이냐?"

"그래요, 애인이에요. 아니, 아들이기도 하죠. 솔직히 아들이 갖고 싶었어요. 그리고 제 남편 얘기는 이제 그만 하세요. 그를 가만히 내버려두세요. 그를 제일 많이 괴롭힌 건 아버님이세요. 아버님이 저를 괴롭혀서 그가 괴로워했고 괴로워하다가 결국 죽었잖아요."

"내가 그애를 괴롭히다니?"

"아버님이 소를 끌고 북쪽으로 가서는 몇 달씩이나 집에 안 오셨잖아요. 게다가 아버님은 집에 와서도 손자가 없다고 술집에만 가 계셨어요. 그 많은 술집 여자들한테 다 아버님의 씨앗을 주시지 그러셨어요. 그럼 지금쯤 세상은 아버님 아들들 천지가 되었을 텐데. 아니, 딸들 천지가 되었을지도 모르겠네. 아버님은 옛날에 이 나라 저 나라 돌아다니며 건드린 여자들한테 혼 좀 나셔야 해요."

할아버지가 못 참겠다는 듯이 이를 물며 일어서는 순간, 아까부터 상태가 좋지 않았던 송아지와 침대가 동시에 허공으로 솟구쳤다가 곤두박질쳤다. 할아버지는 황급히 소를 잡으려고 했지만 미처 날뛰는 소를 잡을 사람은 따로 있었다. 나는 순식간에 송아지를 두 손으로 잡아 진정시켰고 목줄을 푼 뒤 대문을 열고 집 밖으로 내보냈다. 바깥은 춥지도 덥지도 않았고 비도 그친 후였다. 저 먼 하늘에서 둥그런 원을 그리며 불꽃들이 떨어지고 있었다. 송아지는 엉덩이를 보인 채 어두운 길 쪽을 쳐다보며 가만히 서 있었고 집 안에서는 아무 소리도 들리지 않았다. 갑자기 내가 서 있는 곳이 비현실적으로 느껴졌다.

그날의 싸움도 밤에 벌어졌다. 여자애들이 내 어깨를 두드려주며 다른 동네에 사는 사악한 무리들을 쳐부수자고 했다. 상대방은 세 명이었다. 소나무숲에서 만났는데 아주 작고 부실해 보이는 남자애들이었다. 힘 몇 번만 쓰면 다 쓰러뜨릴 수 있을 것 같았다. 바람도 없었고 비도 오지 않았고 달도 밝았다. 그런데 남자애들은 날 무서워하기는커녕 낄낄거리며 웃었다. 나를 보고 겁을 먹지 않고 웃는 애들을 어떻게 다뤄야 하는지, 경험이 없어서 잘 몰랐다. 그날 나는 힘 한번 못 써보고 싸움에서 졌다. 날더러 도와달라고 했던 여자애들이 사악한 무리들과 둘씩 짝을 지어 소나무 숲길을 걸어내려갔다. 나는 그때 처음으로 힘이라는 것이 도무지 쓸모없는 것임을 알게 되었다. 혼자서 소나무 숲길을 내려오는데 나의 거대한 그림자가 아주 고독해 보였다.

"우린 그를 위해 기도해야 해요. 그는 내가 아는 한 세상에서 가장 불쌍한 남자였어요."

"겉이야 멀쩡했지. 그런데 모르지, 이 세상 어딘가에 그놈의 아들이 살아 있을지도. 그놈은 머리끝부터 발끝까지 항상 우울했어.

게다가 반항적이고. 난 혹시 그놈이 날 때리면 어쩌나 겁날 때가 많았다. 그놈이 날 오래 쳐다보면 겁이 나서 슬며시 일어나 자리를 피했지. 아들이라기보다는 형 같았어. 도무지 믿을 구석이라곤 없는 시건방지고 기분 나쁜 형 말이다."

"겁쟁이 영감탱이. 그래서 아버님 대신 그 매를 제가 다 맞았잖아요. 아버님은 이기주의자, 그가 날 때려도 한번도 구해주지 않았잖아요. 제가 남의 집 창고에서 지새운 밤이 얼마나 많았는 줄 아세요?"

"넌 날 모함하고 있어. 과거지사라고 해서 그렇게 막 얘기하면 안 된다. 난 그냥 평범한 인간이었어."

"평범했다구요? 평범했죠. 너무나 평범하고 상식적이어서 그 태산 같은 상식이 도저히 무너지지 않았죠."

설전은 여전히 계속되었다. 감정이 격해지면서 간간이 컵들이 넘어지고 싸늘해진 식탁 위로 엄마와 혜나의 숨소리가 거푸 쏟아져나왔다. 혜나는 머리를 감싸쥐더니 황급히 짐을 챙기기 시작했다.

"이제 이런 꼴은 더 이상 보고 싶지 않아. 우리 집이나 너희 집이나 다 한심해."

혜나는 예상대로 갈 준비를 했다.

"미안해. 맛있는 걸 해주려고 했는데."

"넌 아직도 먹는 타령이니. 이걸로도 됐어, 충분하다구. 난 이제 갈래."

"그럼 가. 우린 또 만날 수 있을 거야. 내가 다시 널 부를 테니까. 사람들 눈엔 보이지 않는 것들을 난 볼 테니까."

혜나와 나는 오래도록 포옹했다. 혜나가 간 뒤 집 안은 조용해졌다. 엄마는 자리에서 일어나 긴 치맛자락을 끌며 집 안을 둘러봤다. 할아버지는 창문 쪽으로 가 서서 담배를 피웠고 두 사람은 마주치지 않으려고 몹시 애썼다. 그러더니 갑자기 누가 먼저랄 것도 없이 붉으락푸르락 화를 내며 짐을 싸기 시작했다. 그리고 두 사람은 다시는 만날 일이 없을 거라는 얼굴로 앞다투어 집을 나갔다. 흰옷을 입은 남자를 등에 업은 엄마는 고개를 뒤로 돌리고 남자와 얘기하며 걸었다. 엄마는 행복해 보였다. 할아버지는 집 밖에서 풀을 뜯고 있는 송아지를 부르더니 송아지 등에 올라탔다. 옛날에도 그랬지만 그들은 헤어질 때 나에게 키스도 포옹도 해주지 않았다.

나의 작은 딸들에게 닭고기튀김을 해줬다. 아이들은 맛있게 먹은 뒤 거실에서 인형놀이를 했다. 인형놀이가 지루해지자 커다란 종이 한 장씩을 가져왔고, 중국 글자 카드를 보고 글씨를 그렸다. 그러다 지루해지면 시계를 그렸고, 시계 위에 분침과 초침 시침을 그렸고, 바다를 포함한 세계지도를 그렸다. 깜빡깜빡 졸기 시작하는 아이들의 귀에다 대고 자장가를 불러줬다. 아이들도 나를 따라 자장가를 흥얼거렸다. 아이들은 소파 모서리나 침대 밑 아무 데서나 잠들었다. 뒤척일 때마다 아이들의 몸에서 중국 글자 카드가 한 장씩 떨어졌다.

부엌 창으로 내다본 밤하늘로 검푸른 구름들이 지나갔다. 피곤

한 몸을 소파에 기대고 아무 생각 없이 축 늘어져 있었다. 물구나무를 설 기운도 없었다. 섣부른 화해를 바라지는 않았으나 최소한 그들이 옛날처럼 서로 싸우지는 않기를 바랐던 것 같다.

그때 문가에서 가늘게 종소리가 들렸고 나는 바람 소리려니, 바람을 쐬고 싶어 그냥 문을 열었다. 그곳엔 작은 꼬맹이 녀석이 기저귀만 찬 채, 막 펼쳐졌다 접힌 날개를 겨드랑이에 달고 서 있었다.

"왜 저한테는 암호를 물어보지 않으세요?"

"암호 같은 건 이제 필요 없단다. 넌 누구니?"

"저는 당신의 아들이랍니다."

꼬맹이를 안으로 데리고 들어와 식탁 의자에 앉히고 나도 꼬맹이 앞에 앉았다.

"저기 자고 있는 여자들이 제 누나와 동생이군요. 정말 예쁘네요. 어쩜 저렇게 우아하죠?"

"넌 우아하다는 말을 어떻게 알았니?"

"그건 당신이 저에게 가르쳐주신 유일한 말이에요. 제가 당신의 뱃속에 있을 때 당신은 항상 다짐했어요. 나는 절대로 아들을 낳지는 않을 거야, 절대로. 우아한 딸들을 낳아야지. 우아한 딸들이 세상을 구하게 해야지. 저는 우아한 딸이 되고 싶었지만 당신이 그 말을 할 때마다 당신의 뇌에서 또 저의 뇌에서 나쁜 물질이 나왔고, 제가 당신의 자궁 안에 안전하게 자리잡기도 전에 당신의 몸에서 떨어져나갔어요. 그게 저의 운명이랍니다."

"그랬구나. 그런데 오늘 여기 왜 왔니?"

"왜 오다뇨. 당신을 보러 왔죠. 당신이 나를 불렀잖아요. 세상을 보고 싶었어요. 그런데 보고 나니까 마음이 아주 편해요. 누나가 예쁘고 특히 제 동생, 그러니까 저기 있는 저 작은 여자애는 제가 태어나지 않았기 때문에 저 대신 태어날 수 있었잖아요."

"뭘 좀 먹을래?"

"아뇨. 우리들은 영혼이 맑아서 음식을 먹지 않아도 살 수 있어요."

"그렇구나. 나도 어릴 땐 영혼이 맑았겠지. 다른 말은 하지 않을게. 다만 너를 태어나지 못하게 한 나를 용서해라."

"저는 다음 세상에 여자로 태어나겠어요. 그래서 엄마를 제 아들로 낳을 거예요. 그럼 엄마의 몸이 그렇게 크신 것도 어느 정도는 편안하게 받아들일 수 있겠죠. 엄마는 그 큰 몸으로 나라를 구하실 수도 있고, 최소한 나쁜 사람들을 위협할 수도 있어요. 물론 사랑도 할 수 있구요. 엄마는 제가 생각했던 것보다 훨씬 예뻐요. 제가 당신의 엄마가 되어서 엄마를 많이 사랑해드릴게요."

나는 울지도 웃지도 못하고 가만히 앉아 있었다.

그렇게 하여 나는 오늘의 저녁식사에 초대받지 않은 마지막 꼬맹이 손님에게 젖을 물렸다. 옆집에서 빌려준 칼이 식탁 위에 놓여 있었는데 그 칼로 돌이킬 수 없이 오염된 내 손을 내리치는 환영과 끊임없이 마주해야 했다. 먼 곳에서 여우가 울었고 또 장엄한 하루가 지나갔다. 꼬맹이에게 젖을 물린 채로 소파에 누워 잠든 두 딸과 태어나지 않은 아들을 번갈아 쳐다보았다. 나는 이쪽에도 저쪽에도 속하고 싶지 않았고 남자도 여자도 아닌 일종의 중간자가 되고 싶었다. 잠깐씩 졸다 눈을 떴을 때 나는 신기루 같은 뭔가를 봤다고 생각했다. 그러나 깨고 나면 아무것도 생각나지 않았다.

그 싸움 이후 도시로 간 나는 행복했다고 할 수 있다. 아이들은 나를 자이언트 언니라고 불렀다. 그러나 나는 자이언트의 시대에 대해서는 입을 다물고 싶다. 말해봐야 지난 얘기들, 다 그렇고 그랬다. 어쨌든 그때 고향을 떠났던 해, 나는 십오 세였다.

# 앨리스,
# 이상한 섬에 가다

이신조

1974년 서울에서 태어났다. 1998년 『현대문학』 신인상에 단편 「오징어」가 당선되며 등단. 소설집 『감각의 시절』 『나의 검정 그물 스타킹』 『새로운 천사』, 장편소설 『기대어 앉은 오후』 『가상도시백서』가 있다. 문학동네작가상을 수상했다.

**작가를 말한다**

물론 작가 이신조는 관계 불능의 도시적 삶 속에서 '누군가를 안다는 것', 어떤 존재 전부를 안다는 것이 불가능에 가깝다는 점, 각기 다른 시간을 사는 존재들에게 뻔한 것이 드러내는 틈은 감지되지 않는다는 점, 무엇보다 존재에 대한 이해의 시도는 목적지에 닿지 못한 오해로 남겨지리라는 점, 그 오해들이 결국 또 다른 자기 세계의 구축으로 귀결되리라는 점을 충분히 알고 있다. 그런데도 이신조는 존재에 대한 이해의 가능성을 포기하지 않고 뻔한 것과 뻔한 것의 의외성 '사이'에서 진동한다. 좀더 가벼워지고 좀더 무심해져야 한다는 시대감각을 거스르지 않으면서도 존재의 내밀한 영역에 가 닿으려고 하는 부질없는 열망을 글쓰기의 동력으로 삼는다는 점, 여기에 이신조 소설의 미덕이 있다. 이신조가 그러하듯, 우리로서는 무엇이 그의 소설과 그가 그려내는 존재들을 무료하거나 쓸쓸하게 만드는지 결코 알지 못할 것이다.

**소영현(문학평론가)**

## 1. 이륙(離陸)

트렁크는 너무 무거웠다. 물론, 꼼짝도 하지 않았다, 는 것은 아니다. 앨리스는 바퀴가 달린 커다란 트렁크의 손잡이를 다시 한번 기울여보았다. 기울이는 것만으로도 팔이 후들거렸다. 없는 토끼가 시계를 보며 호들갑스럽게 말했다.
"늦었어, 늦었어, 늦었다구. 이러다간 지각이야. 비행기를 놓치고 말 거라구!"
앨리스는 엘리베이터가 없는 아파트 사층에 살고 있었다. 현관문 밖의 계단은 낡고 좁고 가팔랐다. 트렁크는, 절망적으로 무거웠다. 앨리스는 하릴없이 잠금장치를 눌러 트렁크를 힘겹게 열어젖혔다. 어젯밤, 빈틈없이 완벽하게 꾸려놓은 짐이었다. 없는 토끼가 혀를 끌끌 찼다.

"내 이럴 줄 알았어. 이럴 줄 알았다구. 여행을 가는 게 아니라 이민을 가나보네. 쯧쯧, 노트북은 그렇다 쳐. 하나, 둘, 셋, 넷, 다섯…… 앨리스, 너 지금 고시 공부하러 절에 들어가니? 책을 열한 권이나 가져가서 뭘 어쩌겠다는 거야? 빨리 빼내, 어서. 다섯 권, 아니 세 권만 가져가도 충분해. 소설, 소설책 몽땅 꺼내. 소설? 참 나, 지겹지도 않니? 빨리, 어서 서둘러. 이러다 정말 늦는다구!"

여행을 떠나기로 한 날 아침, 정신없이 허둥대는 것은 앨리스가 가장 싫어하는 것 중 하나였다. 늦잠을 자다 소스라치듯 일어나, 미리 꾸려놓지 않은 짐을 부랴부랴 챙기고, 버스나 기차를 놓치지 않기 위해 허둥지둥 집을 나서는 일. 그 와중에 무언가 중요한 것을 빠뜨려 결국 낭패를 보는 일 따위. 앨리스는 질색이었다. 그러나 늦잠을 잔 것도 아니고, 짐을 미리 꾸려놓지 않은 것도 아니고, 시간 여유를 두고 차를 탄다 해도 얼마든지 낭패를 볼 수 있다는 것—세 라 비. 앨리스는 알고 있었다.

없는 토끼가 제멋대로 책 세 권을 골라 앨리스에게 내밀었다. 마샬 버먼의 『현대성의 경험』, 김동춘의 『전쟁과 사회』, 가와이 하야오와 나카자와 신이치의 『불교가 좋다』. 다시 트렁크가 닫히는 순간, 휴대폰이 울렸다. 택시가 도착한 것이었다.

트렁크는 여전히 무거웠다. 없는 토끼는 저 혼자 벌써 아파트 계단을 폴짝폴짝 뛰어내려가고 있었다. 앨리스는 이 주 동안 빈집이 될 아파트의 현관문을 잠갔다. 어젯밤에 이미 창문과 가스밸브를 잠그고, 전원 플러그를 뽑고 화분에 물을 주었다. 그래도 알 수 없는 일이었다. 이 주 동안 비어 있을 집. 그래도 할 수 없는 일이었다. 여덟 권의 책을 빼냈어도 트렁크는 여전히 무거웠다. 계단은 언제나처럼 낡고 좁고 가팔랐다. 필사적인 안간힘으로 팔다리가 부들부들 떨렸다. 집 밖을 백 미터도 벗어나기 전에 필사적이 되어야 한다는 사실에 필사적이기도 힘에 부쳤다. 이내 앨리스의 등줄기에 땀이 찼다. 간신히, 그야말로 간신히 택시의 트렁크 안으로 여전히 무거운 앨리스의 트렁크가 들어갔다. 뒷좌석을 차지하고 앉은 없는 토끼는 쉴새없이 고갯짓을 하고 발끝을 까딱거리고 있었다.

정말 낭패를 볼지도 모를 일이었다. 택시비 삼천팔백 원을 주고 내린 H백화점 앞에는 예상과는 달리 G공항으로 가는 좌석버스가 없었다. 공항버스 전용 정류장이 있긴 했다. 그러나 모두 국제공항인 I공항으로 가는 직행버스들뿐이었다. 많은 경우 일은 잘못되기 마련이었다. 없는 토끼가 또 호들갑을 떨었다.

"내 이럴 줄 알았어. 이럴 줄 알았다구. 그러니까 지하철을 타야 했단 말이야. 아니아니, 그놈의 트렁크가 문제야, 너무 무거워서 문제야. 이제 어떡하지? 어떡해, 정말 늦었다구. 시계 좀 봐, 비행기가 쉬이익 그냥 날아가버릴 거란 말이야!"

없는 토끼가 손목에 차고 있는 것은 클로버풀꽃시계였다. 앨리스는 종종걸음으로 여전히 무거운 트렁크를 끌고 두 개의 횡단보도를 건넜다. 보도블록 위로 트렁크를 끌어올리기 위해 현기증이 일 정도로 애를 써야 했다. 없는 토끼는 뒤도 돌아보지 않고 제가 발견한 모범택시를 향해 폴짝폴짝 뛰어갔다.

가까스로 G공항에 들어섰다. 이만사천육백 원의 택시비는 물론 예상 경비에 포함되어 있지 않았다. 여전히 무거운 트렁크의 화물 수속을 마치자 탑승 시간은 약 구 분쯤 남아 있었다. 낭패를 본 것은 아니었지만 앨리스는 낭패를 본 것처럼 피곤해져버렸다. 없는 토끼가 언제 조바심을 냈냐는 듯 말했다.

"이봐, 앨리스. 짜증이 났을 때는 달콤한 걸 좀 먹어줘야 된다구. 스타벅스 카라멜 라떼, 어때? 아님, 화이트초콜릿 모카?"

앨리스는 비행기 탑승구에서 스튜어드가 공손히 인사를 한 뒤 건네준 신문을 받아들었다. 제자리를 찾아 앉은 뒤 앨리스는 여전히 무거운 트렁크를 생각했다. 비행기를 이용할 때 가장 두려운 것은 난기류나 추락, 공중납치 따위가 아니라 짐을 잃어버리지나 않을까 하는 것이었다. 공항의 수하물 컨베이어벨트가 완전히 멈출 때까지 나타나지 않는 자신의 트렁크. 그것은 공포였다. 자신을 따라 도착하지 못한 트렁크. 어디에도 없는 트렁크. 그때 미아가 되는 것은 자신인가 트렁크인가. 없는 토끼가 안전벨트로 제 목을 조르는 시늉을 하다 말고 말했다.

"그런데, 주스는 언제 주는 거야? 국내선에선 맥주는 안 주지?"

비행기가 이륙했다. 앨리스는 스튜어드에게서 받은 신문을 펼쳐 읽기 시작했다. 건성도 아니고 꼼꼼히도 아니었다. 비행기는 남쪽으로 몸을 틀었다. 확인할 수 없었지만 J섬으로 간다면 그래야 했다. 종이신문을 읽는 것은 꽤 오랜만의 일이었다. 앨리스의 왼쪽, 작은 창 밖으로 작아진 강과 산과 집과 길이 내려다보였다. 사람은 보이지 않았다. 신문엔 이상한 이야기들이 가득 실려 있었다. 그러지 않은 적이 없었으므로 그것은 그리 이상한 일이 아니었다. 스튜어디스 둘이 음료가 담긴 카트를 밀며 다가오고 있었다. 없는 토끼가 콧구멍을 벌름거리며 두 귀를 쫑긋 세웠다. 비행기가 구름 위로 올라섰다. 앨리스는 일간지의 21면 오른쪽 하단에 찍힌 오스터의 이름을 보았다.

 며칠 전, 앨리스는 오스터를 만났다. 세 달씩 사이를 둔 세번째 만남이었다. 처음 만났을 때 겨울이 시작되고 있었고, 두번째 만났을 때는 꽃샘추위였고, 이제 여름이 시작되려 하고 있었다. 어, 앨리스를 발견하자 오스터는 정지화면처럼 멈춰 섰다. 오스터가 복도 끝의 어느 문을 열자 비상계단이 나왔다. 십삼층 공중이었다. 철골 구조물로 만들어진 비상계단 난간에서 앨리스와 오스터는 담배를 나눠 피웠다. 공기가 탁한 더운 오후였다. 발밑으로 가느다란 소용돌이 바람이 불어왔다. 현기증을 느낀 것이 바람이나 높이 때문은 아닌 듯했다. 앨리스의 손가락은 담뱃재를 떨어내며 침착하려, 태연하려 애쓰는, 그러나 그런 자신을 들키고도 싶어하는 오스터의 손가락을 바라보았다. 문득 오스터의 손가락이 자신을 만지면 어떤 느낌일까 하는 생각이 들어 앨리스의 손가락은 몹시 당황하고 말았다. 앨리스는 오스터에게 며칠 뒤 J섬으로 여행을 떠난다고 말했다. 오스터는 미소를 지으며 질투가 난다고 말했다. 앨리스는 생각했다. 이 사람, 입기 싫은 양복을 오랜만에 입었구나, 매기 싫은 넥타이를 할 수 없이 맸구나, 넥타이 안쪽 와이셔츠 맨 윗 단추를 슬쩍 풀어놓았구나. 가늘고 긴 담배가 타들어가고 있었다. 십삼층 공중의 철제 계단 난간에서였다. 앨리스는 오스터가 앨리스의 이야기의 주요 등장인물일까 생각해보았다. 처음으로 생각해보았다. 희미한 현기증. 가느다란 소용돌이. 앨리스는 웃었다. 앨리스는 잘 웃는다고 알려져 있었다. 비상계단을 떠나며 타고 남은 담배꽁초를 어떻게 했는지는 기억나지 않았다. 그의 것도, 자신의 것도.

없는 토끼는 앨리스의 MP3를 제 귀에 꽂은 채 알아들을 수 없는 멜로디를 흥얼거리고 있었다. 당연한 얘기지만 토끼 귓구멍과 사람 귓구멍이 같을 리는 없었다. 더구나 없는 토끼였다. 앨리스는 신문을 접고 대신 기내잡지를 펼쳐들었다. 면세 혜택을 받을 수 있는 명품 브랜드의 화장품과 시계와 가방 따위의 사진들이 가득 실려 있었다. 구름 위에서도, 땅속에서도, 바다 밑에서도, 사람들은 언제 어디서든 물건을 사고팔았다. 백 년 전, 아니 오십 년 전만 해도 그러지 않았다고 한다. 거의 믿을 수 없는 일이었다. 비행기가 잠시 위아래로 흔들렸다. 앨리스는 기내잡지 37쪽에 실려 있는 루시의 사진을 보았다.

사진 속의 루시는 테이블에 몸을 기댄 채 활짝 미소 짓고 있었다. 루시는 앨리스와 동종업계 종사자였다. 루시는 비틀스를 좋아했다. 그것은 짐짓 중요한 일이었다. 그러나 그것은 그리 중요하게 다뤄진 적이 없었다. 어젯밤 앨리스는 루시의 이메일을 받았다. J섬으로 여행을 간다니 부럽다는 내용이었다. 잘 다녀오라는 인사와 함께 마지막 줄엔 "바닷가를 혼자 서성이다 이따금 발을 멈추고 먼 데를 바라보는 앨리스. 샌들 속의 발가락을 오므리네. 샌들은 무슨 색일까요. 모래색일까요"라고 씌어 있었다.

휴대폰이 짧게 한 번 울렸다. 비행기가 이륙하기 전 휴대전화를 꺼달라는 기내방송이 있었지만 앨리스는 그렇게 하지 않았다. 구름 위에서 받은 첫번째 문자메시지―J섬엔 왜 가는 거냐? 차우였다. 차우는 어제도 그렇게 물었었다. 어느새 없는 토끼가 앨리스의 어깨 앞으로 고개를 들이밀고 있었다. 이내 휴대폰의 폴더를 덮어버렸지만 소용없는 일이었다.

"그러게, 앨리스. 진짜, 왜 가는 거야? J섬엔?"

스튜어디스가 종이컵에 따라준 감귤주스를 두 잔째 마시고 있는 없는 토끼는 그야말로 한 대 때려주고 싶은 얼굴을 하고 있었다.

"답 문자, 안 보내? 궁금하다잖아."

앨리스는 휴대폰을 주머니에 집어넣고 기내잡지의 책장을 팔락팔락 넘겼다. 차우는 앨리스의 이야기의 주요 등장인물이었다.

비행기는 앨리스가 나고 자란 S시를 떠난 지 오십사 분 만에 J섬 공항에 내려앉았다. 착륙을 위해 고도를 낮추는 동안 제일 먼저 앨리스의 눈에 들어온 것은 무덤이었다. 언덕배기나 밭 한가운데 무덤들이 종기처럼 솟아 있었다. 아무렇지도 않다는 듯 둥근 거품처럼 떠 있었다. 그런데 그것들은 제각각 네모난 돌담에 둘러싸여 있었다. 네모난 돌담에 둘러싸인 둥근 무덤들이 비행기 속의 앨리스를 올려다보고 있었다. 종기 같은, 거품 같은, 섬의 무덤이었다. 육지의 그것과는 무척이나 다른 느낌을 주었다. 육지와는 죽음을 다르게 생각하는 때문인지 몰랐다.

잘 알려진 대로 J섬은 화산 폭발로 생겨난 섬이었다. J섬에는 강이 없었다. 논이 없었다. 도둑은 언제나 육지에서 왔다. 오랫동안 비바람이 불었고, 죄인들이 유배되었고, 숱한 사람들이 영문을 모르는 채 죽어갔다. 육지와는 많은 말(言)들이 달랐다.

### 2. 부유(浮游)

J섬엔 많은 사람들이 온다. J섬에서 맞이한 첫날 밤, 앨리스는 티브이를 통해 J섬 방송국에서 자체 제작한 지역뉴스를 보았다. 일기예보 직전에 나타난 화면은 짐짓 색다른 것이었다. 'J섬을 찾은 오늘의 관광객—10268명'이란 커다란 자막이 화면에 떴다. 육지의 티브이 뉴스에서는 본 적이 없는 것이었다. J섬에 있어 관광객의 숫자는 '오늘의 종합주가지수'나 '콜 금리' '원 달러 대비 환율' 이상으로 중요한 개념인 것이다. 앨리스는 그날 J섬을 찾은 10268명 중 한 명이었다.

잘 알려진 대로, J섬엔 많은 사람들이 온다. 사진을 찍으러, 해수욕을 즐기러, 회를 먹으러, 섹스를 하러, 말을 타러, 골프를 치러, 술을 마시러, 노래를 부르러, 이 나라에서 가장 높은 산에 오르러, 혹은 감귤이나 옥돔이나 백년초나 하르방을 사러, 여행 앞에 '수학'

이나 '효도'나 '신혼' 따위의 타이틀을 붙여서. 10268명 중 한 명인 앨리스는 코를 골며 곯아떨어진 없는 토끼 옆에 누워 그 모든 것을 하지 않아야겠다고 생각했다. J섬에 머무는 동안 앨리스는 사진을 찍지도, 해수욕을 즐기지도, 회를 먹지도, 섹스를 하지도, 말을 타지도, 골프를 치지도, 술을 마시지도, 노래를 부르지도, 이 나라에서 가장 높은 산에 오르지도, 혹은 감귤이나 옥돔이나 백년초나 하르방을 사지도 않기로 하고, 잠이 들었다. 앨리스가 물론 수학이나 효도나 신혼 따위의 단어를 좋아할 리도 없었다.

펜션부인은 앨리스가 마음에 든 눈치였다. 앨리스가 J섬에서 숙소로 정한 곳은 인터넷에서 찾아낸 '펜션 못지않은 민박'이었다. 홈페이지에 구구절절 늘어놓은 자랑대로 실제 시설이나 청결 상태는 웬만한 펜션 이상이었고, 장마를 앞둔 비수기였다고는 해도 가격 역시 저렴했다. 앨리스가 S시에서 문의전화를 걸었을 때, 주인인 펜션부인은 아주 반색을 했다. 상황을 봐서 이 주 정도 머무를 계획이라고 말하자 방값을 추가로 깎아주겠다고도 했다.
여섯 개의 방은 모두 비어 있었다. 앨리스가 머물 '장미실'은 욕실과 주방이 딸린 원룸 구조였고, 침구와 가전제품과 취사도구 등속은 거의 모두 새것이었다. 펜션부인의 남편은 3급으로 퇴직한 공무원이었고, 부부는 근처에 가시오가피 농장을 가지고 있다고 했다. 집은 잔디마당과 작은 텃밭을 사이에 두고 주인 부부가 사는 안채와 여섯 개의 방이 있는 세 개의 별채로 구분되어 있었다. 펜션부인은 자신과 남편 모두 J섬 토박이고, 세 자녀 중 둘을 앨리스가 살고 있는 S시에서 대학 공부를 시켰다는 말로 자기소개를 했다. 앨리스는 펜션부인에게 자신을 학위논문을 준비 중인 대학원생이라고 소개했다. 그 거짓말은 더할 나위 없이 적절한 것이었다. 예전에 실제 그러한 적도 있었으니, 그리 양심의 가책을 느껴야 할 거짓말도 아니었다.

몇 년째 앨리스는 초여름의 생일이 지나면 혼자 여행을 떠났다. 그리고 장마가 시작될 즈음 돌아오곤 했다. 결코 근대가 완전히 해결됐다고 볼 수 없는 이 나라의 사람들은 아직도 미혼으로 보이는 여자 혼자 여행을 다니는 것을 무척이나 기이하게 생각했다. 아니, 아가씨가 왜 혼자 여행을 다녀요? 여행 중의 앨리스는 수도 없이 그런 질문과 시선을 받았다. 그 질문과 시선에 담긴 의구심과 호기심과 위협감을 누그러뜨릴 수 있는 최선의 대답으로 앨리스가 찾아낸 것이 바로 '논문을 쓰는 대학원생'이란 신분이었다. 그 말을 들은 사람들의 절대 다수는 그게 뭔지도 정확히 모르면서 진지한 표정으로 고개를 끄덕였다. 결코 근대가 완전히 해결됐다고 볼 수 없는 이 나라의 사람들은 아직도 가방끈이 길다는 것에 대해 무척이나 경외심을 가졌다. 아유, 공부 많이 한 아가씬가보네. 그로써 무술 유단자가 아닌 정체불명의 젊은 여자가 혼자 여행을 함에 있어 어느 정도 신분상의 신뢰와 신변상의 안전이 확보되는 것이다. 그때부터 책을 펼쳐들고 앉아 있거나, 노트북의 자판을 두드리고 있으면 사람들은 제법 발소리를 죽여준다. 저물녘 바닷가로 산책을 나섰다 돌아와도 필요 이상의 말을 걸어오지 않는다. 이상하게 여겨지겠지만, '소설'이란 단어를 들먹이는 것은 앨리스로서는 상상도 할 수 없는 일이었다. 여행 중에 오가며 만난 사람들에게 소설, 혹은 소설가처럼 이상야릇하고 엉뚱하며 난데없고 비현실적으로 느껴질 단어가 또 있을까. 없는 토끼가 이죽거리듯 앨리스에게 말했다.
"너, 그것도 자의식 과잉이야."
"함부로 이해되기 싫을 뿐이야."
언제나 그랬다. 앨리스가 참을 수 없는 것은 오해라기보단 함부로 이해되는 것이었다. 어쨌든 펜션부인은 앨리스가 마음에 든 눈치였다. 때때로 '학생!' 하고 장미실의 창문을 두드린 뒤, 앨리스가 창문을 열면 삶은 감자 세 알, 손두부 한 모, 부추전 두 장, 그리고 한 주먹씩의 복분자와 산딸기를 접시에 담아 건네주었다. 공부도 좀 쉬엄쉬엄 해야지, 머리도 식혀가며. 농장에서 직접 기른 가시오가피로 담근 것이라며 생수병에 담긴 술까지 인심을 썼다. 없는 토끼가 폴짝폴짝 뛰어오르며 반색을 했다. 쉬엄쉬엄 할 공부라는 말이 씁쓸하고도 우스웠지만 그래도 앨리스는 소설가라는 단어를 사용하고 싶은 마음이 전혀 없었다.

J섬에도 도시가 있다. J섬의 J시. 앨리스는 도시의 사용법을 잘 알고 있었다. 급할 건 아무것도 없었다. 수학도 효도도 신혼도 앨리스와는 아무런 상관이 없는 말들이었다.

앨리스는 긴 방파제가 있는 항구 옆 공원에서 자전거를 빌렸다. 하늘이 투명하게 맑지는 않았지만 햇살은 충분히 뜨거웠다. 앨리스는 자전거를 타고 방파제를 따라 난 산책로 위를 달렸다. 앨리스의 허리춤을 끌어안은 없는 토끼가 길게 휘파람을 불었다. 머리칼이 흩날리는 뺨의 오른쪽은 바다였다. 희뿌연 공중으로 비행기가 뜨고 내리는 것이 보였다. 자전거를 타는 것은 아주 오랜만의 일이었다.

앨리스는 KFC에서 네스티를 사들고 그 건물 오층의 복합상영관으로 올라갔다. 바다와 이십 미터쯤 떨어진 극장이었다. 평일 낮 두시 십분, 관객은 없는 토끼를 제외하고는 모두 앨리스 또래이거나 몇 살 아래쯤으로 보이는 일곱 명의 여자들뿐이었다. 영화의 제목은 「연애의 목적」. 스크린에 다른 영화의 예고편이 나타났다 사라지는 동안 앨리스는 뚜생에게 문자메시지를 보냈다―J시 바닷가 극장 영화 시작 오 분 전. 뚜생 역시 루시와 마찬가지로 앨리스와 동종업계 종사자였다. 뚜생은 몇 달 전까지 J섬에 살았다. J섬에 사는 동안 뚜생은 낚시에 빠져 있었던 듯싶다. 잡아올린 생선의 사진을 파일로 보내주기도 했다. 이 년 전쯤 앨리스는 뚜생의 글을 읽고 뚜생에게 전화를 걸었다. J섬에서 전화를 받은 뚜생이 말했다. 내가 지금 어디 있는지 알기나 합니까? 앨리스는 멋쩍게 웃은 뒤 알고 있다고 대답했다. 뚜생은 작업실 밖으로 보이는 바다에 대해 말해주었다. 앨리스는 몇 년 전 S시의 어느 어두운 상점들의 거리에서 뚜생을 만난 적이 있었다. 그때 뚜생은 짐짓 심각한 목소리로 말했었다. 절대적으로 유니크해야 합니다. 뚜생은 이제 J섬에 없었다. 이번 여행에 도움을 주지 못해 미안하군요. 영화가 끝났다. 마지막 장면, 주인공 여자의 하이힐이 가짜로 만들어진 눈 위를 뽀드득 밟았다. 초반부의 베드신을 보며 눈을 동그랗게 뜨고 코를 킁킁거리던 없는 토끼는 어느새 입을 벌린 채 잠이 들어 있었다.

앨리스는 방파제 끝까지 걸었다. 빨간 등대가 있었다. 다시 방파제 끝에서 끝까지 걸었다. 어딘가에 드러눕고 싶었지만 드문드문 꺼칠한 얼굴의 낚시꾼들이 숨겨졌던 덫처럼 모습을 드러냈다. 없는 토끼는 다리가 아프다며 투덜거렸다. 초여름의 해는 길었다. 그러나 바다는 처음부터 어두웠다.

앨리스는 J시의 이마트로 갔다. 이마트는 당연히 어느 도시에나 있었다. 앨리스는 쌀과 즉석국와 계란과 김치와 라면과 햄과 냉동만두와 사과와 플레인 요구르트와 토마토주스와 베이글과 크림치즈를 바퀴가 달린 카트에 담았다. 그리고 의류매장에서 가슴에 의미 없는 숫자가 쓰여진 티셔츠 한 장을 샀다. 심사숙고 끝에 넓은 챙이 달린 흰색 모자도 골랐다. 앨리스는 무거운 비닐봉투를 들고 '펜션 못지않은 민박'으로 돌아가기 위해 버스정류장을 향해 걸었다. 그러다 어느 쇼윈도 앞에 잠시 멈춰 섰다. 새먼핑크 에나멜 소재에 스웨이드 끈으로 꼬임장식이 있는 웨지굽 뮬이 눈에 들어왔다. 앨리스는 매장에 들어가 가격을 물어보았다. 점원은 십팔만칠천 원이라고 대답해주었다. 한번 신어보라는 말은 진정으로 성의 없이 들렸다. 없는 토끼가 콧방귀를 뀌었다.

이신조 | 앨리스, 이상한 섬에 가다

비가 왔다. 앨리스는 종일 '장미실' 안에 머물렀다. 가시오가피 농장의 일이 분주한 모양인지 펜션부인의 모습은 아침부터 보이지 않았다. 앨리스는 창문을 열어둔 채 비가 내리는 잔디마당을 바라보며 담배를 피우고 커피를 마셨다. 키가 큰 왕벚나무 아래 바비큐 그릴과 하얀 플라스틱 의자와 둥근 코카콜라 테이블이 비를 맞고 있었다. 앨리스는 윈도우미디어플레이어로 박효신과 콜드플레이와 루시드 폴과 나얼과 스완 다이브와 시게루 우메바야시를 반복해서 들었다. 그리고 김동춘의 『전쟁과 사회』를 읽었다. 없는 토끼는 노트북의 터치패드 위에 털북숭이 손을 올려놓고 마작 게임을 하고 있었다. 『전쟁과 사회』에 J섬에 관련된 부분이 있었다. 이 나라의 다른 여러 곳과 마찬가지로 J섬에서도 학살이 있었다.

─토벌군은 게릴라들의 피난처와 물자공급원을 제거한다는 목적으로 100여 곳의 산간마을을 모두 불태웠으며 노인에서 젖먹이까지 남녀노소를 가리지 않고 주민들을 무조건 살해했다. 이러한 학살은 11월 17일 발표한 계엄령으로 정당화되었지만, 그 계엄령 자체의 적법성에 대해서도 의문이 제기되는 상황이므로 '토벌작전'은 사실상 대량 학살이라고 볼 수 있다. 당시 J섬에서 토벌대가 파악한 무장대의 수는 500여 명에 불과했지만 학살당한 사람은 모두 3만여 명이었다.

이어 제2대 국회 속기록 제59호, 152쪽에서 159쪽에 걸쳐 '토벌작전'이라고 불린 학살이 있은 후 J섬을 시찰한 S장관의 증언 자료가 있었다.

　―두 사람이 같이 가면서 얘기를 자유로 하거나 열흘 동안 있으면서 내 얼굴을 쳐다보는 동포를 보지 못했다. (……) J섬의 사람들은 길거리를 걸으면서 땅을 쳐다보고 비참한 꼴로 기운 하나 없이 다 죽은 기세로 그림자가 다니는 것처럼 걸어다녔다.

　빗줄기가 가늘어져 있었다. 앨리스는 책을 덮고 없는 토끼에게 말했다.

　"산책 나가자. 그림자가 다니는 것처럼 걸어다녀보자구."

　없는 토끼는 이내 자는 척을 했다. 앨리스는 혼자 방을 나섰다. 그리고 우산을 쓰지 않고 한참 동안을 그렇게 걸어다녔다.

　며칠이, 다시 며칠이 흘러갔다. 매일 밤 잠들기 전 앨리스는 그날 갔던 곳들의 이름을 노트에 적었다. 딱히 소용에 닿을 거란 생각 때문은 아니었다. 앨리스는 침대 위에 J섬의 그림지도를 펼쳐놓고 다음날의 동선을 정했다. 없는 토끼가 코를 골아도 앨리스는 제법 깊은 잠을 잤다. 물론 얼마 전부터 질이 좋은 약을 복용하기 시작한 때문인지도 몰랐다. 별다른 꿈은 꾸지 않았다. 반갑지만 확실히 이상한 일이었다. S시에서와는 달리 아침 일찍 눈이 떠졌다. 앨리스는 케이블 채널이 나오지 않는 작은 티브이로 공중파 방송의 아침 정보 프로그램을 보며 식사를 했다. 그런 다음 작은 배낭을 꾸려 장미실을 나섰다. 이제는 무겁지 않은, 속을 비운 트렁크가 빈방에 남아 있었다. 앨리스는 의미 없는 숫자가 쒹어진 티셔츠를 입고 챙이 넓은 흰 모자를 썼다. 종종 썬크림 바르는 것을 잊었다. 없는 토끼는 호들갑을 떨었다가 떼를 썼다가 시무룩해졌다가 투덜거렸다가 낄낄거렸다가 멍하니 있다가 콧노래를 흥얼거리는 것을 반복했다. 수학도 효도도 신혼도 아니었다.

여름이 시작되고 있었다. 앨리스는 J섬의 많은 곳을 갔다. 그림 지도에 제각각 '명소'라고 표시되어 있는 곳―자연사박물관, 민속박물관, 역사체험관, 미술관, 유적지, 기념공원, 민속마을, 사찰, 해수욕장, 포구, 동굴, 폭포, 그리고 오름…… 떠나오기 전날 차우가 말했다. J섬엔 산이 세 개뿐이야. 나머지는 전부 다 오름이지. 바다보다는 오름을 보고 와라. 그러지 않아도 이성복의 「오름 오르다」가 좋았던 터라 그럴 생각을 하고 있었지만, 차우의 말을 듣고 보니 앨리스는 왠지 그러고 싶지 않아졌다. 그날, 차우와 헤어져 집으로 돌아오는 길은 아주 멀었다.

앨리스는 오래 걸었다. 언제나처럼 많이 걸었다. 자전거를 타기도 했고 택시를 타기도 했다. 시외버스와 시내버스를 번갈아 탈 때가 많았다. J섬에 기차나 전철은 없었다. 그다지 마음에 드는 차종이 아니었지만 앨리스는 흰색 아반테XD를 렌트했다. J시 버스터미널 상가의 PC방에서 가장 저렴한 렌트카 사이트를 찾아 가장 저렴한 차종을 검색했다. J시의 PC방에서도 가득가득 쌓인 스팸메일을 지워야 했다. 없는 토끼는 커피빈의 카푸치노 더블이 먹고 싶다고 땅이 꺼질 듯 한숨을 내쉬었다.

앨리스는 J섬의 많은 곳을 갔다. 명소가 아닌 곳, 아무 곳도 아닌

곳. 그러나 어디에도 있고 어디에도 없는 곳. J시 D동 Y아파트단지의 어린이 놀이터, 운동장의 서쪽으로 바다가 보이던 G초등학교, 빨래건조대에 다섯 장의 분홍색 수건을 널어놓지 않았다면 구멍가게인 줄 알았을 K미용실, 비린내가 나는 나무상자들이 산처럼 쌓여 있던 어판장의 뒷골목, 이 나라의 가장 남쪽의 우체통의 열쇠를 보관하고 있을 S읍 우체국, 그냥 그토록 그저 그렇게 버려진 바닷가 텅 빈 집, 색색의 수건을 머리에 쓴 노파들이 로봇처럼 움직이며 오이를 따던 비닐하우스. 앨리스는 그곳에 있다 그곳을 떠났다.

흙은 검고, 바위는 더욱 검다. 그 검음은 모두 옛날의 바다에서 왔다. 묽고 들큼한 습기가 어질머리 여름꽃을 피우고, 하지의 달이 섬의 공중을 구른다. 한번도 비를 만든 적이 없는 구름, 바람은 모든 돌들의 구멍을 센다. 검은 층층계의 장조와 단조의 화음은 노래가 아니다. 은빛 지느러미 오래도록 뒤척일 때, 섬의 거미들만이 땅이 식는 이유를 안다.

제1산록도로를 달리던 흐린 정오, 앨리스는 도로를 사이에 두고 무덤과 말이 마주 보고 있는 곳에 차를 세웠다. 제각각 네모난 돌담을 두른 무덤들이 마을의 이웃집처럼 옹기종기 모여 있었다. 맞은편 목책 안으로 여남은 마리의 말들이 벌판의 풀을 뜯고 있었다. 북북북, 소리를 내며 풀을 뜯고 있었다. 북북북, 풀들이 말들을 뜯고 있는 건지도 몰랐다. 북북북. 검은 어미 말이 검은 새끼 말을 핥고 있었다. 앨리스는 목책 위로 올라서 그 위에 걸터앉았다. 반지르르 윤기가 도는 갈색 털을 가진 말이 잠시 앨리스를 지켜보았다. 북북북, 다시 풀을 뜯었다. 말들이 들판의 풀을 뜯는 소리가 고요히 천지를 메웠다. 북북북, 종일 음악시간인 우주였다. 없는 토끼는 서커스를 보여주듯 쉬지 않고 이 무덤 위에서 저 무덤 위로 텀블링을 했다. 녹슨 양철 구유 속 반쯤 담긴 물 위에 소금쟁이가 떠 있었다. 무덤 뒤는 검푸른 삼나무숲이었다. 느린 화면으로 바람이 스쳐 지나갔다. 앨리스는 긴 밤 내내 이런 꿈을 꿀 수 있다면 좋겠다고 생각했다. 꿈처럼, 작고 검은 망아지가 앨리스에게 다가왔다. 거짓말처럼, 주저 없이, 온전히 위태롭게 빛나는 검은 새끼 말이 꿈처럼 일렁이며 다가왔다. 믿을 수 없을 만큼, 목이 메도록 안타깝고 뿌듯한 생명. 아스라이, 무덤 앞이었다.

 J섬 서남쪽의 해안도로. 앨리스는 아무도 없는 곳을 골라 여러 번 차를 세웠다. 카오디오에서는 「플라이 미 투 더 문」이 흘러나왔다. 앨리스는 누웠다. 바로 아래 파도가 부서지는 바위 위에 앨리스는 누웠다. 엠씨엠 선글라스 위로 새털구름이 흘러갔다. 사실, 앨리스는 드러눕기를 좋아했다. 침대가 아닌 곳에, 천장이 없는 곳에. 햇살이 뜨거웠다. 바람이 불고 파도가 부서졌다. 모든 것은 그토록 멀었다. 앨리스는 휴대폰의 폴더를 열었다. 테오에게서 문자메시지가 와 있었다. 앨리스는 사비나에게 문자메시지를 보냈다. 잠시 뒤 앨리스는 **표도르**의 전화를 받았다. 예상대로 차우는 전화를 받지 않았다. 앨리스는 휴대폰의 전원을 껐다. 모든 것이 그토

록 멀었다. 자동차 뒷좌석에 엎드려 잠이 든 없는 토끼는 음악이 니르바나로 바뀌었음에도 깨어나지 않았다. 앨리스가 몸을 일으켰을 때 어딘가에서 나타난 신혼부부 한 쌍이 디지털카메라를 들고 주저주저 미소를 지으며 다가왔다. 저, 사진 좀 찍어주시겠어요? 하늘과 바다를 배경으로 그들은 웃었다. 신혼부부는 같은 디자인의 남색과 분홍색 푸마 스니커즈를 신고 있었다. 앨리스가 J섬에서 신혼부부의 사진을 찍어준 것은 그것으로 여덟번째였다. 세간의 확률대로라면 그들 중 세 쌍은 이혼하게 된다. '행복하게 해줄게'와 '불행하지 않게 해줄게'는 다르다. '해줄게'라는 말은 사실 더없이 이상한 말이다. 디지털카메라 LCD화면 속의 그들 모두는 그것의 미묘하고도 중대한 차이를 애써 살피기엔 다소 부주의해 보였다.

### 3. 휘발(揮發)

눈치챌 사람들은 눈치챘다. 앨리스는 불안정했다. 지극히 불안정했다. 마음을 놓은 적은 단 한번도 없었다. 그리하여 불안정한 앨리스는 지극히 불안정한 일에 몰두하고 있을 때 비로소 불안정하지 않았다. 그리하여 서른 살이 되기 전, 앨리스는 지극히 불안정한 일 세 가지를 찾아냈다. 지극히 불안정한 일 세 가지—글쓰기, 운전, 그리고 연애. 눈치챌 사람들은 눈치챘다. 앨리스는 불안정했다. 불안정한 일에 몰두하고 있을 때 불안정하지 않았다. 그러나 물론, 눈치나 불안정이나 몰두나 연애라는 단어가 사람마다 제각기 다른 의미와 비중과 용도로 사용된다는 것쯤은 염두에 두어야 한다. 어쨌든 글쓰기, 운전, 그리고 연애—어느 바람이 많이 불던 하루, 앨리스는 오직 그 세 가지 일만을 하며 하루 모두를 보냈다. 당연히, 행복했다는 것은 아니다.

스러지는 새가 말을 걸어온 것은 앨리스가 J섬에 온 지 일주일이 지난 어느 해질녘이었다. 앨리스는 버스에서 내려 '펜션 못지않은 민박'을 향해 걷고 있었다. 두 곳의 박물관과 폭포가 있는 해변에 다녀오는 길이었다. 마을을 향하는 진입로 양옆으로 벚나무와 금잔화가 줄지어 심어져 있었다. 벚꽃은 벌써 모두 졌다. 직접 본 것은 아니지만 그랬을 것이다. 없는 토끼는 몸살기가 있다며 거짓말을 하고는 배낭 위로 올라가 앨리스의 어깻죽지에 매달려 있었다. 그때, 어딘가에서 앨리스를 부르는 목소리가 들려왔다.

"얘! 얘, 앨리스!"

"……?"

"그래. 거기 너, 너 말이야. 앨리스, 이리 와봐!"

소리가 나고 있는 곳은 길가의 어느 벚나무 아래였다. 사방 백 미터 안에 다른 사람의 모습은 보이지 않았다.

"얘, 이리 와보라니깐. 어서! 그래 너, 앨리스. 여기 너 말고 또 누가 있니? 네 등에 매달려 있는 건 없는 토끼잖아."

앨리스는 소리가 들려오는 벚나무 아래로 다가갔다. 거기, 스러지는 새가 있었다.

"너, 웃긴다. 어제 그제 계속 아침저녁으로 나 보고 지나갔잖아. 오늘 아침도 그랬고. 왜 갑자기 모른 척하고 그러니?"

맞는 말이었다. 앨리스가 그 새를 처음 본 것은 그제 아침 이곳을 지나치면서였다. 손바닥으로 가리면 보이지 않을 만큼 작은 새 한 마리가 벚나무 아래 놓여 있었다. 이미 굳어 있었다. 식어 있었다. 그날 해 질 무렵 민박집으로 돌아오며 앨리스는 다시 그 새를 보았다. 바글바글 개미가 끓고 있었다. 바글바글 바글바글 개미가 끓고 있었다. 소름이 끼쳤지만 당연한 일이었다. 다음날 아침, 앨리스는 다시 그 새 곁을 지나쳐갔다. 새는 남아 있었다. 솜털 같은 깃털이 기운 없이 부풀어오르고 있었다. 무언가가 빠져나갔는지 정확히 설명할 수 없었지만 새는 처음보다 가벼워 보였다. 무언가가 하루만큼씩 새에게서 빠져나갔다. 새는 점점 희미해져갔다. 사흘째, 마지막으로 오늘 아침 앨리스는 새가 곧 완전히 사라질 거라는 생각을 하고 이 벚나무 아래를 지나쳐갔다.

앨리스를 불러세운 것은 그 스러지는 새였다. 스러지는 새가 앨리스에게 물었다.

"애, 앨리스, 그런데 말이지, 넌 누구니?"

"……?"

없는 토끼가 슬그머니 앨리스의 등 뒤에서 내려섰다. 몇 차례 헛기침을 한 뒤 어깨를 으쓱하고 앨리스에게 난처한 미소를 지어 보였다. 그러더니 나 몰라라 총총걸음으로 줄행랑을 쳤다. 스러지는 새가 다시 물었다.

"앨리스, 넌 누구냐니까?"

앨리스는 어이가 없었다. 그리고 좀 약이 오르기 시작했다. 스러지는 새 주제에……

"이것 봐. 스러지는 새, 그러는 넌 누구니?"

"그러게. 내가 누구지? 그런데 앨리스, 내가 먼저 물어봤잖아. 그러면 안 되지, 넌 누구야?"

"뭐라고? 넌 이미 날 알고 있잖아."

"아니 몰라, 앨리스. 그게 도대체 무슨 소리야? 내가 널 알다니? 그럼 넌 날 알고 있다는 거니? 내가 누군데, 앨리스? 그럼 넌 누구야?"

"……"

해가 저물고 있었다. 앨리스는 몹시 지쳐버리고 말았다. 스러지는 새는 이제 자기도 앨리스를 따라다녀야 한다며 포르르 앨리스의 정수리 위로 올라앉았다. 이상하다고만은 할 수 없었다.

그 병원에는 비틀스가 많았다. 당연한 얘기겠지만 비틀스를 좋아하는 사람은 많기도 했다. 앨리스는 병원 대기실에 앉아 각 방의 문마다 붙어 있는 비틀스의 앨범 재킷 액자를 바라보았다. 러버 소울. 앨리스는 '러버 소울' 방으로 들어가고 싶다는 생각을 했다. 러버 소울, 러버 소울, 간절히 그러했다. 간호사가 앨리스의 이름을 불렀다. '옐로 서브마린' 포스터가 놓여 있는 복도 끝에 '렛 잇 비'

방이 있었다. 문을 열고 들어가자 의사가 있었다. 음, 점수가 높네요. 의사가 앉아 있는 오른쪽 벽면에 비틀스 네 남자의 얼굴이 사등분되어 프린트 된 달력이 걸려 있었다. 전 조지 해리슨 같은 남자를 좋아해요. 그래서 문제죠. 앨리스가 말했다. 의사는 뭐라 설명하기 어려운 표정으로 애매하게 웃으며 말했다. 조지 해리슨 같은 남자를 좋아한다는 게 무슨 뜻인지, 그게 왜 문제가 된다는 건지 전 잘 모르겠는데요. 거짓말. 앨리스는 '렛 잇 비' 방에서 나왔다. 결론은 더 이상 '렛 잇 비'하면 안 된다는 거였다. 네, 뭐. 굳이 말하자면 표준편차에서 좀 많이 벗어난다고 할 수 있죠. 의사는 그렇게 말했고, 앨리스는 뜻밖에 별로 기쁘지 않았다. 의사도 기쁘라고 한 말은 아니었을 터였다. J섬으로 여행을 간다고 말하자 의사는 충고를 했다. 바닷가에 너무 오래 멍하니 앉아 있지 마세요.

언제 와? 언제 와? 스러지는 새는 제가 구관조나 앵무새쯤이라 착각하는 모양이었다. 언제 와? 언제 와? 앨리스는 머리가 지끈거렸다. 자동차 뒷좌석의 없는 토끼와 스러지는 새는 그야말로 시장바닥의 약장수 콤비처럼 떠들어대고 있었다. 언제 와? 언제 와? 어젯밤 앨리스는 차우의 전화를 받았다. 한동안 아무 말이 없었다. S시의 익숙한 밤의 소리들이 그토록 멀리 그토록 가깝게 들려왔다. 그리고 유리잔의 맥주 거품이 잦아드는 소리. 그리고 차우의 목소리가 들려왔다. 언제 와? 전화를 끊은 뒤부터 스러지는 새는 성대모사를 하는 개그맨처럼 수선을 피웠다. 없는 토끼가 이랬다 저랬다 변덕을 부리고 호들갑을 떠는 스타일이라면, 스러지는 새는 그 야말로 전위적인 아방가르드였다. 단 한나절 만에 마샬 버먼의 『현대성의 경험』을 독파해버리고는 파우스트와 마르크스와 보들레르를 줄줄 읊는 게 아닌가. 언제 와? 언제 와?

앨리스는 J섬의 휴화산을 넘어가는 도로를 달리고 있었다. 도로에 붙은 번호는 1100번이었다. 막 여름에 들어선 진초록의 이파리들이 하늘을 가릴 정도로 기운 좋게 뻗어 있었다. 햇살의 파편들이 투명한 초록에 부서져 희뜩희뜩 쏟아져내렸다. 아름다운 것은 왜 고통스러운가. 스러지는 새가 누구 흉내를 내고 있는지 떠오르지 않았다. '노루 보호' 표지판이 자꾸만 커브를 틀었다. 끝없이 구불거리는 오르막길을 따라 흰색 아반테XD가 여름 속으로 깊숙이 빨려들어갔다. 수상하고 끈끈한 열기와 습기가 공기를 채우고 있었다. 스러지는 새가 말했다. 경건하든 또 괴상하든 간에 살아 있는 존재의 태도와 제스처 및 그것들의 공간에서 빛나는 폭발을 동시에 표현해야만 한다. 보들레르였다. 없는 토끼가 배를 잡고 웃었다. 나다르가 찍은 보들레르 사진 본 적 있어? 당근, 완전 죽음이지!

길의 오른편으로 흰 꽃이 가득 피어 있었다. 앨리스는 그 꽃의 이름을 몰랐다. 그러나 앨리스는 그 꽃을 알고 있었다. 앨리스는 차를 세웠다. 지난날의 어느 아침, 앨리스의 흰 당나귀 같은 자동차의 보닛 위로 가만히 떨어져내렸던 바로 그 꽃이었다. 아무도 그 꽃에 대해 말하지 않았다. 보고서도 말하지 않았다. 부에나비스타 소셜클럽의 이브라힘 페레르가 노래한다. 그 꽃은 당신과 나의 심장이 될 거예요. 잊히지 않았다.

전화가 왔다. 아니, 아직도 J섬이란 말이에요? 참 나, 세월 좋네. 오스터였다. 앨리스는 알고 있었다. 지난 어느 가을밤 사비나와 함께 보았던 그 영화 속 대사처럼 사랑은 타이밍이다. 그러나 사랑에 대신은 없다. 생이, 시간이, 사랑이 다가와 온몸을 휘감아 뒤흔들고는 멀어져간다. 사라져간다. 2045, 2046, 2047…… 어쩌면 사랑은 정말 불가능한 것일지도 모른다, 라고 말할 때에만 사랑은 간신히 가능한 것인지 모른다. 그 역은 성립되지 않는다.

앨리스는 카오디오의 볼륨을 있는 대로 높였다. 해발 천백 미터의 길 위에서였다. 음악은 마룬 파이브, 앨범의 제목은 「송 어바웃 제인」—일렉트릭 베이스기타의 낮은 울림이 앨리스의 심장 속으로 강하게 삼투압해 들어왔다. 먼저, 섹시하다, 속되다, 그러나 새롭다, 세련되었는가 하면 거칠다, 다급하지만 치밀하다, 가득하지만 알맞다, 솔직하지만 비밀이 있다, 욕망하지만 포기한다, 내지르며 외치지만 침묵하며 사색한다, 현란하지만 단정하다, 절박하지만 속삭인다, 불안하지만 자신이 있다, 슬프지만 절멸하지 않는다, 호기롭다, 건방지다, 진실하다, 죽지는 말자, 아직, 죽을 때까지 죽지는 말자. 「송 어바웃 제인」을 듣는 동안 앨리스는 오스터에게서 세 번의 문자메시지를 받았고, 앨리스는 오스터에게 세 번의 문자메시지를 보냈다. 열두번째 트랙, 「스위티스트 굿바이」가 흐르는 동안에 스러지는 새가 제 맘대로 볼륨을 줄여버리고 또 성대모사를 했다.

이신조 | 앨리스, 이상한 섬에 가다

"인간성이 제공하는 새로운 즐거움에 비례해서 지속적으로 인간성을 새롭게 함으로써, 무한한 진보는 인간성의 가장 잔인하고 솔직한 고통이 아닐 수도 있는지, 인간성 자체에 대한 부정에 의해서 진보함으로써 인간성은 영원히 새롭게 되는 자살 형식으로 판명될 수는 없는 것인지, 신성한 논리의 강력한 순환에 짓눌려 인간성은 그 자체의 꼬리―진보, 즉 자체의 영원한 절망인 영원한 필요성―로 탁 쏘는 전갈처럼 되는 것은 아닌지와 같은 문제를……"
탄식처럼 깊은 한숨을 내쉰 앨리스가 인상을 쓰며 말했다.
"보들레르, 이제 그만 입 좀 닥쳐!"

앨리스는 취한 걸까. 아니, J섬에 있는 동안 술은 마시지 않기로 했었다. 초콜릿. 앨리스는 달콤하고 아름답고 황홀한 초콜릿을 먹었다. 그리고 취했다. J섬에는 '초콜릿 박물관'이 있었다. 앨리스는 J섬에 온 뒤 가장 값비싼 먹을거리를 샀다. 아프리카산 카카오로 만든 최고급 수제 초콜릿이었다. 제각각 모양이 다른 이십 개들이 한 상자. 초콜릿의 이름은 '앤젤스 하트'―천사의 마음이었다. 앨리스는 달콤하고 아름답고 황홀한 천사의 마음을 먹었다. 그리고 취했다. 핸들을 잡은 손이 자꾸만 미끄러졌다. 브레이크 페달을 밟는 발바닥에 감각이 없었다. 초콜릿 속의 트립토판과 페닐에틸아민이 앨리스의 혈관 끝까지 소용돌이쳐 흘러갔다. 끝없이 왁자지껄 떠들어대는 없는 토끼와 스러지는 새의 말은 이제 알아들을 수가 없었다. 앨리스는 길을 잘못 들고 말았다. 'R컨트리클럽'―똑같은 유니폼에 흰 모자를 쓰고 흰 장갑을 낀 캐디 세 명이 로비의 의자에 인형처럼 앉아 있다가 벌떡 일어나 운전석의 앨리스를 향해 깊이 허리를 숙이며 인사했다. 아니라고, 앨리스는 자기는 골프를 치러 온 손님이 아니라고 손을 내저었는데 그게 그만 답례로 손을 흔든 것으로 보였을까봐, 그녀들을 놀린 게 되었을까봐 앨리스는 아찔할 정도로 난감했다. 앨리스는 식은땀을 흘리며 미로 같은 골프장 입구를 빠져나왔다. J섬에서 태어난 많은 소녀들은 육지로 가지 못할 경우, 이제 해녀가 아니라 캐디가 되었다. 앨리스는 취했다. 졸음이 밀려왔다.

어떻게 '화가의 방'에 도착했는지는 기억나지 않았다. 거기, J섬 S시에 전쟁 때 화가 L이 살았던 작은 초가집이 있었다. 가까이 바다가 보이는 언덕. 화가 L은 그 작은 초가집에서도 초가집 끄트머리에 딸린 제일 작은 방에 세 들어 살았다. S시 앨리스가 혼자 살고 있는 낡고 작은 아파트, 그 작은 아파트의 욕조가 없는 작은 욕실보다 더 작은 방에서 화가 L은 아내와 두 아이를 데리고 살았다. 직접 남덕(南德)이란 새 이름을 지어준 일본 여자와 그 여자에게서 낳은 두 아들과 함께 살았다. 먹어도 먹어도 배가 고팠을 게를 잡아먹고 미역을 따먹고 살았다. 영원히 슬프도록 가난했다. 먹어도 먹어도 자꾸만 배가 고파 일본으로 아내와 아이들을 보내고, 혼자 영원히 외롭게 배를 곯으며 화가 L은 그림을 그리고 편지를 썼다. "자, 힘껏 힘껏 서로를 껴안읍시다. 내 따뜻한 뽀뽀를 받아주시오, 강하게 강하게 껴안아 우리들의 소중한 아름답고 건강한 시간을

이신조 | 앨리스, 이상한 섬에 가다

지키십시다. 큰 표현을 합시다. 한 주일에 한 번씩은 꼭 편지 주시오"라고 편지를 썼다. 편지를 쓴 종이에 빛나는 해와 달과 별도 그렸다. 화가 L은 아내와 아이들을 만나지 못하고 영원히 가난하고 슬프고 외롭게 죽었다.

그 작은 방, 그 작은 벽에 담배에 불을 붙이는 화가 L의 흑백사진과 화가 L이 지은 시가 붙어 있었다. 그 작은 방, 화가 L이 살았던 그 슬픈 방, 앨리스는 그 방 안으로 기어들어갔다. 물론 들어가면 안 되는 거였다. 그러나 졸음이 밀려왔다. 앨리스는 화가 L이 살았던 그 작은 방에 쓰러지듯 누웠다. 사실, 고단했다. 잠이 밀려왔다. 화가 L은 잠을 자는 동안 어떤 꿈을 꾸었을까. 없는 토끼가 조용히 다가와 앨리스의 신발을 벗겨주었고, 스러지는 새가 나른한 자장가처럼 벽에 걸린 화가 L의 시를 읽어주었다. 그런데, 희미한 온기로 이마에 입을 맞춰준 건 누구였을까.

높고뚜렷하고참된숨결나려나려이제여기에고웁게나려두북두북쌓이고철철넘치소서삶은외롭고서글프고그리운것아름답도다여기에맑게두눈열고가슴환히헤치다*

---

* 이중섭의 시 「소의 말」.(연, 행, 띄어쓰기 인용자 생략)

## 4. 공(空), 책(冊)

 첫번째 노트—열두 살의 앨리스는 방과후 곧잘 학교에 남았다. 담임인 여교사와 단둘일 때가 많았다. 물론 나머지공부 따위가 앨리스의 이미지와 어울리지 않는다는 것을 열두 살의 앨리스 스스로도 잘 알고 있었다. 당연히 나머지공부가 아니었다. 앨리스는 담임 여교사의 책상 바로 앞 책상에 앉아 교사의 과중한 업무를 분담해 반 아이들의 쪽지시험 답안지를 채점했다. 심이 닳으면 실을 뜯어 종이테이프를 벗겨내는 교사 전용 빨간 색연필을 사용했다. 열두 살의 앨리스는 서른두 살의 교사처럼 능숙하고도 어른스럽게 빨간 동그라미를 칠 줄 알았다. 다음날 채점이 된 쪽지시험 답안지를 되돌려받은 아이들의 표정을 살피며 앨리스는 권능이라는 단어를 이해했다. 아무도 그 현란한 모양의 동그라미가 담임 여교사의 것이 아니라고는 의심하지 않았다.
 앨리스가 반 아이들의 얼굴을 하나하나 떠올리며 쪽지시험 답안지를 채점하는 동안, 담임 여교사는 제 책상에 앉아 아이들의 일기를 검사했다. 교사가 학생의 일기를 검사한다는 것이 아주 자연스러운 일로 여겨지던 시절이었다. 이십 년쯤 뒤에 그와 같은 행위가 국가인권위원회에 의해 인권침해의 소지가 있는 일로 시정권고 받게 되리라고는 그땐 거의 아무도 생각하지 못한 것 같다. 일주일에 한 번 분단별로 일기를 제출했다. 교사는 학생의 일주일 치 일기를 읽고 마지막 일기 끄트머리에 빨간 글씨로 '지도사항'을 적었다.

이신조 | 앨리스, 이상한 섬에 가다

종종 쪽지시험 답안지를 채점하는 동안 앨리스의 마음이 그다지 편치 않았던 것은 바로 그 일기 때문이었다. 일기는 앨리스의 남다른 취약 분야였다. 글을 쓰는 일 자체가 문제될 것은 없었다. '매일매일 자신이 한 일과 자신에게 일어난 일과 그것을 통해 생각하고 느낀 점을 솔직하게 쓰는 것'이 일기임을 앨리스는 잘 알고 있었다. 만약 장학사나 교장이 수업 참관을 하다 '일기란 무엇인가' 질문을 해온다면, 얼마든지 야무지게 대답할 자신이 있었다. 그러나 앨리스에게 실제 일기를 쓰는 일은 정말이지 너무나도 막연하고 애매하고 거북한 일이었다. 이상할 정도로 힘겹고 어려운 일이었다. 무엇보다 '매일매일'과 '솔직하게'라는 단서가 그랬다. 어른처럼 능숙하게 타원형의 빨간 동그라미를 칠 줄 아는 앨리스는 종종 일기 때문에 어린아이다운 한숨을 쉬었다.

　학년이 끝나가던 어느 날, 담임 여교사에 의해 뜻밖의 '특별상'이 수여됐다. 상의 이름은 '우리 반의 일기왕'. 일 년 동안 가장 성실하고 모범적으로 일기를 쓴 학생을 뽑았다는 것이었다. 앨리스는 그때 진정으로 충격을 받았다. 일기왕으로 이름이 불려 자리에서 일어난 것은 놀랍게도 H였다.

　H는 앨리스가 쪽지시험 답안지를 채점할 때면 열 문제 중 동그라미를 네댓 개밖에 받지 못하는 아이였다. 일 년 내내 변함이 없었다. H는 늘 같은 옷을 입고 다니는 아이였고, H의 실내화와 체육복은 이루 말할 수 없이 더러웠다. 과학시간이나 미술시간이면 준비물을 챙겨오지 않아 손바닥을 맞기 일쑤였고, 수업 중에 장난

을 치다 교실 뒤에 꿇어앉는 일도 잦았다. H는 보온도시락을 가지고 있지 않았고, 보잘것없는 학용품을 사용했으며, 결코 여학생들의 생일파티에 초대된 적이 없었다. 용의검사가 있는 월요일 아침이면 H는 자신의 때 낀 손톱으로 다른 손톱에 낀 때를 후벼파곤 했다. 그러나 감지 않은 머리와 시커먼 목덜미 때문에 그것은 번번이 헛수고가 되고 말았다.

그런 H가 '일기왕'이 된 것이다. '매일매일 자신이 한 일과 자신에게 일어난 일과 그것을 통해 생각하고 느낀 점을 솔직하게' 썼다는 것이다. 담임 여교사는 모두 여섯 권의 노트를 송곳으로 뚫고 끈으로 이어 몇 년째 사용하고 있다는 H의 일기장을 반 아이들에게 보여주었다. 일 년 동안 H가 칭찬을 받기 위해 자리에서 일어선 것은 그때가 처음이었다. 반 아이들의 박수를 받은 H는 그야말로 바보같이 히죽 웃어 보였다. 앨리스는 진정으로 충격을 받았다. 일 년 동안 유려한 동그라미로 담임을 대신해 쪽지시험을 채점한 앨리스에게 '특별상' 같은 것은 물론 수여되지 않았다.

다음해, 열세 살의 앨리스. 여름방학이 끝난 뒤, 앨리스는 '전교의 일기왕'이 되었다. 상의 정확한 이름은 '방학과제물상―일기 부문'이었다. 앨리스는 진정으로 놀랐다. 그러나 우선 어리둥절했다. 일기로 상을 받을 거라고는 전혀 생각지 못한 것이었다. 일기는 여전히 앨리스의 취약 분야였다. 한 달이 넘는 방학 기간이 지나고 개학을 며칠 앞둔 어느 날, 앨리스는 자신이 여름 내내 꼭 다섯 번밖에 일기를 쓰지 않았음을 알게 되었다. 지난 신문을 들춰보면 그만이었으므로 날씨 따위야 문제될 게 없었다.

앨리스는 결국 며칠 동안 두문불출 '일기 창작'에 들어갔다. 한 달 분량의 일기를 창작하는 동안 마감을 앞두고 피를 토하는 소설가의 심정을 이해하게 됐다는 것은 물론 과장이겠으나, 앨리스는 실로 창작의 고통이란 것을 실감했다. 그러나 한편으로는, 그것이 이상할 정도로 짜릿하다는 것도 알게 되었다.

다양한 소재와 그것의 적절한 안배가 필수였다. 등장인물의 독특한 캐릭터를 부각시켜야 했으며, 일기 검사를 할 교육자의 입장을 만족시킬 만한 교훈도 빠지지 않아야 했다. 가족과 함께한 바캉스, 남동생과의 다툼과 화해, 사촌들과의 영화 구경, 무더위에 얽힌 일화, 부모님의 심부름, 친구의 생일파티 등을 알맞게 배치했다. 일기 속의 앨리스는 공중도덕을 지키지 않는 몰지각한 어른들의 행태를 고발했고, 끊이지 않는 북한 괴뢰의 만행에 치를 떨었으며, 일곱 가지 장래희망을 어떻게 모두 이룰 것인지 계획했고, 아이스크림을 너무 많이 먹어 배탈이 났다. 앨리스는 또한 이웃집 대학생 언니를 제 맘대로 결혼시켰는가 하면, 본 적이 없는 교통사고의 목격자가 되었다. 방학이 되어 게으른 생활을 하고 있는 자신을 반성했고, 친구들과 선생님이 그리운 어느 날의 감상적 고백도 잊지 않았다. 간간이 집어넣은 창작 동시 몇 편은 힘들이지 않고 백지를 메우는 데 효과적이었다. 물론, 글씨도 또박또박 정성껏 써야 했다.

앨리스는 그렇게 '전교의 일기왕'이 되었다. 앨리스의 일기는 교육적으로 완벽한 모범사례였다. 단, '매일매일'과 '솔직하게'라는 단서가 제외된다면. 앨리스는 진정으로 난감했다. 상장을 받으러 운동장의 교단으로 향하며 앨리스는 필요 이상 두리번거렸다. 학년이 올라가며 H와는 다른 반이 되었다. H의 모습은 찾을 수 없었다. 방학 동안에도 H는 '매일매일', '솔직하게' 일기를 썼을 것이다. 그러나 일기왕은 H가 아닌 앨리스였다. 앨리스는 일기를 너무 지나치게 잘 썼던 것이다. 앨리스는 매일매일, 솔직하게 일기를 쓴 적이 없었다. 그후로도 오랫동안.

  두번째 노트— 할머니는 그야말로 지독한 냄새를 풍기고 있었다. 그 어떤 냄새와도 닮아 있지 않았고, 그 어디서도 맡아보지 못한 고약한 냄새였다. 단순히 구린 냄새라고도, 썩은 냄새라고도, 역겨운 냄새라고도 할 수 없었다. 그 모든 냄새가 뒤섞인 지독한 냄새가 할머니의 몸으로부터 풍겨나와 큰아버지 집 전체를 장악하고 있었다. 에어컨이 흔치 않던 시절의 여름이었다. 앨리스는 외할머니와 함께 할머니의 병문안을 온 참이었다. 현관문을 열고 들어선 순간부터 코를 감싸쥐지 않을 수 없을 정도였는데, 그것은 크게 예의에 어긋나는 일임을 아홉 살의 앨리스는 알고 있었다. 그러지 않기 위해 앨리스는 이상한 방식으로 숨을 쉬며 안간힘을 썼다. 금세 머리가 어지러워졌다.
  할머니의 병명은 설암(舌癌)이었다. 혀에 생긴 암덩어리가 썩어가며 부풀어올라 할머니는 고약한 입냄새를 풍기는 반벙어리가 되어 있었다. 일주일에 한 번 방사선을 쬐는 혹독한 치료를 받는다

했지만 가족 모두 할머니가 곧 죽게 될 것이란 걸 알고 있었다. 앨리스의 외할머니는 앨리스의 할머니가 있는 방으로 들어서며 눈물부터 글썽거렸다. 고약한 냄새 따위는 전혀 상관없다는 표정이었다. 사돈지간은 어렵기 마련이라지만 앨리스의 할머니와 앨리스의 외할머니는 제법 의좋게 지내온 터였다.

몇 살의 나이 차가 있었지만 앨리스의 할머니와 앨리스의 외할머니는 1920년대에 태어난 여자들이었다. 그 연배의 여자들이 평균적으로 어떤 삶을 살았는지 그로부터 오십 년이 더 지난 뒤에 태어난 앨리스로서는 알 수 없는 일이었다. 그녀들은 둘 다 전쟁 때 과부가 되었다. 할머니의 남편은 재판 없이 총살을 당했고, 외할머니의 남편은 어디론가 끌려가 돌아오지 않았다. 그녀들의 나이 서른 안팎의 일이었다. 그녀들은 어려서 의무교육을 받지 못했고, 정신대에 끌려가지 않기 위해 어린 나이에 결혼을 했고, 다섯 명 이상의 아이를 낳았다가 한둘이 죽는 것을 지켜보아야 했다. 앨리스의 할머니는 인물값 하겠다는 소리를 들을 정도로 얼굴이 예뻤고, 앨리스의 외할머니는 들창코에 얽은 자국이 있는 박색이었다. 할머니는 홍시를 좋아했고 해진 옷을 기우는 데 일가견이 있었고, 다소 새침하고 신경질적이었다. 외할머니는 참외를 좋아했고 만두와 식혜를 잘 만들었고, 약간 심술기가 있었지만 괄괄하고 유머러스했다. 둘 다 수절을 하지는 못했다. 종종 자식들과 좁은 집에서 악다구니를 쓰며 물건을 집어던지고 의절을 운운하며 싸워야 했다. 그들은 안티프라민과 활명수를 만병통치약으로 알았고, 한번도 세

탁기를 사용해본 적이 없었고, 손자 손녀는 당연히 제 손으로 업어 키워야 되는 것으로 알았다.

병든 할머니가 고약한 냄새를 풍기며 기운 없이 앉아 있던 그 좁은 방에 앨리스도 들어가 앉았다. 할머니가 손으로 앨리스의 머리를 쓰다듬었는데, 그래서는 안 된다는 것을 알았지만 싫고 무섭다는 생각이 들었다. 앨리스는 외할머니의 발치에 더욱 가까이 붙어 앉았다. 그리고 앨리스는 보았다. 병든 할머니의 베개 머리맡에 놓여 있던, 사촌의 것으로 보이는 초등학생용 노트 한 권과 연필 한 자루. 앨리스의 할머니가 그 노트를 펼쳤다. 그리고 그럴 필요가 없음에도 굳이 연필심에 침을 묻혀 힘겹게 글씨를 쓰기 시작했다. 혀뿌리에 암이 생긴 할머니는 말을 할 수가 없었다. 앨리스의 외할머니와 '필담'을 나누려는 것이었다.

노트엔 어지러운 글자들이 가득했다. 아홉 살인 앨리스가 보아도 엉망인 맞춤법이었다. 사부인, 내 알지, 알아. 나는 사부인 마음 다 알지. 앨리스의 외할머니 역시 맞춤법을 제대로 알 리 없었지만, 할머니의 글씨를 읽고는 그렇게 맞장구를 쳤다. 병들어 검게 변한 얼굴을 힘겹게 일그러뜨리며 앨리스의 할머니는 뭔가를 말하려 필사적으로 애를 쓰고 있었다. 또 연필에 침을 묻혀 뭔가를 힘겹게 적어나갔다. 앨리스는 무섭고 덥고 어지러웠다. "폭폭하다."

내가 폭폭해서 못 살아. 할머니는 부정확한 발음으로 그렇게 말하고 그렇게 썼다. 그리고 가슴을 쳤다. 주먹으로 팍팍 가슴을 쳤다. 외할머니는 고개를 끄덕이고 옷자락으로 연신 눈물을 찍었다.

이신조 | 앨리스, 이상한 섬에 가다

폭폭하다. 앨리스가 그 말이 어느 지방의 사투리이고 무슨 뜻을 가진 단어인지 정확히 알게 된 것은 그로부터 한참이나 후의 일이었지만, 앨리스는 그날 그 순간 폭폭하다라는 단어의 뜻을 온몸으로 완벽하게 이해했다.

앨리스의 할머니는 삼복더위에 죽었다. 죽은 후에는 이상하게도 더 이상 악취가 풍기지 않았다는 말들이 오고가는 걸 아홉 살의 앨리스는 들었다. 그 노트가 어떻게 되었는지 궁금하다는 생각을 한 건 앨리스가 어른이 된 이후의 일이었다. 노트의 행방은 전혀 알 수 없었다. 앨리스가 판단하기로 앨리스의 가족 중 그것을 따로 챙겨 간직할 만한 사람은 아무도 없었다. 이제 직업상의 이유로 앨리스는 종종 그 노트의 존재가 절실할 때가 있었다.

외할머니. 앨리스의 외할머니는 앨리스의 할머니가 죽은 후로 이십 년을 더 살았다. 죽음은 여러 모로 이상한 일이었다. 외할머니가 할머니처럼 암에 걸려 지독한 냄새를 풍기거나 한 것은 아니었다. 정신을 반쯤 놓아버린 앨리스의 외할머니는 죽기 약 한 달 전, 자신이 낳은 첫번째 자식의 집으로 왔다. 앨리스가 직접 운전을 해서 데려왔다. 외할머니는 자꾸 담배를 찾았다. 앨리스는 하루에 하나씩 자신의 담배를 외할머니에게 주었다. 빨대를 꽂아 건네주는 요구르트도 맛있게 먹었다. 그러나 기저귀를 차는 것은 못 견디게 싫어했다. 이상한 일이었다. 죽기 며칠 전부터 외할머니는 하루 종일 시도 때도 없이 앨리스의 이름을 불렀다. 기저귀를 차고 방 안에 누워 수십 번 수백 번 오직 앨리스의 이름만을 불러댔다. 왜 하필 나야! 앨리스가 자신이 업어 키운 첫번째 손주였다고는 해도 도무지 알 수가 없는 노릇이었다. 기저귀가 싫어 똥오줌을 참은 외할머니의 배는 풍선처럼 빵빵하게 부풀어올라 있었다. 외할머니는 끝도 없이 오직 앨리스의 이름을 불렀다.

외할머니의 염을 할 때 상복을 입은 앨리스는 가만히 그 선득한 이마에 손을 가져다 대보았다. 그때 할머니가 그랬던 것처럼, 외할머니는 그저 자신이 폭폭했던 것을 앨리스에게 말하려고 했던 것이다.


### 5. 이륙, 다시


J섬에 있는 동안 날씨는 단 한번도 마음에 들 만큼 화창하지 않았다. 그러나 구름 위로 올라가면 그뿐이었다. 날씨가 없는 성층권으로 올라가면 그만이었다.

화가의 방에서 잠이 깨었을 때 앨리스는 혼자였다. 한참을 기다려도 없는 토끼와 스러지는 새는 나타나지 않았다. '없는 토끼'와 '스러지는 새'가 '나타난다'는 것도 새삼 말이 안 되는 일이었다. 앨리스는 깊은 침묵 속에 어두운 도로를 달려 민박집의 장미실로 돌아왔다. 혹시나 하는 기대로 문을 열었지만 빈방은 아무도 없었으므로 빈방이었다. 앨리스는 온전히 혼자가 되었다.

앨리스는 J섬의 한 휴양림을 찾아갔다. 곧 비가 쏟아질 듯 흐린

날의 오후, 휴양림은 그야말로 텅 비어 있었다. 숲속의 긴 산책로를 걷는 내내 앨리스는 정말 거짓말처럼 아무와도 마주치지 않았다. 바람이 아직 푸른 단풍잎을 뒤집어 흔드는 소리뿐이었다. 숲은 어둡고 깊고 울창했다. 길이 끝나면 다른 세계일 것만 같았다. 아무도 없었다. 오래도록 아무도 없었다.

전화벨이 울렸다. 앨리스는 전화를 받았다. 그토록 멀고 그토록 가까운 목소리가 물었다. 지금 어디에 있는 거니? 앨리스는 왠지 목구멍이 따끔거려 말을 할 수가 없었다. 폭폭했다는 것은 아니다. 그저, 말을 할 수가 없었다. 알 수가 없었다. 지금은 언제일까, 여기는 어디일까. 앨리스? 숲의 모든 이파리들이 앨리스 주위를 소용돌이쳤다.

단체 관광을 온 일곱 명의 수녀님과 중년의 가이드를 만난 것은 휴양림의 출구에 거의 다 이르러서였다. 회색 두건을 쓴 단정한 차림의 수녀님들이 식수대 옆 평상에 둘러앉아 기도를 하고 있었다. 등산복 차림의 젊은 부부와 두 아이들이 조금 떨어진 벤치에 앉아 그 모습을 지켜보고 있었다. 일곱 수녀님들이 입을 모아 찬송을 부르기 시작했다. 키가 크고 둥치가 굵은 삼나무들이 흐린 하늘을 향해 뻗어 있었다. 장마가 시작될 무렵, 이곳은 J섬의 한 휴양림이었다. 앨리스가 걸어나온 숲속의 산책길 쪽으로 노랫소리가 퍼져나갔다. 앨리스, 공기의 인간.

다시, 집으로 돌아갈 시간이었다.

# 호적을 읽다

오현종

1973년 서울에서 태어났다. 1999년 『문학사상』 신인상을 수상하며 등단. 소설집 『세이렌』 『사과의 맛』, 장편소설 『거룩한 속물들』 『본드걸 미미양의 모험』 『외국어를 공부하는 시간』이 있다.

### 작가를 말한다

2006년 5월에 셋이서는 처음으로 석모도로 여행을 갔다. 운전은 김숨이 하고 내려서 길을 묻는 것은 내가, 그리고 그 모든 진두지휘는 오현종이 했다. 길이 나빠도, 정체가 있어도 오여사가 대표로 투덜거렸다. 친절하게도 대개의 경우 오현종이 악역을 맡아주었기 때문에 김숨과 나는 착한 인간 모드로 여행을 즐길 수 있었다. 나는 석모도에 가면 몇몇 산 중 하나는 오르리라, 그래서 탁 트인 하늘과 바다를 맘껏 바라보리라 마음먹고 있었다. 1박 2일 일정에다 산이 높지 않아서 무리가 없을 것 같았다. 그런데 오현종이 산은 안 된다고 결사반대했다. 이유는 이러했다. 하루 종일 운전한 숨이 피곤해서 안 돼.

구경미(소설가)

지난해 유월, 성북구청에 가서 호적등본을 뗀 적이 있다. 호적등본 대신 가족관계등록부를 발급하는 제도가 생기기 전의 일이었다. 새삼스럽게 취직을 시도해보려거나 은행대출을 받으려 했던 건 아니다. 미국 비자를 신청하려면 재정 상태를 증명할 수 있는 몇 가지 서류 외에 호적등본이 필요하다고 '비자○일'이란 업체의 사장이 알려준 까닭이었다.

'비자○일' 사장은 직장도 없고, 미혼인데다, 예금 잔고는 물론 소득도 얼마 안 된다는 내 신상정보에 약간 난감해하는 눈치였다. 전화통화라 얼굴은 볼 수 없지만 목소리만으로도 알 수 있었다. 그는 그렇지만, 그렇다고 해서 비자를 절대 받을 수 없다는 건 아니라고 우물쭈물 말했다. 소득이 적더라도 세무서에 가서 지난해까지의 소득금액증명서를 떼고, 올해 받은 사업소득 원천징수영수증 사본 및 기타 등등을 챙기라고 설명해주었다. 비자 발급신청서는 자기가 이메일로 보내주는 서류에 빈칸만 채우면 되고, 미 대사관의 인터뷰도 빨리 할 수 있도록 날짜를 잡아줄 테니 어려울 게 없다고, 대행료를 입금할 은행계좌번호도 빠뜨리지 않고 불러주었다. 나는 그가 알려주는 서류 이름들이 너무도 생경해서 몇 번이나 확인한 뒤 물었다.

"비자를 받지 못하면, 대행료를 돌려주시나요?"

"아니죠. 우린 비자 받기 전까지만 도와드리는 겁니다. 뒷일은 우리도 모르죠."

그의 말이 아주 당황스럽지는 않았다. 누구에게 주워들은 말대로 아버지를 재정보증인으로 세운다면 확실하게 미국 비자를 받을 수 있겠지만, 애써 그렇게까지 하고 싶은 마음은 없었다. 나에겐 일찌감치 예약해둔 비행기표가 있는 것도, 다급한 목적이 있는 것도 아니었으니까.

미국 대사관으로 인터뷰를 하러 간 날은 아침부터 부슬비가 내렸다. 우산을 쓰고 하염없이 길게 줄을 선 사람들 틈으로 '비자○일' 사장이 찾아왔다.

"오늘 오후엔 인터뷰를 못한답니다. 그래서 오늘 줄이 장난이 아니게 기네요."

그는 내가 들고 있던 서류들을 건성건성 훑어보고, 몇 가지 당부를 한 다음 다른 고객을 찾아 바삐 돌아갔다. 내 앞에 앞에 서 있던 양복 입은 중년 남자 역시 대행업체 여직원과 대화를 나누고 있었다.

"아니, 이게 다 미국 가서 안 돌아올까봐 그러는 거 아녀? 나야 공무원에 준하는 신분인데, 뭐가 문제여? 불법체류 할 것도 아니고. 걍 애들이랑 집사람이랑 엘에이 쪽 관광하고 돌아올 건데 뭐. 내 돈 쓰러 가는데 뭐가 문제겄어? 놀다 오겠다는데. 난 걱정 없쇼."

남자는 주위를 아랑곳 않고 굵고 큰 목소리를 자랑했다.

"네, 그렇죠. 그래도 만에 하나 거부당하는 일 없게 만전을 기해야 하니까요. 제가 말씀드린 거 다 외우셨어요? 그대로만 말씀하시면 돼요, 똑같이. 사모님한테도 다시 한번 당부해주시고요."

"그게 다 직장 없는 사람들이나 문제지 말여. 난 준공무원인데 뭐. 그게 무슨 소리겄어, 나라에서 신분을 보장한 거 아녀, 신분을."

남의 나라 대사관 담벼락에 달라붙어 찔끔찔끔 앞으로 가는 행렬만 바라보고 있노라니 이렇게까지 해서 꼭 미국행 관광비자를 받아야 하나, 하는 의문이 들었다. 하지만 모두 다 그만두고 돌아가기엔 여태껏 지불한 돈이 아까웠다. 그런데 과연 비자를 받을 수 있기는 한 걸까? 몇 해 전, 직장이 없다는 이유로 신용카드 발급이 거부됐던 일이 기억났다. 은행에선 소설가를 실상 직업으로 간주하지 않으며, 십 년 가까이 자유입출금통장을 사용해온 은행도 주거래은행이 될 수 없다는 현실을 배웠다. 신용카드를 만들기 위해서는 자유입출금통장이 아니라 목돈을 넣어놓은 예금통장이 필요했다. 미혼이라고 밝혔는데도, "남편이나 아버님은 안 계세요?" 하고 같은 말을 반복하는 은행원에게서 느낀 모욕감 때문에 은행원과는 공짜술도 마시지 말아야지, 하고 말도 안 되는 앙심을 품었던 기억도 따라왔다.

미 대사관 인터뷰장은 피난지를 찾아 떠나온 망명객들로 가득 찬 낡은 선실 같았다. 각각 다른 종류의 비자를 받으러 온 사람들은 저마다 인터뷰 차례를 기다리며 긴장된 표정을 짓고 있었다. 맨 왼쪽 부스에서 인터뷰하는 금발머리 영사의 표정은 좋지 않았다. 그는 대학생으로 보이는 청년에게 같은 질문을 두번째 던졌다. 인터뷰 시간이 너무 긴 것은 좋지 않은 징조일 거라고, 나는 속으로 생각하며 준비한 서류들을 뒤적였다.

인터뷰 부스에서 내 앞에 마주 선 영사는 멕시칸이나 중남미 쪽 혼혈인으로 보였다. 그는 통역 없이 부자연스러운 한국어로 무슨 목적으로 비자를 받으려는지 물었다. 나는 준비해온 서류부터 앞으로 내밀었다.

"커트 보네거트에 대한 책을 쓰려고요."

"커트 보네것?"

"예. 저는 글 쓰는 일을 하는 사람인데, 인디애나폴리스에 가서 보네거트에 대한 책을 쓸 생각이에요."

영사는 무표정한 얼굴로 투명 비닐커버에 '이웃집 토토로' 스티커를 붙여놓은 여권 낱장을 넘겼다.

"계약은 했어요?"

"예? 계약요? 예, 했어요."

커트 보네거트에 대한 책을 쓰겠다는 말은 순전히 거짓이었다.

한때 그의 소설을 좋아했고, 사월에 난 그의 부고기사를 기억하고 있다는 것뿐이었다. 죽은 작가의 고향 인디애나폴리스는 모래 속에 묻혀 있던 낡은 지도 한구석 지명처럼 멀고 아득하게 느껴졌다.
"여행 잘 다녀오세요."

영사는 애써 준비한 서류들은 거들떠보지도 않고 여권을 가져갔다. 여행에 대한 인사말을 하며 여권을 가져가면 비자를 받는 거라던 말이 떠올랐다. 부끄러움을 무릅쓰고 보잘것없는 소득금액증명서를 뗀 일이 허무할 만큼 인터뷰는 짧게 끝났다.

그날 저녁, 텔레비전 뉴스에서는 미 대사관 담장을 따라 길게 늘어선 사람들의 모습을 보여주었다. 무슨 일인가 해서 볼륨을 높여 보았더니 앞으론 비자를 받지 않아도 미국을 갈 수 있게 될 거라는 소식이었다. 며칠간 구청과 세무서를 왔다 갔다 한 일이 죄다 헛수고란 소리였다.

내가 하는 일이 뭐 다 그렇지. 바보같이, 언제나 부질없는 짓만 하고 다니잖아.

침대에 누워 쉬기에는 조금 전에 감은 머리카락이 너무 축축했다. 나는 뒤이어 흘러나오는 뉴스를 귀로 들으며 책상 위에 던져둔, 귀퉁이가 비에 젖은 종이봉투 안에서 서류들을 끄집어냈다. 소득금액증명서는 처음 떼본 서류이고, 호적등본도 생소하긴 마찬가지였다. 대학을 졸업하고 직장에 들어갈 적에 엄마에게 떼어다달라는 부탁을 한 적이 있는지는 몰라도 내용을 훑어본 적이 없는 건 분명했다. '호적등본(말소·제적된 자 포함)'이란 제목 아래엔 과거 이력서를 적을 때마다 본적 칸을 메웠던 익숙한 주소가 적혀 있었다.

서울특별시 마포구 하중동 ○○번지

그 아래쪽엔 호주인 아버지의 이름과 신고사항이 칸칸이 썩어 있었다. 나는 새로 구입한 휴대전화 설명서를 훑어보듯 흰 종이 위에 적힌 글자들을 읽어내려갔다.

〔호주상속일〕 1945년 05월 18일
〔호주상속사유〕 전 호주 사망

단 두 줄의 기록은 아버지가 오랫동안 내 호주였음을, 아니 세 살 때부터 우리 집안 모두의 호주였음을 법적으로 명시했다. 조부가 1945년 해방을 맞이하기 전에 사망했다는 사실도 아울러. 아버지야말로 집안의 대를 이은 유일한 아들이었다는 건 당연히 알고 있는 일인데도 호적등본 위에 적혀 있는 글자로 확인하는 기분은 설명하기 어려운 것이었다. 할머니 옷장 안에서 할아버지와의 결혼사진을 훔쳐보던 날처럼 불현듯 약간의 호기심도 일었다. 네 장의 종이 위에는 가족 각각의 출생과 혼인과 사망이 아무 감정 없이 간략한 몇 줄로 기록되었다. 그러나 어쩌면 그 사무적인 기록만큼 우리 가족의 삶을 명확하게 설명해주는 것도 없으리란 생각이 들었다.

나는 저 혼자 떠들어대던 텔레비전 전원을 끄고 책상 위의 전기 스탠드를 켰다. 아버지 바로 아래 칸에는 황인숙(黃仁淑)이란 생경한 이름과 함께 '제적'이란 글자가 사각 테두리 안에 찍혀 있었다.

출생 서기 1884년 02월 24일
1929년 4월 4일 황대영 신고, 이름을 인숙으로 명명
[배우자의 사망일] 1944년 07월 11일
[배우자] 오의홍
[사망일시] 1963년 10월 26일 시 미상

주민등록번호를 적는 칸은 비어 있었다. 출생 서기 1884년 02월 24일…… 1984년도 아니고, 1884년이라면 텔레비전 사극의 배경이 되는 까마득한 옛날이지 않은가. 1884년에 태어난 사람과 내가 같은 서류 안에서 칸을 차지하고 있다니. 심지어는 증조모의 모친이 정씨 성을 가진 부인이었다는 기록까지 남아 있었다.
나는 해마다 증조모와 증조부의 제사상에 올릴 전유어를 부치고 날밤을 까면서도 증조모의 이름은 정확히 알지 못했었다. 할머니는 나에게 비린 것을 싫어하고 짭짤한 반찬만 집어먹는 것하며, 성격이 변덕스럽고 까탈맞은 게 제 증조모를 꼭 닮은 모양이라고 말했지만 나는 그저 증조모의 성이 황이란 것만 알았다. 사진 속 얼굴로만 아는 증조모의 나쁜 점을 나한테 가져다대는 게 억울하게 느껴질 따름이었다. 왜냐하면 내 휴대전화 저장목록에는 황씨가

단 한 명도 없고, 몸속에 황씨의 피가 조금이나마 흐르고 있다는 걸 인식한 적도 없는 탓이었다. 그럼에도 불구하고, 황인숙이란 세 글자는 황씨 성을 가진 사람이 팔십여 년간 우리 가족이었다는 사실을 누구보다 분명하게 알려주는 증거였다.

어릴 적부터 나는 증조부가 돌아가시고 이듬해 할아버지까지 돌아가시는 바람에 집안이 망했다는 얘기를 종종 들으며 자랐다. 할아버지가 1930년대 조선땅을 강타한 금광 붐에 휘말려 진작 재산을 말아먹긴 했어도, 그렇게 폭삭 망하지는 않았을 거란 할머니의 하소연이었다. 오래전 할머니에게 살짝 듣기로는 증조부가 돌아가시자마자 할아버지가 돌아가신 데에 그럴 만한 이유가 있었다고 했다. 증조부의 산소 자리로 일찌감치 마련해놓은 명당에 시신을 묻으려고 보니 누군가 이미 묻혀 있더라는 괴담 아닌 괴담이었다.

"할머니, 그게 누군데?"

어린 내가 물었더니, 할머니는 약간 주저하다 대답해주었다.

"큰댁 어른 첩실을 거기 묻었지 뭐냐. 세상에 그런 나쁜 것들이 있어! 너희 할아버지가 아주 애가 달아서 동동거리고 다니더니, 화병이 나 안 죽고 배기겠냐."

할머니는 '첩실'이 무엇인지 설명해주지 않았으나 나는 물어보지 않았다. 할머니 옆에 앉아 텔레비전 연속극과 만화를 보는 게 일상이었던 꼬마는 첩실이 입가에 까만 점 달린 술집 여자를 가리키는 말이라고 알고 있었던 거다. 할머니는 첩실 얘기를 집안 망신이라 여겼는지 그 뒤로 더는 하지 않았다. 그렇지만 할머니가 말했던 '큰댁' 어른들 얼굴을 나는 한번도 보지 못했다. 명절과 집안 대소사는 늘 아버지를 중심으로 치러졌다. 동생들과 나는 그런 한적한 분위기에 익숙했다.

내가 아주 어렸을 적, 할머니는 잠이 안 온다고 꼼지락대는 내게 옛날이야기 들려주듯 집안 내력을 중얼중얼 들려주곤 했다. 어느 밤 증조부가 갈대밭을 지나 집에 오는 길에 하얀 강아지 한 마리를 주워왔더니, 다음날 강아지는 없고 싸리비만 하나 있더라, 뭐 그런 얘기들이었다. 그 이야기는 정말 전래동화집에서 읽은 얘기와 강아지 색깔까지 똑같아서 할머니가 내 동화책을 몰래 훔쳐 읽었나, 하는 의문이 들었다.

"원래 느이 할아버지는 증조모가 절에 가서 백일기도를 하고 낳은 자식이란다. 딸만 내리 열을 낳고, 몇은 잃고, 늦게 아들을 본 거지. 근데 내가 시집가서 보니 이 양반이 노상 무슨 종이를 물끄러미 보는 거야. 뭘 그리 보냐고 물었더니, 자기 사주래. 옛날에 임금 사주 보다 물러난 사주쟁이가 느이 할아버지 사주를 적어줬다는 거야. 근데 고만 서른세 살에 뚝 끊어졌더래. 그 뒤는 그냥 빈 종이란 거지. 허연 백지."

"할머니, 그래서 할아버지 어떻게 됐어?"

"으응, 그때 느이 할아버지가 일하던 병원에 입원해 있더니 얼마 안 있다 죽어버렸어. 남의 병 고친다고 공부만 죽어라 해가지고 제 병도 못 고치고 금방 죽어버렸지 뭐냐. 노상 마루 끝에 앉아 슬픈 노랠 부르길래 부르지 말라고 내가 그렇게 말했는데도 계속 부르더니. 너도 나중에 슬픈 노래 같은 건 부르지 말아라. 옛말에 슬픈 노래 부르면 슬프게 산단다."

할머니는 내가 몇 번이나 들어서 외우고 있는 얘기를 또 하고, 또 하고 했다. 그리고, 그래도 할아버지가 해놓고 간 게 한 가지는 있다고 말했다. 병에 걸려서 어른들이 차가운 윗목으로 밀어놓았던 아버지를 살려낸 일이었다. 퇴근해서 집에 돌아온 할아버지가 주사를 놓고 밤을 꼴딱 새우며 돌보았더니만 죽은 줄 알았던 갓난아기가 살아났다는 거였다.

"저 죽을 줄 알고 겨우 대는 이어놓고 간 거지. 그 영감 잘한 건 그거 하나밖에 없어."

할머니는 서른셋 젊은 나이로 죽었다는 할아버지를 자꾸 '영감'이라 불렀다. 두부장수에게 두부 한 모 주시오, 하는 덤덤한 말투로. 그럴 때쯤이면 나도 잠이 와서 더 이상은 대꾸할 수가 없었다.

어른이 되어서야 든 생각이지만, 서른도 되기 전에 과부가 된 할머니의 삶은 얼마나 외로웠던 걸까. 남편 없이 해방을 맞고, 서울에서 대구로 피난을 가고, 시어머니의 장례를 치르는 삶이란 어떤 걸까. 남편과 아들을 연달아 잃고 나이 팔십이 되도록 살아야 했던 증조모의 삶도 신산하긴 마찬가지였을 테다. 할머니는 자신을 두고 말버릇처럼 복 없는 늙은이, 라고 뇌까렸다. 하지만 할머니의 그런 박복함이 이름에서 기인했다고 짐작해본 적은 한번도 없었다. 그런 말을 들려준 사람도 없었다. 그렇지만, 나는 호적등본 위에 진하게 적혀 있는 할머니의 이름을 좀처럼 쉽게 넘겨버릴 수가 없었다.

허염조(許念祚) 전 호적 경상북도 영천군 대창면 천재동 ○○○번지 호주 허차술


한자를 잘 모르는 내가 더듬더듬 읽기로, 할머니의 이름은 '생각 염(念)' 자와 '복 조(祚)' 자로 지어진 것 같았다. 이름을 지은 사람이 할머니의 호주 허차술인지 부친 허근술인지는 중요하지 않았다. 중요한 건 허염조란 이름이 몹시 마음에 들지 않는다는 사실이었다.
염조(念祚). 복을 생각한다.
내가 해석한 의미가 맞는다면, 이 이름은 아주 좋지 않은 이름이었다. 복을 생각한다는 건 복이 있다는 뜻이 아니다. 복을 생각한다는 건 복을 갖고 있지 않다, 그래서 복을 갖고 싶어한다는 의미이고, 그건 복이 없다는 것과 같은 의미일 것이다. 무엇이든 이미 갖고 있는 사람은 그것에 대해 깊이 생각하지 않는 법이니까.
대학 시절 한 남자아이는 나에게 이렇게 말했다.
"넌 생각이 너무 많은 것 같다."
그애의 말투에서 칭찬은 결코 아니라는 걸 느낄 수 있었다. 약간은 비난의 어조도 섞여 있었다. 나에게 생각이 많다는 건, 불행하다는 것과 동의어로 간주되던 시절이었다. 나는 그때 첫 연애를 하고 있었지만, 그애가 내게 싫증이 났다는 걸 누구에게 배우지 않고도 알 수 있었다. 여자의 직감은 불행하게도 대개 들어맞았다.

나는 불행한 사람이 되고 싶지 않았기 때문에 생각을 많이 하고 싶지 않았고, 그래서 일부러 책을 읽지 않았다. 사람들은 누구나 생각이 지나치게 많은 여자를 싫어하지 않던가? 생각이 많은 여자는 골치 아프다. 재수 없다. 구질구질하다. 팔자가 드세다. 뭐, 그런 편견 말이다. 나는 묵직한 금테 안경을 말랑말랑한 콘택트렌즈로 바꿨다. 한눈에 반한 남학생이 취미 생활을 물으면 독서라고는 절대 말하지 않고, 나이트 죽순이걸랑요, 나이트는 강남역 빠샤가 제일 좋아요, 시에스타는 물이 간 지 오래됐다는군요, 라고 말하리란 다짐도 했더랬다. 그러나 생각은 하지 않으려 애쓴다고 사라지는 것이 아니었다. 나는 불행을 피하려 하면 할수록 더 가까워진다는 걸 뒤늦게 깨달은 나머지 다시 독서 생활을 시작했다. 할머니의 이름에 '생각 염' 자가 들어 있다는 사실을 알기 전부터 나는 할머니처럼 생각만 하며 외롭게 살게 될까 겁이 났던 건지 모르겠다.

  이름을 지은 사람이 어떤 좋은 뜻으로 지은 이름이든 할머니의 이름은 애초에 글러먹었다. 이름을 잘못 짓는 바람에 할머니는 경상북도 영천군에서 조실부모하고, 일곱 살의 나이로 경성 삼청동까지 오게 된 것이다. 할머니 말에 따르자면 세브란스 병원에서 일하던 남박사네 집안이 할머니네 집안과 절친한 사이라서 전염병으로 부모 잃은 막내를 데려오게 된 거라고 했다.

  박복한 삶이 펼쳐지리란 걸 아직 몰랐던 할머니는 기죽지 않고 남박사네 딸들과 어울려 지냈다고 어린 시절을 떠올렸다. 할머니가 너무 말썽을 부리는 바람에 할머니와 남박사 막내딸의 댕기머리 꼬랑지를 한데 묶어놓은 적도 있을 정도였다. 그런 말괄량이에게도 정말 무서운 게 한 가지 있었다면, 남박사의 책상 위에 놓여 있던 해골이었다. 남박사가 하도 만져서 반질반질해진 해골바가지 위에 꼬불꼬불한 글자들이 좁쌀같이 적혀 있어 서재에 들어갔다 벼락같이 뛰쳐나오기 일쑤였다고 했다. 할머니는 유년 시절 가운데 가장 행복했던 날은 신문사에서 리어카 한가득 선물을 실어보냈을 때라고 회상했다. 소학교 선생님이 시를 쓰라고 해서 「제비」라는 제목의 시를 적었더니, 그걸 선생님이 신문사에 보내 신문에 실리게 된 거였다. 리어카에 실려온 먹을 것을 남박사네 아이들에게 나눠주며 어깨를 으쓱거리는 할머니의 모습을 상상하는 일은 어렵지 않았다.

"할머니, 그 신문 어딨어?"

"오려둔 게 있었는데 전쟁 때 대구로 피난 다니다 잃어버렸지. 지금은 내용도 기억이 안 나."

아마 예닐곱 살 무렵이었을 것이다. 할머니의 손을 잡고 삼청동 인근을 돌아다닌 날이 있었다. 할머니는 약수터인지 뭔지를 찾는다고 동네 사람들에게 자꾸 길을 물었고, 나는 다리가 아프다고 칭얼거렸다. 할머니와 나는 물어물어 마침내 약수가 졸졸 흘러나오는 곳에 다다랐다.

"여긴 내가 찾던 곳이 아닌데. 동네가 너무 변해서 못 찾겠네…… 여긴 거기가 아니야. 이 길이 아니야."

우리는 빈 플라스틱 약수통을 들고 다시 집으로 향했다. 그후론

할머니와 함께 삼청동을 찾은 일이 없었다. 할머니와 머리 꼬랑지를 한데 묶였던 남박사의 딸 갑석 할머니는 정초마다 수채물감으로 꽃과 새를 그리고 글을 적은 관제엽서를 보내왔다. 일종의 연하장이랄 엽서는 구정이 지나 여름이 올 무렵까지 전화기 옆에 세워져 있었다. 이번 해엔 이상하게 엽서가 오지 않아 평촌 댁으로 전화를 걸어보았더니 갑석 할머니가 폐암으로 병원에 입원한 지 오래라는 소식이 들려왔다. 할머니가 상심할까봐 일부러 연락하지 않았다는 갑석 할머니 딸의 전갈이었다.

"가려면 나 같은 늙은이나 가야 하는데…… 귀신들은 안 잡아가고 뭐 하나 몰라. 내가 죄가 많아 오래 사는 거지."

할머니는 문을 닫고 혼자 방 안으로 들어갔다. 문틈으로 텔레비전 연속극 소리가 새어나왔다.

이제껏 나는 할머니가 우는 모습을 한번도 본 일이 없었다. 할아버지의 장례식 날도 어린 남매에다 자기 옷도 꿰맬 줄 모르는 시어머니까지 먹여살릴 일이 하도 막막해 울 정신도 없었다는 할머니였다. 만일 할머니의 이름이 염조가 아니라 심덕이나 끝순이였다면 전혀 다른 삶을 살 수 있었을까? 그랬더라면 서른세 살 뒤에 아무것도 적혀 있지 않은 종이를 받았던 할아버지처럼 태어날 때부터 정해진 인생이 아니라 다른 인생을 살 수 있었을까. 나는 그게 퍽 궁금했고, 그래서 오랫동안 할머니의 호적이 적혀 있는 칸을 들여다보았으나 간결한 기록 안에는 어떤 답도 들어 있지 않았다.

할머니의 이름 아래로는 엄마 이름과 전 호적이 적혀 있었다. 나는 익숙한 내용을 일별한 뒤 종이를 넘겼다. 뒷장에 태어난 순서대로 쒸어 있는 우리 집 삼남매의 이름이 눈에 들어왔다.

현종(玹宗)
현승(玹承)
응석(應碩)

두 딸과 막내인 남동생의 이름. 이 이름들은 모두 할머니가 경복궁 옆 김봉수작명소에서 받아온 것이었다. 지금은 작명가 김봉수도 죽고, 그의 제자인지 동생인지가 작명소를 물려받아 운영하고 있다는 소문을 들었다. 할머니는 내가 태어났을 때, 좋은 이름을 지어야 한다고 강력하게 주장했고, 서울대학병원에 삼 년이나 입원해 있다 퇴원한 지 얼마 되지 않은 몸으로 직접 이름을 지으러 다녀왔다고 했다. 그땐 할머니 건강이 위중해서 내 돌잔치까지 사실 수도 없을 것 같았다고 엄마는 말했다. 그간 가족들을 먹여살리느라 (할머니 표현에 의하면) 뼈가 아주 녹아내린 할머니를 돌보려고 엄마가 신혼여행도 못 간 형편이고 보니 그럴 만도 했다.

그리고 보면 할머니도 자신의 이름이 마음에 들지 않았던 것 아닐까. 그러기에 그렇게도 손자손녀의 이름에 집착한 건 아닌지. 어디선가 '복 복(福)' 자나 '귀할 귀(貴)' 자가 들어가는 이름이 좋지 않다는 말을 들은 기억이 났다. 귀한 자식일수록 '개똥이'같이 천한 이름으로 부르는 것과 일맥상통하는 이치였다. 다행히 삼남매의 이름에 '복 조' 자 같은 건 들어가지 않았다. 돌림자를 쓰지도 않았다. 여자아이 이름이라기엔 너무 삭막해서 도저히 귀엽게 부를 수 없으니 연애에 도움이 되지 않는데도 그나마 다행으로 여겨 왔다.

할머니가 작명소에서 직접 받아온 이름에도 불구하고, 나는 어릴 적 병원을 제집처럼 드나드는 아기였다. 아기가 좀 이상해서 소아과에 데리고 갔더니 의사가 이렇게 말했다고 했다.

"괜찮습니다, 할머니. 아기가 너무 예민해서 그래요."

할머니는 아기가 건강해질 때까지 돌봐줘야겠다는 결심에 병상을 박차고 일어났고, 한약을 달여먹으며 돌잔칫상을 손수 차렸다. 할머니는 홍합과 버섯과 고기를 사다 석유풍로로 이유식을 쑤었다. 베개 벤 자리가 땀으로 푹 젖는 아기에게 먹이려고 자라를 푹푹 고았다. 열 살 때까진 생일날 수수팥떡을 해먹여야 죽지 않고 건강하게 산다는 옛말대로 할머니는 해마다 삼월이면 수수팥떡을 해먹였지만 첫손녀는 골골거리기만 해서 아주 복장을 터뜨렸다. 할머니는 옛말이 다 맞는 건 아니라는 걸 그때야 깨달았을 거다. 어쨌든 할머니는 너무 바빠서 머리를 무명끈으로 처매고 누워 있을 시간이 없었다. 누워 있을 시간이 없다보니 오래 달라붙어 있던 병도 편한 자리를 찾아 달아났다.

할머니의 사랑은 줄곧 맹목적이었다. 초등학교 때 나는 교실 밖에서 우산을 가지고 기다리는 할머니가 늘 부담스러웠다. 필요 없는 것까지 억지로 안겨줘서 나를 보답을 모르는 식물로 만드는 게 싫을 때가 많았다. 맹목적인 사랑은 보답받지 못한다는 걸 아프게 알게 된 후에는 더욱 그랬다. 나는 할머니 같은 사람이 되고 싶지 않았다.

할머니는 올해로 구십이 세였다. 할머니 자신도 첫손녀가 서른을 훨씬 넘길 때까지 살게 될 줄은 몰랐을 게 틀림없다. 성질 급하기로 유명한 손녀가 그 나이 되도록 호적을 파가지 않고 끈기 있게 혼자 살 줄은 더더욱 몰랐을 게 틀림없다. 할머니에게 변명하기를, 내가 시집가지 않는 이유는 오로지 한 가지뿐인데, 그건 바로 할머니가 나 시집가는 걸 보고 죽겠다고 말했기 때문이란 거다. 그렇지만 솔직히 그 말은 새빨간 거짓말이자 핑계에 지나지 않는다. 내가 할머니에게 하고 싶은 말이 있다면, 할머니가 아무리 박복하다 주장해도 장수하는 복만은 타고나신 거란 얘기이다. "장수만세!"

이따금 할머니의 방문을 살며시 열면 어느 날은 코 고는 소리가 힘차게 들리고, 어떤 날은 아무 소리도 들리지 않았다. 숨소리도 들리지 않는 날엔 꼭 "할머니, 자?" 하고 나지막이 물었다. 할머니는 잠이 푹 들었다 깼으면서도 매번 "으응? 안 자. 늙으니까 잠이 안 와 죽겠어" 하고 대답을 했다. 나는 안심을 하고 방문을 닫았다.

언젠가 할머니 이름 밑에도 증조모의 칸처럼 '제적'이란 글자가 찍히는 날이 올까. 그건 내 이름이 우리 가족의 호적등본을 떠나 다른 가족의 호적에 내려앉는 걸 상상하는 일만큼 어려운 일이었다. 더구나 아직은 그런 날을 떠올리고 싶지 않았다.

여러 해 전, 새 주민등록증으로 바뀌기 전에 남자친구의 주민등

오현종 | 호적을 읽다

록증을 본 일이 있었다. 예전 주민등록증에는 집 주소 외에 본적지 주소도 함께 적혀 있었다. 나는 증명사진 옆에 충청남도 천안시 수신면이라고 적혀 있는 걸 흘끗 보고, 그에게 물었다.

"아버지 고향이 수신이란 데야?"

그는 주민등록증을 지갑에 집어넣으며 그렇다고 대답했다. 아버지가 젊을 적에 가족을 데리고 경기도로 이주했지만, 이사 간 동네 사람들은 그의 할머니를 돌아가실 때까지 '수신 할머니'라고 불렀다는 얘기도 덧붙였다.

수신 할머니. 수신 할머니.

생소한 호칭이었다. 수신이란 이름의 동네는 한번도 가본 적이 없고, 들어본 적도 없는 곳이었다. 그렇지만, 그와 내가 한 가족이 된다면 그 마을이 내 본적지가 될 거란 생각이 들었다. 한번도 가보지 못한 곳이 본적지가 된다는 게 참 이상한 일이라 해도 분명 그럴 거였다. 그런 생각을 하다보니 '수신'이란 지명이 조금 친근하게 느껴지는 것 같기도 했다.

다행인지 불행인지, 내 본적지가 천안시 수신면으로 바뀌는 일은 일어나지 않았다. 새로 바뀐 주민등록증에서 본적지가 사라졌건 어쨌건 내 본적지는 줄기차게 마포구 하중동이었다. 아버지와 고모와 엄마가 태어나고, 아버지의 아버지의 아버지가 일하던 일터가 있었던 곳, 마포.

호적등본의 맨 마지막 장에는 새로 호적에 오른 올케, 그러니까 응석의 아내 이름과 제적된 고모의 이름이 차례로 적혀 있었다.

일혜(一蕙)

입적 또는 신 호적 서울특별시 마포구 상수동 ○○○번지 호주 이강준

출생 서기 1937년 02월 ○○일

〔출생장소〕 경성부 하중정 ○○번지

〔혼인신고일〕 1959년 07월 10일

〔배우자〕 이강준

〔제적일〕 1959년 07월 10일

오일혜의 제적일자는 혼인신고일과 같았다. 고모가 고모부에게 시집을 가 그쪽 호적으로 옮겨졌다는 걸 사무적으로 알려주는 글이었다.

혼인신고일이 1959년이고 보면 정말 옛날얘기이긴 하지만, 고모에겐 고모부 이전에 결혼할 뻔했던 사람이 있었다고 한다. 결혼할 뻔했다는 건 결혼을 하지는 않았다는 말이다. 아마 결혼을 했더라면 호적이 달라졌을 테니까.

이번에도 할머니 말에 따르면, 할머니는 내게 나쁜 물을 너무 많이 들여놓은 것 같다. 아버지와 고모가 살던 동네에 키 크고 준수한 외모의 청년이 있었단다. 그 청년이 새침데기 오일혜를 몰래 좋아한다는 소문을 들은 할머니는 무엇보다 서울대학생이라는 점에 마음이 혹해 사윗감으로 점찍었다고 했다. 마침 그 청년의 형편이

어려워 마지막 학기 등록금을 구하러 다닌다는 얘기를 들은 할머니는 흑심을 품고 그의 등록금을 대주었다.

알다시피 할머니의 한스러운 인생에 모든 일이 척척 진행되는 건 어울리지 않는 일이었다. 할머니는 고모가 정초에 태어나 눈뜨자마자 증조모에게 볼기짝을 얻어맞은 것부터 팔자가 드센 거라고 혀를 찼다. 할머니의 말마따나 고모의 팔자가 드세서 그런 건지 어떤 건지 어느 날 갑자기 그 청년의 남동생이 정신병원에 실려갔다는 소문이 동네에 파다하게 퍼졌다. 병명은 역시 옛날이야기에 심심찮게 등장하던 상사병이었다. 그가 정신을 못 차리고 똑같은 말만 계속하자 병원의 간호원이 부모에게 묻더라고 했다.

"이레 후에 무슨 일 있습니까? 계속 이레야, 이레야, 라는 말만 반복해요."

험난한 세상에서 남편 없이 혼자 벌어먹으며 살다보면 누구나 눈치가 빨라지는 법이었다. 할머니는 '이레'가 바로 '일혜'를 가리키는 말이란 걸 알고 애꿎은 구들장을 쳤다. 얼마 안 있어 청년의 집은 조용히 이사를 갔고, 후에 전해들은 말로는 정신병원에 들어간 동생이 친동생이 아니라 이복동생이었다고 했다.

할머니는 "그러게 왼쪽도 보지 말고 오른쪽도 보지 말고 앞만 보고 다니랬지! 에미 혼자 키운다고 손가락질 받으면 너 죽고 나 죽는댔지!" 하고 죄 없는 고모에게 화풀이했다. 출생의 비밀 및 이복동생과의 삼각관계 등등이 훗날 텔레비전 드라마에 지겨울 만큼 뻔질나게 등장하리라곤 상상치 못했던 할머니로서는 기가 막힐 노릇이었다.

그렇지만 할머니가 오래도록 걱정할 필요는 없었다. 혼처가 금세 또 나타났으니까. 상대는 인천 출신의 청년 사업가로, 할머니가 눈독 들였던 키다리 청년처럼 이름 있는 대학을 졸업한 사람은 아니었다. 하지만 그가 어른들의 비위를 어찌나 잘 맞추던지 대고모가 먼저 반해 결혼을 부추겼다고 했다. 할머니는 이번에도 실수할 수는 없다는 생각에 고모와 청년 사업가가 만날 때마다 중학교 다니던 아버지를 딸려보냈다. 깍두기가 끼어도 될 인연은 되는 법인지 얼마 지나지 않아서 고모는 다니던 사범대학을 집어치우고 결혼을 했다. 불청객의 방해를 이겨낸 활달한 청년 사업가 이름이 바로 호적등본에 적혀 있는 이강준이었다.

몇 해 전에 일흔이 넘은 고모부는 요즘도 할머니가 좋아하는 참외를 사들고 방문하곤 한다. 통풍으로 다리가 불편한 늙은 사위가 아흔 넘은 장모의 비위를 맞추며 껄껄 이야기 나누는 모습은 때로 눈물겹다. 아버지는 십여 년 전 서울의 한 대학에 들렀다가 우연히 고모와 결혼할 뻔한 키다리 청년을 만났다고 했다. 청년이라기엔 머리가 너무 하얀 그는 아버지의 손을 꼭 잡고 "어머님은 건강하신가?" 하고 할머니 안부만 물었을 뿐 고모 이름은 꺼내지 않았다 했다. 그러나 아버지와 할머니가 주고받는 얘기를 엿들으며 그가 정말 부르고 싶었던 이름은 '일혜'가 아니었을까, 하고 나는 생각했었다.

세월이 흘러 머리카락이 하얗게 센 청년의 이복동생은 아직 살

오현종 | 호적을 읽다

아 있을까? 정신은 도로 온전하게 돌아왔을까? 남매를 낳고 나서 동글동글하게 불어난 고모의 몸매를 미리 볼 수 있었더라면 그는 정신병원에서 '일혜야'를 중얼거리지 않았을 것이다. 허리디스크 수술을 하고 혼자서는 머리카락 염색도 못하는 할머니가 되어버린 고모의 노년을 상상해봤더라면 형과 오일혜의 결혼식장에서 기꺼이 박수를 칠 수 있었을 것이다. 그러나 누구나 사랑하는 사람의 미래를 짐작할 수 없고, 때로는 그 미래를 알면서도 바라보지 않을 수 없는 거니까. 우리는 늘 그렇게 어리석은 법이고, 그래서 운명을 피해갈 수 없는 법이란 걸 적어도 나는 알 것 같았다. 어릴 적부터 나는 그런 사람들 편에 오래오래 서 있고 싶었다.

십 년쯤 전이던가? 우리 집으로 낯선 사람의 전화가 걸려온 일이 있었다. 토지브로커라는 그는 할아버지 이름으로 남아 있는 땅이 있는 걸 아느냐고 물었다. 무슨 영문인지 모르겠다는 아버지의 말에, 호적등본상 직계 자손인 아버지가 돌려받을 수 있는 자투리 땅이 있는데 그걸 찾아주겠다고, 자기는 약간의 보수만 받으면 족하다고 설명을 했다.

아버지의 전화통화 얘기를 듣고 나서 나는 며칠 동안 벼락부자가 되는 상상을 거듭했다. 읽다가 던져둔 『보그』를 꼼꼼히 들여다보기도 했다. 잡지 속 핸드백과 시계가 더 이상 '그림의 떡'이 아니란 생각에 양치질을 하면서도 히쭉 웃음이 났다. 아무리 작은 땅덩어리라 해도 서울땅이니 몇 푼짜리는 아닐 거였다.

그러나 아버지가 구청에 가서 확인을 한 조상 땅은 말 그대로 자투리땅이었다. 어디론가 다 날아가버리고 한 조각 남은 게 더구나 서강대교 공사에 들어갈 예정이라 주인 맘대로 팔지도 못한다는 비보였다. 그럼에도, 양복에 넥타이핀과 커프스단추까지 하고 조상 땅을 찾으러 다녀온 아버지는 우리 삼남매에게 말했다.
"그래도 이게 어디냐. 할아버지 땅이었다는데. 이게 어떻게 여직까지 남아 있었는지 모르겠다."
눈동자가 촉촉해진 아버지에게 차마 "거지 같은 땅이니 누가 안 집어가고 남아 있었겠죠"란 말을 던질 수는 없었다.
우리가 토지보상금을 받은 건, 일단 토지브로커에게 성의 표시부터 하고 수년 간 느려터진 공무원들의 동작을 기다리다 지쳐 아버지 친구인 마포구청장에게 전화를 몇 번이나 넣고 난리를 치다가 그래도 안 나와서 포기해버렸을 즈음이었다. 마침 남동생이 결혼식을 하기 몇 달 전이었다. 그 돈은 삼대독자 남동생이 집을 얻는 데 얼마간 보태어졌으니 할머니 입장에서 보면 제 주인을 찾아간 셈인지도 모르겠다. 할머니도 대를 잇는 것이 아무 의미 없는 세상이란 걸 인정하게 되었고, 남동생이 아들을 낳지 않아도 절대 눈치 주지 않겠다고 진심으로 약속했지만 말이다.
몇 해 전부터는 할머니도 자기 합리화의 대가들처럼 새로운 논리를 펼치기 시작했다. 그건 여자도 혼자 사는 게 괜찮다, 능력과 돈이 있으면 오히려 편하고 자유롭다는 신세대식 사고방식이었다. 시집가봤자 고생만 훤하고 지긋지긋하다는 말도 심심찮게 꺼냈다. 친척들이 놀러 오면 옛날과 시대가 다르다고 목청을 높이기도 했다. 내가 일찍 결혼했더라면 할머니가 그런 논리를 애써 주장하지 않아도 좋았을 텐데, 라는 생각을 하면 안쓰럽기까지 했다. 차라리 예전처럼 성질머리가 나빠 아무도 안 데려간다고 야단치는 할머니를 보는 편이 훨씬 속 편할 것 같았다. 아흔두 살의 할머니가 가부장으로 점철된 자신의 삶에 반하는 논리를 펼치기까지는 바늘로 허벅지를 찌르는 고통이 있지 않았겠는가. 할머니가 큰손녀의 삶을 진심으로 긍정하려 안간힘 쓰고 있다는 걸 다른 사람은 몰라도 나만은 알 수 있었다.

말미에 "서기 2007년 06월 29일 서울특별시 성북구청장 서찬교"라고 씌어 있는 호적등본을 나는 맨 앞장부터 다시 훑어본 뒤 서류봉투 안에 집어넣었다. 그리고 그로부터 며칠이 지난 뒤, 미국 대사관에서 발송한 여권을 택배로 받았다. 초록색 커버의 여권 안을 펼쳐보자 빳빳한 미국 비자가 낱장에 붙어 있었다. 사진은 흑백에다 머릿속으로 상상했던 것보다 훨씬 보잘것없었다. 만료일은 2017년 6월. 십 년짜리 비자였다. 나는 손바닥 위의 비자를 한참 내려다보다가 옷장 서랍을 열고 티셔츠 아래에 집어넣었다.

설명하기 어려운 일이지만, 미국행 비자가 옷장 한구석에 들어 있다는 사실은 어떤 위로 같은 걸 안겨주었다. 미국 비자가 있으니 비행기표만 사면 언제든 미국으로 떠날 수 있다. 밤이든 새벽이든 진눈깨비가 내리는 날이든 어느 때라도.

죽은 작가의 고향 인디애나폴리스. 그곳은, 내 손바닥의 손금같이 아꼈던 사람이 살고 있는 곳이었다.

그렇지만 나는 이 비자를 오랫동안 쓰지 않게 될 거라는 걸, 어쩌면 한번도 사용하지 않을 거라는 걸 비자를 받기 전부터 알고 있었다. 이미 가졌다는 건, 생각을 하지 않아도 된다는 뜻이고, 생각을 하지 않는다는 건 갈망하지 않는다는 뜻일 것이다. 미국 비자를 얻고 나서야 나는 비로소 그의 주소를 잊을 수도 있을 것 같은 기분이 들었다.

다시 생각해봐도 할머니의 이름에 '생각 염' 자를 넣은 건 잘못된 선택이었다. 나는 아주 오랜 시간 동안 할머니처럼 행복을 생각만 하며 외롭게 살게 될까 두려웠다. 글을 써서 먹고살기 시작하면서부터는 더더욱 그랬다. 그 막연한 불안은 할아버지의 사주가 적혀 있는 종이 같은 것이었다.

하지만 긴 인생을 통해 수만 가지 느낌들을 겪어낸다 해도, 끝내 운명을 거스르지 못한다 해도, 훗날 내가 죽은 뒤 남는 건 단 몇 줄에 불과하다는 걸 호적은 알려주었다. 만남과 헤어짐, 두려움과 외로움 같은 건 공식적인 문서로 기록되지 않는다. 문득, 증조모의 생애처럼 내 삶도 건조하고 간단한 기록으로 요약될 거란 믿음이 내게 깊은 위안으로 느껴졌다. 할머니의 삶도, 멀리 있는 그의 삶도 결국엔 몇 줄로 남은 채 바스러질 시간이란 것 또한. 할머니가 들려준 그 많은 이야기 속의 이름들 역시 언젠가는 '제적'이란 두 글자와 함께 모두 검은 잉크 속으로 스며들어버릴 것이었다.

# 20세기 이력서

편혜영

1972년 서울에서 태어났다. 2000년 서울신문 신춘문예에 단편 「이슬털기」가 당선되며 등단. 소설집 『아오이가든』 『사육장 쪽으로』, 장편소설 『재와 빨강』이 있다. 한국일보문학상, 이효석문학상을 수상했다.

**작가를 말한다**

우리가 몇 번째 만났는지 더 이상 꼽지 않게 되었을 때, 나는 그녀가 잘 웃는다는 걸 깨달았다. 웃으면 눈가의 주름이 기분 좋게 구겨진다는 것도. 그녀는 그걸 별로 좋아하지 않지만. 그녀의 사진 안엔, 셔터를 누른 순간 그녀의 눈에서 났을 '바스락' 소리가 담겨 있는 것 같다. (세간에 떠도는 그녀의 사진이 많다. 하지만 그녀는 실제로 봤을 때 가장 예쁘고, 그건 나도 마찬가지다.) 우리는 조금씩, 가짜 공통점이 아닌 자기 이야기를 하게 되었다. 가까워지려 고해하듯 하는 말이 아니라 지나가듯 편안하게 하는 이야기들이었다. 그녀가 직장 육 년차라는 것, 대학원에서 만난 선배와 스터디를 했고, 모든 스터디가 그렇듯 공부는 안하고 술만 마시다 부부의 연이 닿게 되었다는 것, 그가 가끔 그녀를 북돋우려 자기 이름을 딴, 상금 이십만 원짜리 문학상 시상식을 거실 텔레비전 앞에서 한다는 것, 나처럼 음악적 감수성이 떨어진다는 것, 그래서 유주 씨나 중혁 선배가 음악 얘길 하면 풀이 죽어 테이블을 긁다 갑자기 드라마 얘기를 한다는 것, 커피보다 차를 좋아하고, 맥주보다 소주를 좋아한다는 것, 타자자격증이 있고 일본어 학원에 나가고 있는 것 등. 김애란(소설가)

\*

　S상사를 퇴직한 후 내게는 이유 없이 이력서를 쓰는 버릇이 생겼다. 구직 광고가 실린 책자를 사 보거나 신문의 구인광고를 꼼꼼히 찾아 읽었다. 취업을 하려는 생각도 없는데 그랬다. 맘에 드는 일거리가 있으면 분홍 형광펜으로 네모칸을 치고 오려두었다. 정보가 많이 쌓이면 별로 아까워하지 않고 버렸다. 구직정보는 어디에나 있고 언제나 구할 수 있는 흔한 것이었다. 그중 몇 군데에는 실제로 이력서를 보냈다. 자기소개서를 함께 제출해야 하는 곳이라면 보내지 않았다. 이력서만으로 충분하다고 생각해서였다. 이력서란 그 사람이 살아온 거의 전부였다. 물론 이력서에 적히지 않은 것이 더 중요하다는 것은 알고 있었다. 그러나 이력서가 볼품없으면 더 중요한 것들을 알려줄 기회를 가질 수 없다는 것도 잘 알

았다. 학교 시절 배운 펜글씨체로 이름과 주민등록번호, 주소 등을 적어나갔다. 첫 칸에 고등학교 입학 사항을, 다음 칸에는 졸업 사항을 써넣었다. 그게 다였다. 자격 및 수상 사항을 적는 이력서 하단은 텅 빈 채로 남았다. 이력서에 빈칸이 많다는 것은 그만큼 직장을 구하기 어렵다는 뜻이었다. 대부분의 이력서는 쓰다 말고 버려졌다.

망설이다 이력서 하단에 자격증 취득 사항을 적기도 했다. 내게는 네 개의 자격증이 있다. 처음 딴 것은 주산자격증이었다. 이력서나 입사지원서 같은 곳에는 적을 수 없는 낮은 급수였다. 초등학교 4학년 때의 일이었다. 학원 선생님은 큰 소리로 이름을 호명하며 자격증을 나눠줬다. 자격증을 따지 못한 아이들은 칼이라도 씹은 듯 표정이 사나웠다. 그 때문에 시험에 합격한 아이들은 기쁨을 숨기는 한편 겁먹은 표정을 지었다. 그해 학교에 제출하는 가정조사서의 특기란에는 주산이라고 적었다. 주산에 소질이 있다는 건 자격증 하단에 붉은 직인을 찍은 대한상공회의소 회장이 증명해주었다. 나 말고도 많은 아이들이 특기란에 주산을 적었다. 동네마다 몇 군데의 주산학원이 성황 중이었다. 주산이 수리능력 향상에 도움이 된다고 했다. 다른 나라 수학자의 말이 신문에 인용되기도 했다. 이해관계가 얽힌 단체에서 퍼뜨린 과장 섞인 홍보라는 얘기도 있었다. 부모님은 나에게 초콜릿색 알이 줄줄이 박힌 주판을 사주었다. 어쨌거나 세밀하게 손가락을 움직여야 하는 주산이 두뇌계발에 나쁠 리 없다고 생각해서였다.

처음 배운 것은 엄지와 검지손가락을 새 부리처럼 모아 주판에 올려두는 준비자세였다. 알을 움직여 1에서 10까지 놓는 법도 배웠다. 그다음에는 감각을 익히기 위해 1에서 10까지 순서대로 더하는 연습을 했다. 합은 언제나 55였다. 지루하다 싶을 즈음에 선생님이 천천히 수창을 했다. 칠원이요, 팔원이요, 구원이요. 삼원이요, 사원이요, 칠원이요, 구원이면? 낭랑한 선생님의 목소리에 백만 단위의 숫자를 불러대는 옆 교실 선생님의 우렁찬 목소리가 섞였다. 백오십사만육천이백팔십칠원이요, 칠백팔십이만팔천팔백구십구원이요, 삼백이십육만오천사백이십사원이요. 얇은 벽으로는 상급반에서 계산을 끝내고 주판을 터는 소리까지 다 들렸다. 한 시간 동안 그런 소리를 듣고 있으면 나중에는 친구들이 이름을 부르는 소리조차 숫자로 들렸다.

「묘기대행진」 같은 프로그램에 주산을 하는 여학생이 나오기도 했다. 상업고등학교에 다니는 여학생은 손때가 묻은 주판을 들고 있었다. 여학생은 손이 보이지 않을 정도로 빨리 주판알을 움직여 계산을 마쳤다. 다음에는 눈을 감고 주판을 놓았다. 정확하고 빨랐으며 오답도 없었다. 과연 묘기다웠다. 열 자리 숫자 열 개를 암산으로 더하는 것도 했다. 목청 좋은 누군가가 스튜디오 한구석에서 쉴새없이 숫자를 불렀다. 조작이 없다는 걸 증명하기 위해 즉석에서 여러 개의 숫자가 쓰인 종이를 무작위로 뽑았다. 여학생은 지그시 눈을 감고 간혹 손을 꼼지락거렸다. 눈을 감은 채 검은 허공 속으로 우주쓰레기처럼 부유하고 있는 숫자를 들여다보고 있

편혜영 | 20세기 이력서

는 것 같았다. 한 문제를 푸는 데 삼십 초 정도 걸렸다. 모두 정답이었다. 방청객들이 환호했다. 여학생은 답례의 표시로 주판을 머리 위로 들어올려 세게 흔들었다. 주판알이 차르르 소리를 내며 울었다.

　주산을 잘하게 되면 머릿속에 자연스럽게 주판이 그려진단다. 선생님이 머릿속에 아로새겨진 주판을 보기라도 하려는 듯 눈을 감으며 말했다. 자, 너희들도 따라해봐라. 윗줄에 한 알, 아랫줄에 네 알의 주판을 그리는 거다. 선생님의 말을 따라 눈을 감았다. 옆 교실 선생님은 여전히 백만 단위 숫자들을 불러대고 있었다. 눈앞에 숫자들이 먼지처럼 어른거렸다. 주판은 잘 그려지지 않았다. 나는 눈을 떴다. 말랑거리는 지우개를 만지작거리며 머릿속 대신 손바닥에 주판을 그렸다. 다 그렸니? 선생님이 물었다. 네. 아이들이 행여 머릿속의 주판을 잃어버릴세라 눈을 꼭 감고 대답했다. 나는 눈을 뜨고 알이 가지런히 정렬된 주판을 쏘아보았다. 잔상이 흐트러지지 않도록 천천히 눈을 감았다. 선생님이 어느 때보다 천천히 열 개의 한 자릿수를 불렀다. 나는 허공 속으로 손가락을 놀려 보이지 않는 주판알을 움직였다. 미처 마지막 수를 놓기도 전에 암산이 빠른 건지 손가락이 빠른 건지 알 수 없는 누군가 몫을 대답했다. 나머지 아이들도 질세라 몫을 외쳤다. 잘했다. 암산은 그렇게 하는 거다. 선생님이 말했다. 집에 가는 동안 머릿속의 주판을 잃어버리지 않도록 조심하고, 알았지? 네. 아이들의 우렁찬 목소리가 주판을 터는 것처럼 경쾌하게 울렸다. 암산을 잘하려면 말이지, 연습이

제일 중요해. 선생님은 간판에 적힌 전화번호와 지나가는 차의 번호판 숫자를 더해나가면서 암산을 연습했다고 했다. 선생님이 말했다. 꾸준히 연습하는 거야말로 재능이란다.

집으로 돌아가는 길은 다른 때보다 더뎠다. 간판에 적힌 전화번호를 볼 때마다 일곱 개의 숫자를 더하느라 그랬다. 지나가는 차의 번호판에 적힌 네 개의 숫자도 더했다. 주산학원 전화번호 숫자의 합은 41이었다. 정다운슈퍼는 35, 삼거리부동산은 36이었다. 집 전화번호의 합은 39였다. 합을 구할 때마다 다이아몬드 모양의 주판알이 머릿속에 하나씩 들어와 박히는 느낌이었다. 내겐 암산에 재능이 있었다. 선생님 말대로 꾸준히 연습을 하는 것이야말로 재능이었다.

*

타자자격증을 딴 것은 고등학교 때의 일이었다. 타자는 학교 지하층에 있는 연습실에서 배웠다. 지하층은 대낮에도 불을 켜야 할 만큼 깜깜했고 한여름에도 냉기가 돌아 등이 서늘했다. 겨울이면 손이 곱을 정도여서 타자를 치기 전에 한참 동안 입김으로 손을 녹여야 했다. 그래도 나는 틈만 나면 타자실로 갔다. 거기에는 옅은 석유 냄새를 풍기는 수동식 타자기 칠십여 대가 기름칠된 활자판을 드러낸 채 놓여 있었다. 교단 옆에는 수업 시간에 연습용으로 나눠주는 십육절지 시험지가 박스째 쌓여 있었다. 수업 첫날 교사 이름을 적은 것 말고는 아무것도 쓴 게 없는 오래된 칠판은 입김처럼 허연 분필자국을 그대로 묻히고 있었다. 검은 자판을 누르면 자음과 모음을 품은 활자판이 재빨리 튀어나와 종이에 글자를 남겼다. 타자기가 글자를 찍어내는 것은 마술과도 같았다. 나는 마술사가 되어 종이 위에 무수한 글자를 남겼다. 법원의 타자수가 된다면 하루 종일 타자를 칠 수 있다고 했다. 그걸 알려준 건 한이었다. 한의 친척 중에 타자수였던 사람이 있었다. 넌 손가락이 길어서 그 일을 하면 잘하겠다. 한이 말했다. 나는 단박에 한이 좋아졌다. 타자기가 없을 때에도 허공에 대고 줄곧 타자를 쳤다. 매점 갈래? 라는 한의 말도 타자로 쳤고, 김밥 먹자는 다른 친구의 대답도 타자로 쳤다. 넌 피아노를 잘 치나봐. 끊임없이 손가락을 움직이는 걸 보고 한 친구가 말했다. 그 친구는 내 손이 일정한 순서를 지켜가며 움직인다는 것은 알아채지 못했다. 피아노는 전혀 못 쳐. 나는 대답 대신 허공에 손가락을 놀려 타자를 쳤다.

 수동식 타자기는 교본을 보고 익혔다. 담당 교사는 계란을 쥔 것처럼 손을 둥글게 하라는 것 외에는 아무것도 가르쳐주지 않았다. 사실 더 가르칠 것도 없었다. 타자는 연습이 재능이 되는 기술 과목이었다. 그래서였을까. 그는 교본의 몇 페이지를 치라는 지시를 한 후 수업 시간 내내 입을 다물었다. 교사의 지시가 떨어지면 우리는 위쪽으로 넘기게 되어 있는 교본을 일제히 펼쳤다. 고개를 오른쪽으로 살짝 돌린 후 시선을 교본에 둔 채 손가락의 감각만으로 타자를 쳤다. 처음에는 자판의 감각을 익히려는 듯 더디게 움직이던 손가락이 잠시 후에는 빠른 속도로 움직여댔다. 눈이 교본을 읽는 속도보다 손가락이 자판을 찍는 속도가 더 빠를 때도 있었다. 타자 치는 소리가 지하층 가득 울렸다. 새 떼가 우는 것 같기도 하고 비가 내려치는 것 같기도 한 소리였다. 그런 소리에 아랑곳없이 선생님은 내내 교본을 들여다보다가 간혹 고개를 들어 벽으로 가로막힌 창을 보았다. 타자 치는 우리를 무료한 표정으로 바라보거나 교실 뒤편에서 한참 서성거리기도 했다. 그러다가 슬그머니 일어나 복도로 나가버렸다. 우리는 교본에 있는 글자를 시험지에 옮기며 선생님이 나간 복도를 힐끔거렸다. 몰래 내다보면 선생님은 시선을 바닥에 둔 채 텅 빈 복도 끝으로 걸어가고 있었다. 그가 신은 슬리퍼가 바닥을 내리치는 소리가 타자 치는 소리에 섞였다. 대학 때 뭘 배웠길래 타자선생이 된 거지? 타자를 치다 말고 한이 물었다. 대학에 타자를 가르치는 학과가 있다는 말은 들어보지 못했다. 참을성을 배운 게 아닐까? 우리는 킥킥 웃었다. 타자교사가 되기 위해 필요한 것은 인내 같았다. 타자교사는 수업 시간 내내 말을 않고 견뎌야 했다. 불규칙하게 들려오는 시끄러운 타자 소리도 견뎌야 했고, 지하층의 냉기와 습기도 견뎌야 했다. 재미없는 교본의 이야기도 묵묵히 참고 읽을 줄 알아야 했다. 타자교사라면 그 모두를 할 수 있어야 했다.

  학기말이 되자 그는 교본을 펴라고 지시하기 전에, 아직 자격증을 따지 못한 학생들을 교단으로 불러냈다. 몇 명이 자리에서 일어나 앞으로 나갔다. 그중에는 한도 있었다. 그는 학생들의 이름을 일일이 호명하며 면박을 주었다. 그깟 자격증 하나 못 따고, 니들은 커서 뭐가 될래? 이미 다 큰 아이들이 고개를 숙이고 더러운 실내화 앞코를 쳐다보았다. 교사는 아이들의 머리통을 한 대씩 때린 후에 자리로 돌려보냈다. 한에게는 시험 공포증이 있었다. 연습을 할 때는 곧잘 하지만 시험장에 들어서면 자판 사이로 손가락이 미끄러졌다. 땀이 밴 손바닥을 아무리 옷자락에 문질러도 소용없었다. 땀이 없어도 손가락은 자판을 제대로 누르지 못했다. 시험지에 찍힌 것이 무슨 글자인지 알아볼 수 없을 정도였다. 오타는 거의 실격 수준이었다. 서식 시험을 치를 때면 볼펜이 엇나가 표가 엉망이 되기 일쑤였다. 이러다가는 영영 자격증을 못 딸 것 같아. 한이 교본을 옮겨 친 종이를 손아귀에 말아쥐며 말했다. 실업계 고등학교 학생에게 타자자격증은 단순한 자격증 이상이었다. 취업을 하기 위해 따야 하는 자격증은 개수가 정해져 있었다. 그중 하나라도 따지 못하면 대기업이나 금융기관에 아예 지원서를 낼 수 없었다. 자격증이 취업을 보장하는 건 아니었지만, 따지 못하면 취업할 수 없다는 점에서, 취업을 의미하는 것이나 다름없었다. 종이가 한의 얼굴처럼 울상으로 구겨졌다. 자격증을 따지 못하면 취업도 할 수 없고, 취업을 못하면 결혼도 못할 거야. 제대로 된 취업을 해야만 결혼도 잘하고 그래야 인생을 훌륭하게 살아갈 수 있다고 말한 것은 담임교사였다. 담임교사는 늘 피곤한 듯 인상을 찌푸리고 다녔다. 한이 울 듯한 목소리로 말했다. 나는 한의 말을 허공 속에 타이핑했다. 그렇다면 인생은 살아보나 마나야.

*

아버지는 자격증이 있으면 더 나은 종류의 노동을 할 수 있을 거라고 생각했다. 현대는 자격증의 시대라는 구호가 신문광고마다 따라붙었지만, 그에게는 아무 자격증도 없었다. 건축이 호경기이던 시절 그는 여러 군데 건설회사에 다녔다. 회사는 유난히 경기를 탔다. 갑자기 직장을 잃을 때마다 젊음도 뭉텅 빠져나갔다. 더 이상 젊지 않은 그는 수십 통의 이력서를 쓰면서 세상의 구직자가 자격증이 있는 구직자와 없는 구직자로 나뉜다는 걸 알게 되었다. 이 단순한 이분법은 자격증의 종류와는 별로 상관이 없었다. 그는 회사가 도산할 때마다 구직에 애를 먹었다. 자격증이 없는 탓이었다. 시골에서 고등학교를 나온 게 학력의 전부인 그는 네번째 낳은 아이가 유치원에 다닐 나이가 되어서야 도시 변두리에 터를 잡았다. 도시에서 그의 삶은 휴가도 결근도 없는 순전한 노동의 시간으로 채워져 있었다. 그는 하루도 노동을 쉬지 않았다. 그러는 사이 밥을 먹기 위해 하던 노동은 어느새 노동을 하기 위해 밥을 먹어야 하는 것으로 바뀌었다.

그는 건축 관련 자격증을 따고 싶어했다. 맨 처음 한 일은 한 질이나 되는 책을 사는 거였다. 그 책은 집 안에 들어온 최초의 전집이었다. 넷이나 되는 자식들은 나란히 앉아 딱딱한 커버에 담긴 책을 만지작거렸다. 빳빳한 새 책을 손으로 죽 넘겨보기도 하고 식자 인쇄로 울퉁불퉁한 표면을 만져보기도 했다. 계산이 복잡한 수식이나 여러 약호가 적힌 도형이 자주 눈에 띄었다. 아빠 이런 게 재밌으세요? 수학을 싫어하던 자매가 그에게 물었다. 어떻게 재밌는 것만 하고 사냐. 해야 하니까 하는 거지. 그는 괜히 본심을 말했다는 듯 자식들이 만지작거리던 책을 낚아채갔다. 재밌으니까 한다고 말했더라면 좋았을 뻔했다. 자식들이 아비를 멋있게 생각했을지도 모를 일이었다. 무뚝뚝한 그는 잠깐 후회하는 표정을 짓다가 '제1권 건축의 이해'라고 쓰인 책을 펼쳤다. 심이 가늘고 긴 연필을 무기처럼 오른손에 집어들었다. 자식들은 공부하는 아버지를 신기한 듯 쳐다봤다. 자식들이 계속 쳐다보자 텅 빈 연습장을 앞에 두고 그는 기합을 넣듯 흐음 하고 헛기침을 했다. 연필로 책에 몇 군데 밑줄을 그었다. 오래 집중할 수는 없었다. 곧 저녁 먹을 시간이 됐다. 그는 다시 딱딱한 책을 덮고, 공연히 책표지를 손으로 한 번 쓸었다. 연필을 책 옆에 가지런히 놓아두고 미처 한 줄도 쓰지 못한 연습장을 덮었다. 책을 보기 위해 펼쳤던 상은 밥상이 되었다. 『건축의 이해』라는 책이 놓였던 자리에는 국그릇이 놓였다. 그는 책을 보듯 밥상을 뚫어져라 쳐다보며 국에 만 밥을 입에 떠 넣었다. 그릇을 치우고 나면 다시 딱딱한 책을 펼쳤다. 간혹 심이 가는 연필로 책에 줄을 그었다. 연습장에 뭔가를 적기도 했다. 그런 일을 오래 할 수는 없었다. 그가 책을 보는 방에 텔레비전이 있었다. 자식들은 텔레비전을 보기 위해 공부하는 아버지 옆에 죽 앉았다. 저리 가라. 무뚝뚝한 그가 귀찮다는 듯이 툭 내뱉었다. 자식들은 엉덩이를 들썩여 조금 떨어져 앉았다. 텔레비전 볼륨을 약간 줄인 채 이따금 낄낄거리거나 훌쩍였다. 자식들의 소리가 들릴 때면 그는 고개를 들고 텔레비전을 쳐다봤다. 휴. 잠깐 한숨을 쉬는 것 같던 그가 이내 책을 덮었다. 책을 덮기 전에는 언제나 책장 끝을 삼각형 모양으로 접어두었다. 이건 왜 이렇게 해두세요? 자식 중 하나가 접힌 책장을 가리키며 물었다. 여기까지 봤다는 표시를 해두는 거야. 그가 말했다. 책장은 전날 접힌 곳에서 몇 장 나아가지 않았다. 자식들은 그를 따라 책을 보고 난 후 책장 끝을 삼각형 모양으로 접어두기 시작했다. 그는 딱딱한 커버에 책을 넣은 후 번호 순서를 맞춰 꽂아두었다. 다음날 읽어야 할 페이지는 끝이 삼각형으로 접힌 채 두꺼운 책 속에 웅크리고 있었다.

웅크린 페이지들은 끝내 다시 펼쳐지지 않았다. 마지막 권인 제25권까지 채 보지도 못하고 자격증 공부를 위해 사들였던 책을 헌책방에 팔아치웠다. 그는 공부에만 전념하지 않으면 자격증을 딸 수 없다는 걸 금세 알아차렸다. 현재를 살아가기도 바쁜 지경에 미래를 위해 투자할 시간은 많지 않았다. 일용할 양식은 점점 종류가 늘어났고 상급학교로 진학하는 자식들의 학비는 해가 다르게 부쩍 올랐다. 불경기와 도산은 언제 들이닥칠지 몰랐다. 그는 가족들을 부양하기 위해 몇 년이 걸릴지 모르는 자격증을 포기했다. 노동의 종류를 바꾸려던 꿈도 접었다. 불확실한 미래를 위해 현재를 무작정 방치할 수는 없는 노릇이었다.

입사 육 년차인 자매는 새롭게 도입된 회계자격증을 따겠다고 했다. 그녀는 이미 주산, 부기, 타자 자격증이 있었다. 3학년 여름이 되어서야 자격증을 모두 갖췄다. 그 자격증으로 국내 굴지의 제과업계에 입사시험을 치렀다. 면접시험에서 불합격 통보를 받았다. 그녀는 그 회사에서 판매하는 과자는 죽을 때까지 먹지 않겠다고 다짐했다. 동생들은 별로 동요하지 않았다. 다른 회사에서 나온 과자 중에도 맛있는 게 많았다. 게다가 그녀는 과자를 많이 사주는 누이가 아니었다. 이거 때문이야. 그녀가 거울을 보며 울상을 지었다. 얼굴을 일그러뜨린 그녀의 앞니가 우스꽝스럽게 벌어져 있었다. 둥근 크래커를 세워 이 사이에 끼울 수 있을 정도였다. 크래커는 면접에서 떨어진 제과회사에서 나온 거였다. 이에 크래커를 낀 그녀를 보고 동생들은 웃음을 터뜨렸지만 부모님은 인상을 썼다. 엄마는 그녀를 당장 이 만드는 사람에게 데리고 갔다. 면허 없는 치기공사가 본을 뜨고, 허술한 마취를 한 채 덜덜거리는 기계로 이를 뽑았다. 앞니를 뺀 그녀는 입을 꾹 다물고 지냈다. 하품하거나 웃을 때 입을 가리는 여성스러운 버릇은 그때 생겼다. 며칠 후에 이를 새로 해넣었다. 석고처럼 하얀 이였다. 가짜라는 게 단박에 티가 날 정도로 두꺼웠다. 난데없이 두꺼워진 앞니는 그녀에게 이물감을 남겼다. 그녀는 혓바닥으로 두꺼운 앞니를 미는 버릇이 생겼다. 혓바닥을 내미는 것처럼 보이기도 했다. 그래도 잇새가 벌어지지 않은 앞니 덕에 자신감을 가지고 자주 웃었다. 얼마 후 K사에 응시했다. 입사지원서 하단에 주산, 부기, 타자 자격증 내역을 큼지막하게 적어넣었다. 면접을 볼 때는 혓바닥으로 앞니를 밀지 않도록 주의했다. 3학년 가을에 그녀는 K사에 합격했다.

동료들은 모두 어학이나 전산회계 관련 자격증을 따기 위해 퇴근 후 학원으로 몰려간다고 했다. 다시 학원에 다녀야 할까봐. 아무것도 안하니까 자꾸 뒤처지는 기분이 들어. 그녀가 회계학원 강의시간표를 들여다보며 말했다. 앞니는 점점 누렇게 변해가고 있었다. 무면허였을 치기공사 탓인지 치료가 부실했던 탓인지 잇몸이 점점 퍼렇게 죽어갔다. 그 때문에 웃을 때면 오히려 야윈 인상을 줬다. 그녀는 학원에 등록했다. 다음해 치를 자격시험 대비반이었다. 퇴근 후 밤마다 학원에 다닐 거였다. 시험에 붙을지는 알 수 없었다. 사실 자격증을 따는 것은 별로 중요하지 않을지도 몰랐다. 그녀에게 중요한 것은 인생을 방치하지 않고 성실하게 살고 있다는 위안이었다. 그러니 그녀가 자격증을 따려고 학원에 다니는 것은 취미로 꽃꽂이를 배우거나 유행하고 있는 공예를 배우는 것과도 비슷했다. 늘지 않는 외국어를 배우러 다니는 것과도 같았다. 다른 점이 있다면 자격증의 경우 아무런 성과를 거두지 못할 가능성이 공예나 어학보다 크다는 거였다.

　텔레비전에는 스물한 개의 자격증을 가진 사람이 나왔다. 그 사람은 카메라를 향해 병풍처럼 붙여놓은 자격증을 죽 늘어놓았다. 카메라가 천천히 스물한 개의 자격증을 훑었다. 벽에 등을 기대고 텔레비전을 들여다보던 우리들은 탄식을 내질렀다. 도배기능사와 비계기능사, 타일기능사, 미용사자격증 같은 기술 자격증이 카메라에 잡혔다. 자격증에 붙은 사진은 그의 젊은 시절을 보여주었다.

흑백의 사진 속에서 그는 똘똘한 표정으로 정면을 응시하고 있었다. 처음 자격증을 따던 때로부터 십 년이 흘렀다. 새로운 일을 시작하기에는 나이가 많은 것처럼 보였다. 평생 놀 걱정은 없겠구나. 아버지가 말했다. 사내가 처음 딴 것은 도장기능사 자격증이었다. 집을 수리하면서 페인트칠이 재미있다는 걸 알게 되었다. 집 안에 있는 나무에 모조리 페인트칠을 하면서 자격시험에 대비했다. 가장 최근에 딴 것은 장례지도사 자격증이었다. 아버지가 돌아가셨는데, 장의사가 염을 너무 못해서 차라리 내가 하는 게 낫겠다는 생각이 들었습니다. 그 자격증을 왜 땄느냐는 질문에 사내가 대답했다. 요즘에는 어떤 자격증을 공부하고 계십니까? 소방관리사요. 아나운서가 장난스럽게 물었다. 혹시 어디서 불이 났던 적이 있으신 건 아니에요? 네. 사내의 대답이 짧았다. 아나운서가 당황하여 얼른 다른 질문을 던졌다. 공부할 때 힘든 점이 있으세요? 시간이요, 공부할 시간이 없어서 안타깝습니다. 사내는 무역회사에 다니고 있었다. 퇴근 시간은 여섯시였다. 시간에 맞춰 제대로 퇴근하는 것은 한 달에 두어 번에 불과했다. 잔업까지 마치고 퇴근한 후에야 공부를 할 수 있었다. 자격증은 대부분 일정 시간 관련 교육기관의 강좌를 이수해야 하는 것이었다. 다섯 살이 된 딸아이와는 미처 눈을 마주칠 시간도 없을 정도였다. 그는 공부를 하느라 아이와 많이 놀아주지 못하고, 장난감도 제대로 사주지 못해 미안할 뿐이라고 했다. 시간도 시간이지만 사실 돈도 많이 들었거든요. 사내가 머쓱해하며 덧붙였다. 카메라가 스튜디오에 나와 있던 사내의 부인을 비췄다. 눈시울이 붉었다. 그녀는 잠든 아이의 손을 들어 흔들었다. 사내가 카메라를 향해 여보 사랑해, 하고 말했다. 이렇게 많이 자격증을 따시는 이유가 뭡니까? 자격증이 있어야 불안하지가 않더라고요. 사내가 조그만 목소리로 대답했다. 지금 회사도 다니고 계시잖아요? 그렇기는 하지만, 사내가 잠시 뜸을 들였다, 언제 망할지 몰라서요. 엄마가 공감하며 고개를 끄덕였다. 아버지는 잠자코 있었다. 우리들은 웃음을 터뜨렸다. 하하, 저 사람, 이제 곧 짤리겠다. 자매 중 하나가 말했다. 엄마는 웃는 우리를 나무랐다. 저렇게 열심히 살면서 미래를 준비하는 사람을 비웃으면 안 된다는 거였다. 그래서가 아니라, 가장 크게 웃었던 자매가 대꾸했다, 써먹지도 못할 자격증 딴다고 애쓰는 게 불쌍하잖아.

\*

주산과 타자 자격증을 따지 못한 채 3학년이 된 한은 자격시험 준비에 매진했다. 주산에서는 특히 암산이 어려웠다. 계산을 끝내고 나면 늘 백의 자리 숫자가 헷갈렸다. 2급 자격증 시험에는 백의 자리와 십의 자리가 뒤섞인 열 개 수의 합을 구하는 문제가 출제되었다. 나는 초조해하는 한에게 정 안 되니 이렇게라도 해보자는 심산으로 암산을 연습하는 방법을 가르쳐주었다. 머릿속에 주산을 그려봐. 어린 시절 선생님을 흉내 내어 한에게 말했다. 한은 눈을 꾹 감았다. 나는 천천히 숫자를 불러줬다. 머릿속에 주판알이 날아다니는 것 같아. 답이 맞자 신이 난 한이 말했다. 그때부터 한은 숫자가 보이면 무조건 더해나갔다. 뺑소니를 목격한 날도 마찬가지였다. 눈앞을 빠르게 지나가는 차의 번호판을 보고는 네 개 숫자를 얼른 더했다. 숫자의 합을 구하고 나서야 누군가 쓰러져 있는 것을 보았다. 당황한 한은 차 번호를 기억해내지 못했다. 네 개 숫자를 더한 합계만 떠올랐다. 합은 22였다. 낱낱의 숫자는 끝내 기억나지 않았다. 한은 한동안 합이 22가 되는 숫자를 찾는 데 몰두했다. 그런 수의 조합과 배열은 셀 수 없이 많았다. 그 수들을 궁리하던 한은 자신이 숫자를 보아도 더 이상 암산을 하지 않는다는 걸 깨달았다. 머릿속 주판이 깨끗이 사라졌다. 한은 암산을 할 때면 다시 백의 자릿수를 헛갈리기 시작했다.

한은 학교 앞 문방구에서 종이에 그려진 타자 자판을 샀다. 종이 타자기에 손을 올려두고 친구들과 나누는 시시껄렁한 얘기들이나 라디오에서 흘러나오는 노랫말을 쉴새없이 타자로 쳤다. 한 문장이 끝날 때마다 맨 끝으로 밀려간 캐리지를 처음 위치로 이동시키는 흉내도 냈다.

연습이 재능이라던 어릴 적 선생님의 말도 한에게는 소용이 없었다. 연습으로 생긴 재능은 시험에 붙어야 한다는 강박과 그 때문에 생겨난 공포를 이기지 못했다. 한은 시험에서 떨어진 후 주산과 타자 자격증을 아예 포기해버렸다. 대신 이제 막 도입된 정보처리기사 자격증을 딸 거라고 했다. 한이 고른 자격증은 나로서는 처음 듣는 것이었다. 한은 신문광고를 보고 학원에 등록했다. 자격증만 따면 전문직이 보장되는 거나 다름없대. 그냥 사무원이 아니라 전문직 종사자가 되는 거야. 당장 전문직 종사자가 된 것처럼 목소리가 들떠 있었다. 한은 시험 때가 아니면 잘 떨지 않았다. 너희들도 무슨 자격증이든 하나는 있어야 돼. 한이 친구들을 둘러보며 말했다. 살아보나 마나 한 인생이 되지 않으려면 자격증이 필수야. 주먹이라도 불끈 쥘 것 같은 목소리였다.

자격증은 없지만 한은 무리 중에서 가장 먼저 취업이 되었다. 공부하던 자격시험에 합격한 것은 아니었다. 한은 각종 자격증 취득을 전문으로 하는 제법 큰 규모의 학원에 다녔다. 쉽게 자격증을 따지 못했지만 등록기간 중 결석 없이 성실했고 선생들과 잘 어울렸다. 학원 원장은 그런 한을 눈여겨보다가 신설되는 부서 직원으로 채용했다. 친구들이 한을 축하하기 위해 모였다. 검은 교복을 벗은 한은 벌써 어른이 된 것 같았다. 한은 자리에 앉은 우리를 둘러보며 끈이 긴 작은 가방에서 명함을 꺼냈다. 명함에는 한의 이름 위에 직업설계사라고 적혀 있었다. 그게 뭐 하는 거냐고 묻자, 말 그대로 성향이나 적성에 가장 알맞은 직업을 찾아주는 일이라고 했다. 원장이 그러는데 21세기 유망 직종이래. 한이 덧붙였다. 누구한테 설계를 해주는 거야? 친구 중 누군가 물었다. 나한테 의뢰를 할 수도 있고 내가 찾아주기도 하는 거야. 예를 들면 이렇게 말이야. 한이 가방에서 손바닥만한 사진첩을 꺼냈다. 사진첩에 꽂힌 것은 각종 자격증 사본이었다. 종류를 헤아릴 수 없을 정도로 많은 자격증은 취득자의 성명란에 홍길동이라고 씌어 있고, 상단에는 샘플이라는 붉은 도장이 찍혀 있었다. 여기 있는 걸 잘 봐둬. 다음

세기에 부각될 자격증이야. 우리는 21세기에도 그렇게 많은 자격증이 있어야 한다는 것에 놀랐다. 우리도 자격증이 있잖아. 누군가 말했다. 우리가 배웠던 건 다 없어질 거야. 한이 비장한 소리로 대꾸했다. 나는 그 말에 충격을 받았다. 높은 단위의 숫자를 계산해야 할 때면 자연스레 주판을 떠올렸다. 간단한 계산은 손가락을 움직여 암산으로 구했다. 타자기만 있으면 어떤 문서라도 작성할 수 있었다. 오타가 생기면 안 되기 때문에 손가락으로 자판을 누를 때면 칼을 뽑는 것처럼 신중을 기했다. 표가 들어간 각종 서식도 문제없었다. 사주가 홍길동인 가상 회사의 재무상태를 파악하는 일에 매달렸고, 시간을 들여 그 회사의 자산, 부채, 비용을 분류해 대차대조표나 손익계산서를 작성했다. 지금 자격증만으로는 미래에 대비할 수가 없어. 앞으로는 모든 걸 컴퓨터로 할 거야. 은행원이나 타자수도 다 해고될지 몰라. 한이 나를 힐끗 쳐다봤다. 나는 컴컴한 지하층의 타자실을 떠올렸다. 검은 글자들을 품고 둥글게 흩어진 활자판과 팽팽히 당겨진 먹색 리본과, 자음과 모음이 새겨진 자판을 품은 칠십 대의 타자기는 먼지를 뒤집어쓴 채 곧 고철이 될 운명인 줄도 모르고 늘어서 있을 거였다. 봐, 이게 얼마 전에 신문에 보도된 기사야. 기사에는 우리가 들어본 적도 없는 직업들이 죽 나열되어 있었다. 앞으로 유망해질 직업들이야. 이런 일을 하려면 자격증이 필수야. 자격증만 따면 쉽게 할 수 있는 일이거든. 이 자격증을 따려면 우리 학원에서 나오는 책으로 공부하면 돼. 한이 가방에서 두꺼운 책자를 꺼냈다. 거기에는 각종 자격증 대비 수험서가 소개되어 있었다. 21세기에는 유망할지 몰라도, 20세기에는 아니지 않니? 한이 잠깐 자리를 비운 사이 누군가 물었다. 20세기에 취업해야만 하는 우리는 한이 돌아오기 전에 얼른 고개를 끄덕였다. 불과 십 년밖에 남지 않았지만 21세기는 먼 미래처럼 느껴졌다. 21세기가 오지 않았으면 좋겠어. 누군가 중얼거렸다. 우리는 애써 딴 자격증이 머지않아 무용지물이 될 거라는 사실을 쉽게 받아들이지 못했다. 다행이었다. 아직은 20세기였다.

*

 타자자격증이 폐지된 것은 1995년, 주산자격증이 폐지된 것은 2001년의 일이다. 컴퓨터 보급으로 인한 응시자의 급감 때문이었다. 자격증은 정보처리 등 컴퓨터 관련 자격증으로 대체되었다. 상업고등학교 학생들은 이전과 달리 전산회계, 워드프로세서, 무역영어, 정보처리기사 자격증을 취득해야 했다.
 자격증이 폐지된다는 기사를 보고 제일 먼저 떠오른 것은 타자 담당 교사였다. 그는 수업 시간 내내 입을 다물고 앉아 교본을 들여다보거나 가로막힌 창밖을 묵묵히 쳐다보았다. 텅 빈 복도를 배회하거나 타자실 뒤편에 서서 빠른 속도로 움직이는 육십여 명의 손가락을 바라보았다. 간혹 타자 치는 소리 사이로 잡담하는 아이들의 말소리를 가려내어 야단쳤고, 타자를 칠 때 손을 둥글게 모으지 않은 아이들의 손등에 자로 매질을 했다. 타자검정시험 일정을 공지하는 일과 자격증을 따지 못한 아이들에게 면박을 주는 일도 했다. 기능 담당 교사는 일정 시간 교육을 이수하면 다른 과목을 가르칠 수 있다고 했다. 그는 여전히 수업 시간에 물끄러미 창밖을 바라보거나 복도를 거닐거나 교과서를 묵독하고 있을지도 몰랐다. 나는 괜한 호기심에 졸업한 고등학교로 전화를 걸었다. 타자교사의 이름을 대며 지금은 무슨 과목을 가르치는지 물었다. 전화를 받은 사람은 그가 이미 퇴직했다고 알려주었다.

한과 나는 마지막 타자검정시험을 보기로 했다. 원서를 접수한 후 한은 가지고 있던 학교 시절의 교본을 꺼내 컴퓨터로 타자 연습을 했다. 한은 이번에야말로 떨지 않을 것이라고 생각했다. 동대문에 있는 한 상업고등학교에서 시험을 치렀다. 수험생은 손에 꼽을 정도의 수에 불과했다. 시험은 엉망이었다. 컴퓨터로 연습을 하다보니 자판을 누르는 힘이 약해 오타가 많이 생겼다. 타자기로 표 그리는 법이 잘 기억나지 않아 시작도 하지 못하고 한참 애를 먹었다. 서식 시험을 치르다 말고 우리는 고사장을 나왔다. 학교를 빠져나오면서 한은 1989년에 쓰던 타자 교본을 1995년의 분리수거용 쓰레기통에 넣어버렸다.

\*

21세기가 되어 처음으로 이력서를 썼다. 막 20세기를 통과한 직후였다. 컴퓨터로 작성하여 인터넷으로 접수했다. 이력서 하단에 주산이나 부기, 타자 자격증 같은 것은 적지 않았다. 그것들로 이력서 칸을 메우는 대신 나는 자격 및 수상 사항란에 신춘문예 당선 사실을 썼다. 지금도 소설을 쓰십니까? 면접 중 한 임원이 물었다. 등단은 했지만 청탁은 잘 들어오지 않았다. 나는 망설이다 가끔 쓴다고 대답했다. 그게 무슨 의미인지 그는 별로 궁금해하지 않았다. 회사에서는 문장력과 구성력을 갖춘 사람을 뽑고 있었다. 나는 채용되었다. 거 봐. 뭐라도 해놓으니까 먹고살 길이 열리잖아. 한이 말했다. 나는 괜히 머쓱해졌다. 역시 현대는 자격증의 시대야. 그렇게 말하면서 한은 책 한 질이 인쇄된 종이를 내밀었다. 종이에는 십 년 후 유망 직종이 정리되어 있었다. 거기에는 여전히 이름이 생소한 수십 개의 세분화된 직업들이 망라되어 있었다. 제일 위에 호스피스 전문 간호사가 있었다. 임종을 앞둔 말기 환자의 심리적 안정을 돕고 증상 완화를 위한 치료를 하는 일이었다. 국제회의나 행사를 기획하고 운영하는 미팅플래너라는 직업도 있었다. 인터넷을 통해 기상 정보를 제공하는 사이버 기상캐스터, 주택과 관련한 문제를 상담하고 관리해주는 하우스 매니저도 있었다. 헤드헌터와 조향사, 플로리스트 같은 이제는 익숙해진 직업들도 보였다. 한은 글 쓰는 일에 관한 직업도 소개해줬다. 콘텐츠 기자라는 직업이었다. 일본에서는 이미 콘텐츠플레이어라는 새로운 직업이 탄생해서 활동하고 있다는 신문기사도 보여주었다. 이 일은 앞으로 백 년간 유망한 일이란다. 공연히 한숨이 나왔다. 백 년간 할 수 있는 노동이 있다는 게 다행으로 여겨지기도 하고, 같은 종류의 노동이 백 년간 존속한다는 게 끔찍하기도 해서였다. 일은 잘돼가니? 한이 대답 대신 자기 가방을 보여주었다. 거기에는 광고책자가 한가득 들어 있었다. 너한테만 하는 말인데, 사실 내 직업도 설계 못하는 마당에 무슨 남의 직업을 설계하겠니? 순전히 외판원이지. 한이 목소리를 낮췄다. 짧게 한숨을 내쉰 후 내게 줬던 전단지를 빼앗아 자기 가방에 넣었다. 무슨 자격증을 따든가 해야지. 너도 평생 사무원으로 늙어가려는 건 아니겠지? 한이 불쑥 물었다. 나는 대답을 얼버무렸다. 첫 출근이 며칠 앞으로 다가와 있었다. 주산이나 타자와는 전혀 상관없는 새로운 노동이 시작될 것이다.

이제는 누구도 계산을 위해 주판을 잡지 않는다. 주산으로 할 수 있는 일은 두뇌계발뿐이다. 2005년에 태국 방콕에서 있었던 국제 주산대회에서 한국 대표로 출전한 초등학생들이 2, 3위를 차지했다. 십사 년 만에 출전해 얻은 결과였다. 1980년대만 해도 국제대회에 출전하면 한국 대표가 1위를 차지하곤 했다. 그러던 것이 1991년 대만에서 열린 국제대회 이후에는 출전할 선수조차 구하지 못했다. 새삼 붐이 인 것은 주산으로 수리능력은 물론이고 집중력과 창의력을 향상시킬 수 있다고 생각해서였다. 한 미국 일간지는 향수 어린 시선으로 지난 이십오 년간 사라진 물건 스물다섯 가지를 꼽았다. 수동식 타자기가 네번째로 꼽혔다. 타자기는 풍물시장에서 귀한 대접을 받는 중고품이 되었다. 마라톤 타자기, 경방 크로버 타자기 같은 이름에서는 지난 시절의 사진을 들여다보는 것 같은 애잔함이 느껴진다. 그 이름은 손가락을 꺼멓게 물들이던 먹색 리본을, 캐리지를 밀 때마다 한 줄씩 올라가는 누런 시험지를, 순서를 지키지 못하면 엉겨붙는 활자판을, 활자판 사이로 엷게 떠도는 기름 냄새를 불러온다. 누구나 수동식 타자기를 추억한다. 나는 타자기를 추억하지 않는다. 시절의 대부분을 차지한 것은 추억이 될 수 없다. 나는 비로소 일생 동안 해야 할 노동의 종류를 생각하기 시작했다.

편혜영 | 20세기 이력서

자전소설 4
20세기 이력서

1판 1쇄 | 2010년 11월 11일

지은이 | 방현석 외
펴낸이 | 정홍수
편집 | 김현숙 김현주
펴낸곳 | (주)도서출판 강
출판등록 | 2000년 8월 9일(제2000-185호)

주소 | 서울시 마포구 서교동 460-45(우 121-842)
전화 | 325-9566~7
팩시밀리 | 325-8486
전자우편 | gangpub@hanmail.net

값 12,000원
ISBN 978-89-8218-158-0  04810
ISBN 978-89-8218-154-2(세트)

이 도서의 국립중앙도서관 출판시도서목록(CIP)은 e-CIP 홈페이지(http://www.nl.go.kr/cip.php)에서 이용하실 수 있습니다.(CIP제어번호:CIP2010003879)